MAREN FRIEDLAENDER /
OLAF MÜLLER

Die Macht
am Rhein

VERSCHWÖRUNG DER PATRIOTEN Ein Mann liegt tot in einer Pferdebox auf der Kölner Rennbahn Weidenpesch. Das Opfer ist der Aachener Medienzar Verhülsten. Unglück oder Mord? Ein Albtraum für die Ermittler: Auf der Rennbahn war zur Tatzeit großer Auftrieb, im exklusiven Hippodrom traf sich der rheinische Geldadel. Kommissarin Rosenthal aus Köln und Kommissar Fett aus Aachen kooperieren in diesem Fall zunächst widerwillig. An Verdächtigen fehlt es nicht: drei Ehefrauen und drei Kinder, die sich um den Nachlass des Verlegers streiten. Andere Spuren führen in die Vergangenheit. Verhülstens Vater hatte den Zeitungsverlag 1933 auf dubiose Weise vom jüdischen Unternehmer Friedmann übernommen. Während die Kommissare eine weitere Spur in Lüttich verfolgen, wo Verhülstens Geliebte lebt, werden die Städte Aachen, Bonn, Köln und Düsseldorf von politischen Skandalen erschüttert. Eine Gruppe von Männern gerät in den Fokus der Kommissare: drei aufrechte Politiker und ein ehemaliger Botschafter, die das zerfallende System unter Kanzlerin Merkel umtreibt.

Maren Friedlaender, Journalistin, unter anderem ZDF-Innenpolitik, studierte Psychologie. Sie ist aktiv in der Kölner Politik. Den RAF-Terror erlebte sie als Journalistin und verarbeitet ihre Erinnerungen im Krimi »Schweigen über Köln«.

Olaf Müller, Buchhändler und Germanist, leitet den Kulturbetrieb der Stadt Aachen. Seine Heimat ist das Dreiländereck der Nordeifel. »Rommels Gold« ist sein sechster Kriminalroman im Gmeiner-Verlag.

MAREN FRIEDLAENDER /
OLAF MÜLLER

Die Macht
am Rhein

POLIT-KRIMI

GMEINER

Immer informiert

Spannung pur – mit unserem Newsletter informieren wir Sie
regelmäßig über Wissenswertes aus unserer Bücherwelt.

Gefällt mir!

Facebook: @Gmeiner.Verlag
Instagram: @gmeinerverlag

Besuchen Sie uns im Internet:
www.gmeiner-verlag.de

© 2019 – Gmeiner-Verlag GmbH
Im Ehnried 5, 88605 Meßkirch
Telefon 0 75 75 / 20 95 - 0
info@gmeiner-verlag.de
Alle Rechte vorbehalten
4. Auflage 2024

Lektorat: Claudia Senghaas, Kirchardt
Herstellung: Mirjam Hecht
Umschlaggestaltung: U.O.R.G. Lutz Eberle, Stuttgart
unter Verwendung eines Fotos von: © Edgard / stock.adobe.com
Druck: CPI books GmbH, Leck
Printed in Germany
ISBN 978-3-8392-2474-8

Johann Wolfgang von Goethe
Faust II

Erster Akt
KAISERLICHE PFALZ
Saal des Thrones
Staatsrat in Erwartung des Kaisers.

KANZLER
...
Doch ach! Was hilft dem Menschengeist Verstand,
Dem Herzen Güte, Willigkeit der Hand,
Wenns fieberhaft durchaus im Staate wütet
Und Übel sich in Übeln überbrütet.
Wer schaut hinab von diesem hohen Raum
Ins weite Reich, ihm scheint's ein schwerer Traum,
Wo Mißgestalt in Mißgestalten schaltet,
Das Ungesetz gesetzlich überwaltet
Und eine Welt des Irrtums sich entfaltet.

ÜBERALL UNKRAUT

Oliver Freese kontrollierte sein Aussehen im Badezimmerspiegel. Kein Fleck auf der Krawatte, keine Rasierschaumreste hinter dem Ohr? Er wollte anständig für die Ratssitzung aussehen. Freese fand, dass man dem Amt mit seiner äußeren Erscheinung Respekt zollen sollte. Viele seiner Parteikollegen sahen das anders. Bei manchen schien Rudis Resterampe der Ausstatter der Wahl zu sein: kurzärmelige Hemden in undefinierbaren Farbabstimmungen, ausgebeulte Jeans, bunte Socken und Sandalen oder breitfüßige Gesundheitsschuhe. Die Kolleginnen von den Grünen wählten weite bunte Hänger mit Afrika-Touch, bloß keine weiblichen Formen zeigen. Erst hatten sie die geschlechtsneutrale Sprache zur Pflicht erhoben und nun war das Gebot der Geschlechtsneutralität auf den ganzen Menschen ausgedehnt worden. Land ohne Frauen, das kam Freese in den Sinn, wenn er den Ratssaal betrat. Freese wollte korrekt aussehen. Bei der Betrachtung seines Spiegelbilds vermied er den Blick auf seinen Gesichtsausdruck. Der war ihm peinlich. Etwas war in den letzten Jahren abhandengekommen in diesem Gesicht – Ehrlichkeit, Zuversicht, Anstand? Wie hieß es so schön: Immer so leben, dass man am nächsten Tag noch sein eigenes Spiegelbild betrachten konnte. In dieser Hinsicht war in seinem Leben etwas schiefgelaufen. Freese litt darunter, immerhin. Über diesen Punkt waren andere SPD-

Kollegen längst hinaus. Sie verklärten ihre Korruptheit mit der Legende, was sie alles für die Stadt und ihre Gesellschaft leisteten. Wann hatte dieses Belügen bei ihm selbst angefangen? Darüber wollte Freese lieber nicht nachdenken. Er hatte es eilig. Erste Ratssitzung nach den Osterferien und vorher Fraktionsbesprechung. Es ging mal wieder um die Kölner Oper, diese Steuergelder verschlingende Bauruine am Offenbachplatz. Die Kosten explodierten, und niemand konnte oder wollte den Steuerzahlern sagen, wann in dem sanierten Gebäude wieder Oper gespielt würde. Vielleicht nie. Eine ewige Baustelle, an der viele gut verdienten, auch Parteikollegen. Rechtsberatung, Gutachten, das Übliche. Der Bau bröselte derweil vor sich hin. Alle lehnten den Oberverantwortungshut ab. Wer von den Kompetenzlosen hatte diesen Ausdruck bloß in die Welt gesetzt? Irgendeine von den Verwaltungsgrößen. Oberverantwortungshut – er schüttelte den Kopf. So ein Blödsinn!

Freese verließ sein Haus in der Bayenthaler Hölderlinstraße gegen 13 Uhr.

»Und Mittagessen?«, rief ihm seine Frau Bettina hinterher.

»Schlappe Weißbrote mit gekochtem Schinken und Plastikkäse, mit sauren Gürkchen dekoriert, wie immer liebevoll von Olga beim Metzger bestellt.« Olga war die Fraktionssekretärin.

Oliver Freese liebte sein Bayenthal und sein Reihenhaus aus den 30er-Jahren, im Stil britisch angehaucht. Er hatte es von seinen gutbürgerlichen Eltern geerbt. Sein Vater war Oberstudienrat gewesen, hatte das Haus Anfang der 70er-Jahre erstanden und von seinem Beamtengehalt abgestottert. Den aktuellen Kaufpreis könnte Freese von den Erträgen seiner kleinen Anwaltskanzlei nicht mehr aufbringen. Die Wertsteigerung bei den Immobilien in der Gegend war uferlos. Umso mehr ärgerte ihn beim Hinaustreten auf den Gehweg der Anblick des verwahrlosten Straßenpflasters. Der Bürgersteig bestand aus Teerpatchwork. In den Schlaglöchern bildeten sich bei Regen mittelgroße Schwimmbäder. Tatsächlich konnte der Bürger eine Schlagloch-Notrufnummer bei der Stadtverwaltung anrufen, in ganz ernsten Fällen, wenn man bis zum Hals in einer dieser Gruben steckte. Dann kamen sie mit einer Art Leiterwagen, gossen etwas Teer in das Loch und bügelten mit einer Miniwalze darüber. Im Winter schauten die Anwohner zu, wie der Frost die Risse aufsprengte und die Schlaglöcher bald größer waren als zuvor. In der Mängelverwaltung entwickelte die rheinische Jeckenmetropole Kreativität. Freese erwartete mit Spannung, wie sie das Unkrautproblem vor seinem Haus lösen würden. Überall zwischen den Pflasterritzen wucherte die Vegetation.

»Vielleicht teilen sie Macheten aus«, vermutete Bettina, »damit man sich den Gehweg freihacken kann.«

Der Tag war frühlingshaft. Er entschied sich für das Fahrrad. Das war ein Vorteil dieser Wohnlage. Drei Minuten bis zum Rheinufer, danach radelte er 15 Minuten staufrei bis zum Rathaus. Er atmete auf, als er die mit Graffiti besprayten Hauswände hinter sich ließ. Die Graffitis waren auch so ein Symptom des städtischen Schlendrians. Sie vermehrten sich täglich oder besser nächtlich. Bald würde es an freien Flächen fehlen. Das wäre vielleicht das Ende dieser Kunstsparte, aber die sogenannten Kreativen wurden gehätschelt und ihre Werke von den Allesverstehern als Intervention im öffentlichen Raum gewertet. Er kotzte, wenn sie ihm in den Ratssitzungen mit so einem Scheiß kamen. Teure Intervention im öffentlichen Raum – die Beseitigung kostete jährlich Millionen. Eigentum war natürlich schändlich, meinten die sprayenden Versozialisierunganhänger. Aber Freese war nicht Kommunist, sondern Sozialdemokrat und als solcher ein Befürworter von Eigentum. Keine Skulptur in der Stadt war vor den Sprayern sicher. Das müsse man in Workshops diskutieren, schlug die grüne Kulturausschusstante kürzlich vor. Ja, am besten einen Spraykunstbeirat bilden, finanziell satt ausstatten und diskutieren, bis der Arzt kommt. Freeses Wutpegel stieg beim Vorbeifahren an Flaschencontainern, neben denen Sperrmüll lagerte; er ärgerte sich über die orangenen Tüten mit der durchscheinenden Hundekacke, die aus den überfüllten Papierkörben am Rheinufer hingen. Keine der neuen grünen Bänke an der Promenade, die nicht von Sprayern markiert wurde. Was immer sie zur Verschönerung der Stadt taten, die Zerstörer folgten ihnen auf dem Fuße.

»Wir grätschen da mal so richtig rein«, sagte der Fraktionsvorsitzende, Bernd Zander, der den Machtverlust in der Stadt nicht verkraftet hatte. Köln gehörte der SPD, so war es seit Ewigkeiten, ein Erbhof. Die SPD war seit Jahrzehnten irgendwie mit am Ruder. Bei der letzten Wahl aber kaltgestellt worden. Reingrätschen, Freese traf der Schlag. Sie wollten wirklich einen Neubau der Oper an anderer Stelle vorschlagen. Und die 350 Millionen, die bisher für die Restaurierung versenkt wurden, einfach abschreiben?

»Gutes Geld nicht schlechtem hinterherwerfen, Oliver«, lachte Zander, als ob das Ganze ein Spiel sei und es nicht um die Millionen der Steuerzahler ging, die für ihr Geld hart arbeiteten.

Freese verließ die Sitzung. Er musste eine rauchen. Camel ohne, die half zwar nicht wirklich gegen die aufsteigende Übelkeit, beruhigte aber die Nerven.

CAMEL OHNE

Johannes Trompeter holte sein altes Hollandrad aus dem Keller, stieß den Kopf, wie beinahe jedes Mal, gegen den Querträger und warf den grünen Fjällräven-Rucksack ins Körbchen. Montag, 16.45 Uhr, Fraktionsvorstand. Seit über 20 Jahren fuhr er jeden Montag, außerhalb der Ferienzeit, zu der 17-Uhr-Sitzung des Fraktionsvorstands. Er hatte an der RWTH Aachen Politische Wissenschaft, Soziologie und Geschichte studiert, in Wohngemeinschaften gewohnt, als Student gestrickt und als Hilfswissenschaftler die Grünen in Aachen mitgegründet. Der grüne Johannes, er war in die Jahre gekommen, zwei gescheiterte Ehen, mal Vegetarier, bald rückfällig geworden. Teig für Biopizza klappte noch. Sein Geld hatte er als Lokalredakteur für den WDR verdient.

Die Hoffnung verflüchtigte sich langsam. Die Hoffnung auf eine bessere Welt, auf eine Welt, in der es gerechter zugehen würde. Immer öfter griff er zu den Klassikern des politischen Denkens. Die schnellen Pamphlete der Obergrünen, der Medienstars, der Alleserklärer, sie sagten ihm nichts mehr. Er starrte auf die Seiten, auf den Jargon, auf die Belehrungen, auf den Messianismus. Nichts ist gut, dachte er.

Selbst im Fraktionsvorstand war sein Stern gesunken oder hatte er ihn sinken lassen? Trompeter wirkte oft zerstreut, kurzatmig, manchmal verärgert. Waren die Grünen in einer Koalition, war der Anteil der Architekten in den Fraktionssitzungen besonders hoch. Waren sie in der Opposition, wurde die Beimischung geringer.

Die kalten Jahre unter Kurt Georg Kiesinger hatten ihn zur Politik getrieben, danach kam die große Koalition: Kiesinger, Willy Brandt. Als Helmut Kohl von Erfolg zu Erfolg eilte, wurde aus dem Demonstranten, dem Anti-AKW-Johannes der grüne Johannes, der mit seiner ruhigen Art manche grüne Ratsfrau erfreute. Achtsamkeit, Gelassenheit, Goa, Baumsterben, Robbenschutz, Evangelische Kirchentage, alles machte er mit. Aufstieg und Fall der frühen Ikonen waren für ihn Lehrstücke des politischen Alltags. Er glaubte den Verlautbarungen der Parteizentrale, wenn jemand vom Kurs abkam und das Scherbengericht tagte. Realo oder Fundi? Er wurde zum Realo, der die Eitelkeiten der Granden hasste, aber ihre Realpolitik unterstützte.

Windräder standen auf der Tagesordnung. Windräder, Elektrobusse, Radwege. Schon wieder. Die jungen grünen Unternehmer standen Schlange. In ihren Beiräten saßen die lokalen Vertreter der Partei, die zwar nicht mit dem

Rad zur Öko-Finca nach La Gomera oder in die Provence fuhren, aber stets mit der parteieigenen Betroffenheit auf die reine Lehre des Öffentlichen Personennahverkehrs pochten. Nahverkehr. Trompeter dehnte das Wort, blinzelte zur schönen Vorsitzenden des Verkehrsausschusses, die das Wort Verkehr in kürzer werdenden Abständen in den Mund nahm. Nahverkehr. Jetzt bloß keine Doppeldeutigkeiten. Auf Chauvinismus stand bei den Grünen als Mindeststrafe Parteiausschluss.

Frust kam hoch. Was mache ich hier eigentlich? Die Frage stellte er nicht nur, wenn er morgens beim Fahrradtragen den Kopf gegen den T-Träger knallte. Er stellte sie auch am Wahlstand, wenn Holzmalstifte aus nachhaltigem Waldbestand mit Öko-Siegel verteilt wurden und Möhren aus Bodenhaltung. Woher sonst, sagte er sich. Mein Leben mit der Möhre. Mit dem Alter wurde er jokoser, manche würden sagen, alberner.

»Liebe Freundinnen und Freunde, ich begrüße euch zum heutigen Fraktionsvorstand, bitte bedient euch, Steffi hat Kekse mitgebracht.«

»Garantiert bio!« Steffi rief es in den Raum, und alle lachten das alte Lachen des gezwungenen Lachens, des Beilachens, des Lachens derjenigen, die im Grunde denken, was soll der Scheiß, blöder Witz, wie immer bio. Manche sehnten sich nach einem Mars, Snickers oder einer Tafel Lindt-Schokolade, nein, bio musste es sein.

»Der Wolfgang vom Windrad-Kontor ist heute Gast im Vorstand. Er stellt uns die Windradpläne für die Soers vor. Da weht meist ein starker Wind. Ja, genau. Wolfgang, du hast das Wort.«

Langeweile. Trompeter machte zwei Strichlisten: eine für das Wort »genau«, und eine für »sozusagen«. Nach zehn Minuten hatte er jeweils drei Fünferpäckchen, dann kam er nicht mehr hinterher.

Wolfgang stellte die Pläne vor, und Johannes schaute in die Runde. Es war eine Fake-Veranstaltung. Alle wussten es. Nie würden Windräder in der Soers gebaut werden, denn da hüpften die Pferde zum Reitturnier, und der Verein lechzte nach mehr Fläche. Die geballte Macht der Aachener Prominenz würde über die Grünen herfallen, wenn sie dort, wo noch ein wenig Ausbaufläche für die Stuten war, Windräder der dritten Generation bauten. Giganten, die im Dressurstadion Schatten werfen würden. Nein, der grüne Wolfgang sollte mal planen, und dann lag ein tolles Druckmittel auf dem Tisch. Mit der Ökobilanz der Windräder war Verhandlungsmasse da, Verhandlungsmasse für innerstädtisches Mehrgenerationen-Wohnen. Da hatten die grünen Architekten die Nase vorn und Alexander Mitscherlich in der Tasche. Sie zitierten ihn rauf und runter: »Die Unwirtlichkeit unserer Städte«. Trompeter kam es zu den Ohren raus. Er wusste, wer in den Fonds einzahlte, schließlich wurde er bei der letzten Gemüseparty darauf angesprochen. Sichere Anlage, tolle Rendite, gutes Gewissen, die evangelische Kirche machte mit. Johannes hatte abgewunken. Zu oft wurden ihm grüne Fonds unter die Nase gehalten. Zu schnell schnappten die Kollegen nach den Aufsichtsratsplätzen der Sparkasse, der Müllverbrennungsanlage, der Transportbetriebe, der Messe. Da schossen die Hände in die Höhe, obwohl bereits alles im Vorstand der Partei verteilt worden war. Die alten Kämpen aus Mutlangen konnten gut zulangen. Er knarzte seine Reime im Kopf zusammen und erinnerte sich verärgert an die Sitzungen im Regionalrat, Kommissionen Kultur. Einmal im Monat musste er dafür nach Köln. Die Parteien- und Postenspielchen gingen auf Landesebene weiter. Manchmal traf er in einer nicht genehmigten Raucherpause den Kölner Kollegen Freese von den Roten, der mit verdrehten Augen aus der Sitzung kam. Johannes bot ihm eine Camel ohne an, und sie mussten beide lachen. Freese schüttelte genauso oft den Kopf über die Abgründe der Diskussion wie Trompeter.

»Bestimmt nennen sie uns die beiden Camele«, lachte Trompeter und blies den Qualm aus dem Fenster der dritten Etage des Hochhauses in Deutz, bevor ihn der strafende Blick einer Sachbearbeiterin aus der Abteilung »Forensische Kliniken« traf.

»Vom Arzt verordnet«, rief Trompeter ihr nach. »Kalter Entzug würde uns in Ihre Arme treiben, so der Doc.«

Freese lachte, obwohl ihm das Lachen in der vorherigen Diskussion vergangen war. Jetzt das befreiende, erlösende Lachen. Netter Kollege.

»Noch ein Museum, Trompeter. Wer, glauben Sie, braucht dieses Museum für mittelalterliche Glasfenster vom Niederrhein?«

»Lieber Herr Freese, das ist ein Alleinstellungsmerkmal der Region. Ich bitte Sie, ein Jahrhundertprojekt, kommt direkt hinter Bilbao. Und der Effekt? Ich sehe die Schlagzeile: ›Glasfenstermuseum toppt Ruhrtriennale‹.«

Hustend lachten der Grüne und der Rote.

»Kaffee oder 'ne Camel oder beides?« Trompeter schaute Freese an.

»Beides. Gleich ist eh Sitzungspause. Und Frau Dr. Minz-Klausenburg, die Vorsitzende von unseren christlichen Freunden, muss um 13 Uhr zur Pressekonferenz über die Vermarktung der Archivbaustelle als Touris-

tendestination. Also, bevor die Meute kommt, ab in die
Cafeteria.«

EINE FRAGE DER EHRE

Bodo von Malchow wirkte 20 Jahre jünger, wenn er auf
dem Rücken seiner Stute Sundance saß. Wie er hinauf
kam, stand auf einem anderen Blatt. Der Stallknecht
stellte ihm einen Hocker neben das Pferd, dann ging es
irgendwie. War er erst einmal oben, machte er eine tadel-
lose Figur: gerader Rücken, das Pferd ganz im Griff. Seine
Ehefrau hatte ihn vor der Reiterei gewarnt. »Nichts für
dein Alter«, hatte sie ihn beschworen. »Es ist immer dasselbe, ein Sturz, Hüfte gebrochen oder Schulter, Kran-
kenhaus, Keime, danach Lungenentzündung – und das
ist das Ende, Rollstuhl und ab in die Seniorenresidenz.«
Gerlinde konnte nicht mehr meckern, sie war vor ihm
gestorben. Er vermisste ihre Nörgelei, weil sie ihm das
angenehme Gefühl gegeben hatte, dass sich jemand um
ihn sorgte. Das taten nun nur noch die bezahlten Kräfte:
Haushälterin und Gärtner. Aber er konnte seine kleinen Ausritte ins Siebengebirge unkommentiert genie-

ßen. Die Malchows waren Pferdeleute, seit Jahrhunderten. Pferdezuchten in Ostpreußen. Bodo von Malchow hatte den sicheren Blick, was Rösser anging. Früher hatte er sich an Rennpferden beteiligt. Manchmal gaben irgendwelche neureichen Großkotze das Geld und nahmen ihn mit ins Besitzerteam, wenn er sie beriet. Pferdeverstand erwarb man nicht in Jahren oder Jahrzehnten. Bei den Malchows war er genetisch verankert. Er hatte den Rennsport geliebt, aber im Alter gewöhnte man sich an Abschiede. Ab und zu ging er noch zum Kölner Rennverein, schnupperte ein wenig Stallgeruch, zeigte sich bei den großen Veranstaltungen. Wurde nach seiner Meinung gefragt, wenn es um die Anschaffung eines Pferdes ging. Ansonsten reichten ihm die entspannten Ausritte auf seiner Stute.

Es lag ein bewegtes Diplomatenleben hinter ihm; er hatte sich ein wenig Ruhe und Zurückgezogenheit verdient. Diese Muße gönnte er sich allerdings selten. Der Niedergang der Republik bewegte sein altes Diplomatenherz. Seit den 6oer-Jahren hatte er dafür gekämpft, Deutschland neue Anerkennung in der Welt zu verschaffen. Die Wiedereingliederung in das westliche Bündnis war schwierig gewesen. Er persönlich hatte es sich nicht leicht gemacht. Bewusst hatte er sich bei der Wahl seines ersten Auslandpostens für Israel entschieden. Wiedergutmachung. Ein an den Nerven und der Seele zerrendes Unterfangen. Er hatte sich für die Aufgabe gemeldet, obwohl oder gerade weil die Malchows sich gegen Hitler gestellt hatten. Sein Vater bereits vor der Machtergreifung. Sein alter Herr hatte seinen Mund nicht gehalten, gegen die neue rechte Kraft gewettert, sie bekämpft. Die Nazis hatten den Vater einfach erschlagen und in einer Straße liegen gelassen. Er und seine drei Brüder wuchsen vaterlos auf, auch mittellos. Die Mutter brachte ihre vier Söhne mit Hilfe von Verwandten durch. Den Kindern verschwieg sie das Schicksal des Vaters, weil sie ihre Söhne nicht in Gefahr bringen wollte. Erst nach dem Krieg erfuhren die Kinder die Wahrheit. Nie wieder, dachte Bodo von Malchow als junger Mann. Er studierte Rechtswissenschaft und nach dem zweiten Staatsexamen ab in die Ausbildungsstätte des Auswärtigen Amtes. Mit den Politikern der ersten Stunde verband ihn der Idealismus, der Kampf um den Wiederaufbau des Landes und die Wiedereingliederung in ein westliches Bündnis. Das waren hervorragende Männer gewesen. SPD, CDU, FDP – es spielte keine Rolle. Unterschiedliche Herkunft, unterschiedliche Vorstellungen über Gesellschaftsmodelle, ja, allerdings vereint in einem Ziel. Nun spürte er den Niedergang. Egoisten, Opportunisten, Korrupte regierten Deutschland nach den langen Jahren des Wohlstands. Mit ihren Krakenarmen griffen die Gierigen nach den Institutionen des Landes. Kampflos würde Malchow ihnen die Nation nicht überlassen. Die Eliten hatten schon einmal versagt – 1933. Das Jahr und was darauf folgte war eine Schande gewesen, so viele seiner Standesgenossen hatten mitgemacht, geschwiegen, profitiert. Nicht die Malchows, und sie würden auch diesmal wachsam sein. Frühzeitig. Er hatte eine kleine, schlagkräftige Truppe um sich gesammelt. Gute Männer mit dem Herz auf dem rechten Fleck. Malchow hatte einen Plan.

NAH BEI DEN MENSCHEN

»Wo sind denn die Scheißaspirin?«, fluchte Peter Pastor. Seine Frau hörte, wie er im Badezimmer die Schranktüren aufriss und geräuschvoll zuknallte. Sie ging davon aus, dass die Frage rhetorisch gestellt war.

»Petraaaa!«, brüllte er als Nächstes in die Wohnung hinein. »Die Scheißaspirin – wo sind die?«

Also nicht rhetorisch, konstatierte sie.

»Schau mal da, wo du sie zuletzt hingelegt hast«, versuchte sie es mit leiser Ironie.

»Verdammt, Petra, für humoristische Einlagen habe ich keine Zeit. Ich muss gleich zum Bahnhof. Mit diesem Brummschädel komme ich nicht durch den beschissenen Tag.«

»Na, schlechte Laune heute Morgen?«, fragte sie in halbwegs munterem Ton, obwohl die morgendlichen Frustnummern des Gemahls sich häuften und an ihren Nerven zerrten. Sie musste schließlich auch um 8 Uhr gestriegelt und mit passabler Laune vor ihre Schulklasse treten. Bloß keinen Streit am Morgen. Sie riss sich zusammen.

»Ich habe überhaupt keine schlechte Laune, nur Kopfweh«, maulte ihr Ehemann.

»Dann möchte ich den Tag, an dem du schlechte Laune hast, nicht erleben. Und jetzt schau in deinem Reisenecessaire nach. Da bewahrst du eine Reservepackung auf«, half sie ihm schließlich.

»Stimmt. Sorry – der Brummschädel«, entschuldigte er sich.

Seit Monaten mehrte sich diese Art von häuslichen Szenen. In den letzten Wochen hatte sich die Situation zugespitzt. Er tat ihr leid. Sie wusste, wie sehr er sich mit seiner beruflichen Lage quälte. Peter Pastor war Politiker aus Leidenschaft, mit Herz und Seele. Er wollte etwas bewegen, aber der Koloss NRW wehrte sich gegen jede Veränderung, ganz zu schweigen von dem Koloss SPD.

Pastor vertrat einen Wahlkreis im Gewerbegebiet von Aachen-Nord, wo viele Arbeiter wohnten. Längst war nicht sicher, ob Arbeiter die Sozialdemokraten wählten. Es gab keine Arbeiterklasse mehr. Die Soziologen, die von den Hochschulen des Ruhrgebiets kamen, sprachen von Milieus oder Schichten. Peter Pastor vertrat Schichten, die wurden immer dünner, abgeschichtet sozusagen.

Er fremdelte. Peter Pastor fremdelte mit der Partei, nicht mit den Schichten. Mit Johannes Rau war er in den Landtag hineingespült worden. »Wir in NRW«, war der Slogan, absolute Mehrheit. Ein politischer Traumzustand. Geld verteilend und Segen spendend fuhr er durch das Land, mal mit den Ausschüssen, später mit den Sparkassen-Touren, die längst abgeschafft waren. Vorteilsnahme. Finanzamt. Dicke Schlagzeilen. Schluss damit. Junge, halbgebildete Jusos drängten nach. Die Qualität des Personals ließ zu wünschen übrig. Die Diskussionskultur auch. Bewegen, ja, Peter Pastor wollte etwas bewegen, das Land und Düsseldorf voranbringen, damals, als die Kohle wegbrach, die Stahlproduktion nach Indien wanderte, als die Zechen starben, die Kumpel protestierten.

Johannes Rau hatte Druck gemacht, Hochschulen und

Fachhochschulen gegründet, die IBA Emscher Park auf Spur gebracht. Es hatte alles nicht gereicht. Die Grünen waren mit in die Regierung gekommen, gute Kollegen hatten ihr Mandat verloren, die Fraktionsführung musste mit den Grünen Deals machen. Es hatte gewaltig geknirscht.

Selbstbedienung. Peter Pastor saß mit seinem Abgeordnetenticket in der Bahn nach Düsseldorf, er dachte über das Wort nach. Viele Abgeordnete, auch in der Kommune, erlebte er als Selbstbediener, Selbstdarsteller, Wichtigtuer. Die Idealisten, wo waren sie? Der Anteil schrumpfte. Ist Politik überhaupt etwas für Idealisten, für die mit den großen Zielen? Er ertappte sich immer öfter im Tunnel der Resignation. Bis die Wut hochkam. Wut und Zorn und Ärger. Bruder Johannes, nah bei den Menschen – oder war das die Kollegin Kraft gewesen. Nah bei den Menschen – Pastor stieß ein verächtliches Lachen aus. Die gepanzerten Limousinen kamen ihm manchmal wie das Symbol für die abgeschotteten Politikerexistenzen vor. »Wir hören den Menschen zu« – ha, beeindruckt von ihrer eigenen Bedeutung sendeten sie nur. »Die Menschen draußen«, auch so eine Politikerfloskel, die sie dekuvrierte: »Wir Politiker hier drinnen, ihr Bürger da draußen.« Schönes Bild.

»Meine Damen und Herren, hier spricht Ihr Lokführer. Wegen einer Störung der Signalanlage zwischen Aachen und Herzogenrath endet unsere Fahrt in Herzogenrath. Sie werden mit Schienenersatzverkehr zu Ihren Zielorten gebracht. Vielen Dank für Ihr Verständnis.«

Nichts klappte, verdammt noch mal. Eine einfache Fahrt mit dem Zug von Aachen nach Düsseldorf kriegte dieses Land nicht hin. Aber Veggie-Day, Klimaschutz, Ehe für alle und noch ein Museum, während die Grund-

schulklos täglich mehr verdreckten – der Einsatz gegen
schmuddelige Scheißhäuser war ja nicht sexy.

Peter Pastor stieg in den überfüllten Gelenkbus und
verstand nun den Sinn des Wortes Nahverkehr. So nah
kam man sich selten. Zu allem Überfluss stürzte sein Parteikollege Udo Meister auf ihn zu. Er ließ sich, ohne zu
fragen, in den Sitz neben Pastor plumpsen. Bitte nicht
Udo Meister, dachte Pastor verzweifelt. Kopfschmerzen
und Udo Meister, das ging gar nicht. Es dauerte höchstens drei Minuten, bis der Lieblingssatz des SPD-Esta-
blishments fiel.

»Du musst das politisch sehen, Peter.«

Peter Pastor hatte diesen Satz unendliche Male gehört.
Politisch sehen. Jeder Dummbeutel aus der Juso-Szene
kam mit diesem Satz daher. Wenn kein Argument zur
Hand war, wurde bedeutungsschwanger geraunt: »Das
musst du politisch sehen.« Peter Pastor wollte es mit seinen eigenen Augen sehen. Der Politikalltag war hart, voller
Heuchelei, ein Kompromissgeschäft. Die größten Egoisten sahen alles politisch und verschleierten mit Geschwur-
bel ihre Interessen. Peter Pastor bemühte in den letzten
Jahren das, was man gesunden Menschenverstand nannte.
Seine Wähler mochten ihn dafür, die Partei hasste ihn dafür.
Hass? Er wurde entmachtet. Wer seine eigene Meinung
hat, der wird unberechenbar. Von dort aus ist der Weg
zum Liebesentzug nicht weit. Man wurde nicht mehr vor-
geschlagen für bestimmte Funktionen in der Partei. Ein
anderer Genosse, zumeist eine Frau mit roten Haaren,
war plötzlich Delegierte für den Bundesparteitag. Einladungen zu Geburtstags- und Sommerfesten nahmen ab.
Kampfkandidaturen für den geschäftsführenden Vorstand
kündigten sich an. Es war verrückt, fast schizophren. Die

Wahlergebnisse stimmten, die Stimmung in Partei und Fraktion stimmte nicht. Peter Pastor fühlte sich seinem Gewissen verpflichtet. Eigentlich eine Selbstverständlichkeit, aber die Realität sah anders aus. Die Partei verpflichtete und in der Partei die Alphatiere. Sie waren die Partei. Sie, die das Sitzfleisch hatten, die an der Theke mittranken, die Heimatlosen, die Selbstdarsteller, die Wichtigtuer, die Dauertelefonierer. Peter Pastor war müde. Wenn er aufhörte, worauf einige spekulierten, würde Udo Meister auf seinen Posten folgen. Der gute Udo, der Gewerkschafter, der keinen Satz fehlerfrei herausbrachte. Seine Ausführungen verliefen sich in einer referenzlosen Aussage, deren Anfang in einem diametralen Gegensatz zum Ende stand. Udo Meister war immer da. Immer nah. Das war entscheidend. Und er hing dem Vorsitzenden vor Ort an den Lippen. Bedingungslose Unterstützung.

HEISSES EISEN

Die Sekretärin stellte das Telefonat durch zum Chefredakteur der Aachener Allgemeinen. Der Mann hatte nicht verwirrt gewirkt, sehr präzise, Insider-Informationen zum Stadionskandal. Frau Schott hatte einen Versuch gemacht, den Anrufer an eine Redaktionsassistentin weiterzuleiten.

»Chefredakteur oder das Gespräch ist beendet«, war die feste Stimme durchs Telefon geklungen.

Frau Schott wollte nicht schuld daran sein, wenn der Zeitung eine heiße Story entging. Chefredakteur Paul Schnigge nahm den Anruf entgegen. Manchmal meldeten sich Verrückte mit irgendwelchem Käse, aber es kamen auch jede Menge wichtige Informationen auf anonymen Wegen zu ihnen in die Redaktion. Leute aus der Stadtverwaltung, die die Schnauze voll hatten von krummen Dingern. Frustrierte oder machtbesessene Politiker. Die Zeitung nahm solche heißen Tipps dankbar entgegen.

»Schnigge«, meldete sich der Chefredakteur zackig. Er hoffte, den Anrufer mit dem Anschein von Entschiedenheit zu beeindrucken.

»Hansen. Das ist natürlich nicht mein richtiger Name, Herr Schnigge, aber Sie müssen mich ja irgendwie ansprechen können.«

»Gut, Herr Hansen, was kann ich für Sie tun?«

Ein kurzes Lachen schallte durch den Hörer.

»Sagen wir mal so, ich denke, ich kann eher etwas für Sie tun.« Er zögerte. »Oder besser, wir können beide zusammen etwas für diese Gesellschaft tun.«

»Schießen Sie mal los.«

Schnigge ließ den Aufzeichnungsmodus mitlaufen, nahm aus guter Gewohnheit trotzdem seinen Kugelschreiber zur Hand, um sich Notizen zu machen. Alte Journalistenschule.

»Es geht um das neue Fußballstadion mit Geschäftsstelle. Dort wird gerade ein weiteres Millionengrab geschaufelt. Die ganze Finanzierung wackelt. Bauausführung mangelhaft. Überdimensioniert. Die Brücke davor ist überflüssig. Warum passieren diese Dinge immer wieder? Nürburgring, Tegel, Kölner Oper, Kongresszentrum in Bonn. Glauben Sie, das ist Zufall, Schlamperei der Verwaltungen, Unfähigkeit? – Vielleicht von allem ein bisschen, aber – und das ist der Punkt – es verdienen Menschen daran, viele Menschen.«

Hansen machte eine Pause, um seine Worte wirken zu lassen.

»Und jetzt das neue Stadion der Alemannia?« Schnigge war mäßig neugierig und ein wenig enttäuscht. War wohl wieder mal einer dieser Frustrierten. Er schaute auf die Uhr. Er war mit dem Verleger zum Mittagessen verabredet. Wenn der Gesprächspartner nicht bald den Knüller herausließ, würde er das Telefonat schnell beenden.

»Die Politik hängt mit drin«, sagte Hansen.

Schnigge wurde hellhörig.

»Sie segnen einen Dringlichkeitsbeschluss nach dem andern ab. Der Generalunternehmer ist beteiligt an einer Baufirma in Russland. Der russische Eigentümer hat sich die zypriotische Staatsbürgerschaft gekauft. So macht man das heute. Man schiebt ein paar Millionen nach Zypern oder Portugal, dafür gibt es einen feinen Pass und der russische Magnat kann sich frei in Europa bewegen und entfalten«, erklärte Hansen. »Der Russe ist an einer Baufirma in Polen beteiligt, die an Heinekamp-Hochbau Anteile hält. Heinekamp macht Landschaftspflege in der Lokalpolitik. Klingelt es bei Ihnen?«

Heinekamp – klar, einer der Aachener Baulöwen, der vor einigen Jahren in Schieflage gekommen war, stieg allerdings wie Phönix aus der Asche wieder auf.

»Beweise?«, fragte Schnigge knapp.

»Jede Menge«, bestätigte der sogenannte Herr Hansen. »Sie sind mein erster Ansprechpartner. Ich kann die Story auch überregional anbieten. Ich finde aber, dass sie als Erstes am Tatort Aachen erscheinen sollte. Titelseite. Wenn Sie mir das garantieren, erhalten Sie das Beweismaterial.«

Schnigge war Feuer und Flamme. »Ich spreche das mit meinem Verleger ab und melde mich bei Ihnen.«

»Ich melde mich bei Ihnen, Herr Schnigge. Morgen am Vormittag.«

GANZ GROSSER AUFTRIEB

Das Voss-und-Felten-Rennen am ersten Juniwochenende jedes Jahres war ein großes gesellschaftliches Ereignis. Tout Köln und der Rest des Rheinlands schlugen im Hippodrom, dem Restaurant der Rennbahn, zum Schaulaufen auf. Eine Gelegenheit für die lokale High Society, große Garderobe zu zeigen: Die Damen führten kinoreife Hutkreationen vor, von denen manche an Baisertorten erinnerten, andere an kleine Obstgebinde; die Herren zeigten sich in hellen Sommeranzügen oder stilvoll im Cutaway mit bunter Weste und Zylinder im passenden Farbton. Köln war nicht Ascot – aber man tat, was man konnte, um ein wenig Glanz zu verbreiten.

Bodo von Malchow war ebenfalls gekommen, um einen Hauch Pferdeluft zu schnuppern. Beim ersten Glas Champagner überfiel ihn der Verleger der Aachener Allgemeinen, Armin Verhülsten.

»Bodo, mein Lieber, wie geht's dir? Du siehst fabelhaft aus!« Verhülsten war ein paar Nuancen zu laut. Seine Hand klatschte krachend auf Malchows Schulter. »Mein Bester, ich möchte dir unbedingt einen Gaul zeigen. Klasse Rennpferd, denke ich. Du musst mir deine Meinung sagen. Ganz ehrlich, allein dein Urteil zählt. Wenn du dein Go gibst, kaufe ich den Zossen.« Er lachte schallend und schlug erneut kräftig zu. Malchow wich zurück, konnte dem derben Hieb aber nicht ganz ausweichen. Der Mann ärgerte ihn. Geld wie Heu, aber keine Manieren.

»Lass mich die ersten zwei Rennen sehen, danach komme ich mit«, sagte er zurückhaltend, fast abweisend, gerade noch den Regeln der Höflichkeit entsprechend.

»Du bist der Chef«, grinste Verhülsten. »Der Champagner geht auf mich!« Der Aachener Verleger grölte erneut über seinen eigenen Scherz. Beide wussten, dass diese Veranstaltung großzügig vom Immobilienmakler Voss und Felten gesponsert wurde. Kundenpflege.

Der Verleger zog weiter und begrüßte etwas weniger überschwänglich den Landtagsabgeordneten Peter Pastor. Verhülsten hielt in der Dosierung seiner Freundschaftsbekundungen durchaus eine Rangordnung ein. Pastor gehörte nicht zu den Wichtigen, ein SPD-Landtagsabgeordneter aus Aachen, dessen Stern sank.

Kaum merklich gab Malchow durch ein Nicken im Vorbeigehen zu erkennen, dass er Pastor ebenfalls kannte. Nur ein aufmerksamer Beobachter erriet, dass Malchow dem Abgeordneten aus Aachen ein aufmunterndes Lächeln zusandte. Oder vielleicht ein Irrtum, vielleicht kannten die beiden sich gar nicht, vielleicht war dieses Lächeln einem anderen im Gedränge zugedacht.

Vom verglasten Restaurantgebäude aus betrat der Ratsherr Oliver Freese über eine Treppe die Terrasse. Er rannte fast in das Duo Verhülsten/Pastor hinein.

»Ach, der Kollege Freese aus Köln. Wir sitzen zusammen im Kulturausschuss des Landschaftsverbandes«, freute sich Pastor. »Darf ich Ihnen den Verleger Herrn Verhülsten vorstellen? Er ist die graue Eminenz des Verlagswesens in Aachen – Aachener Allgemeine, Verhülsten-Buchverlag, Verhülsten-Lokal-TV. Habe ich etwas vergessen?«

»Ein paar Peanuts«, antwortete der Verleger. »Und was machen Sie, Herr Freese?«

»Anwalt in Köln, Ratsmitglied und Mitglied im Kulturausschuss. Sie sind mir deshalb natürlich bekannt«, sagte Freese. »Ludwig-Stiftung, da sind Sie doch aktiv. Durch die Stiftung sind Köln und Aachen fest verbunden.«

Pastor überließ die beiden sich selbst und begrüßte eine Dame. Verhülsten versuchte ebenfalls zu entkommen. Es gab wichtigere Leute als einen kleinen Kölner Ratsherrn.

»Haben Sie einen Moment Zeit, Herr Verhülsten?«, bat Freese. »Ich hätte etwas mit Ihnen zu besprechen.«

Verhülsten schaute desinteressiert und ließ seinen Blick schweifen, um einen hochkarätigeren Gesprächspartner auszumachen.

»Bitte!«, sagte Verhülsten ungeduldig. Er erspähte am anderen Ende der Terrasse den Oberbürgermeister, versuchte es mit Augenkontakt, und sein Körper wandte sich bereits dem neuen, lohnenderen Ziel zu, während er mit einem Rest von Höflichkeit dem Ratsherrn zuhörte.

»Ich frage mich«, begann Freese, »warum Sie die Informationen, die Ihnen zugekommen sind in der Affäre um das Stadion, nicht veröffentlicht haben. Wie ich erfuhr, war das Material eindeutig. Alles wasserdicht. Eine gute Titelgeschichte, würde ich meinen. Warum also keine Veröffentlichung?«

Verhülsten verzog das Gesicht, schien aber nicht beunruhigt. Was sollte ihm ein kleiner Kölner Ratsherr anhaben?

»Das erste Rennen beginnt. Das sollten wir anschauen«, gab sich Verhülsten entspannt.

»Wir sind an einer Veröffentlichung sehr interessiert, Herr Verhülsten.«

»Wieso – und wer ist wir?«

»Sagen wir mal so: ein wenig Aufklärung im Namen der Steuerzahler«, beantwortete Freese den ersten Teil der Frage, den zweiten ignorierte er. »Und wir bestehen sozusagen auf Veröffentlichung auf der Titelseite. Um sie ein wenig zu motivieren, gebe ich das Stichwort ›Joachim Friedmann‹. Ich könnte mir vorstellen, dass Sie die Details Ihrer Beziehung nicht so gern im Umlauf wüssten. Sein Sohn ist im Grunde sehr diskret und gar nicht rachsüchtig, aber ein bisschen sollten Sie uns entgegenkommen.«

In diesem Moment kündigte der Rennbahnsprecher den Start des ersten Rennens an.

»Meine Damen und Herren, in wenigen Sekunden sind die Teilnehmer bereit für das erste Rennen des heutigen Tages. Jockey Peter Lukas auf Sommernachtstraum hat noch ein paar Schwierigkeiten, das Pferd in die Box zu manövrieren. – Es ist so weit, alles startklar für den Preis der Golzheim-Brauerei. Die Boxentüren öffnen sich. 1.600 Meter die Distanz. Angelina kam überhaupt nicht gut auf die Beine. Wir sehen die Favoritin Nightqueen direkt in Führung. Innen hält Pure Mind Anschluss an die Spitze, gefolgt von Morning Star und Passepartout. Mit einer Länge Abstand führt Scout John die zweite Gruppe an. So geht es in die Gegengerade.«

Die Gäste im Hippodrom wandten sich der Rennstrecke zu, manche drängten nach unten auf die Wiese, um den Einlauf direkt am Gatter zu erleben, wo ihnen die von den Hufen hochgeschleuderten Erdklumpen um die Ohren flogen.

GOLF ODER GOETHE

Ein Junisonntag wie aus dem Bilderbuch. Kommissarin Theresa Rosenthal genoss die Sonne. Sie hatte es sich mit einem Cappuccino, Schokoladenkeksen und einem Buch auf ihrer Dachterrasse gemütlich gemacht und freute sich auf eine ruhige Lesestunde zur Tageszeit. Sonst nutzte sie die schlaflosen Nachtstunden für ihre Lektüre, bis ihr das Buch aus der Hand sackte. In der nächtlichen Lesezeit kamen deshalb oft ganze Sätze abhanden. Völlig bei Sinnen schien sie in diesen Wachphasen nicht zu sein. Außerdem war Samstagnacht wieder mal die Hölle los gewesen. Theresa wohnte nahe der Innenstadt im Belgischen Viertel von Köln. Der Brüsseler Platz war in den letzten Jahren zur beliebten Partyzone mutiert. Bei schönem Wetter standen die jungen Leute mit Bierflaschen draußen. Der steigende Alkoholpegel heizte die Stimmung an, und um Mitternacht erreichte das Grölen ihre Penthouse-Etage. Die Mitarbeiter vom Ordnungsamt waren machtlos und zogen beschimpft und bespuckt ab, manchmal wurden sie tätlich angegriffen. Köln verteidigte seinen Ruf als Dauerpartystadt. Anstelle von massiven Eingriffen beriefen die Stadtoberen Schlichter. Null Erfolg. Das fröhliche Feiern gehöre zum Kölner Lebensstil, verteidigten Politik und Verwaltung ihr lasches Vorgehen. Bloß keine Unterbrechung der großen Sause. Vom Christopher Street Day direkt in den Karneval, mittlerweile auch Jeck im Sunnesching; jeder fremde Brauch wurde übernommen, willkommener Partygrund: Oktoberfest und Halloween; vom 11.11. direkt in den Weihnachtsmarkthype. Ums liebe Herzjesulein ging es dabei lange nicht mehr. Glühwein saufen und Randale selbst auf dem Weihnachtsmarkt am Dom, dessen Mauern mittlerweile wegbröselten, weil die Besoffenen das Weltkulturerbe bei Druck anpinkelten. Toll, überlegte Theresa: Eine Stadt pinkelt sich weg. Die Geschäftsleute in der Altstadt, an den Ringen, Zülpicher Straße stöhnten, weil sie morgens, bevor sie ihre Geschäfte öffneten, erst Müll und Exkremente wegschieben mussten. Nur die Kneipenwirte waren zufrieden mit den Kölsch-Umsätzen, kümmerten sich aber wenig um die Hinterlassenschaften ihrer saufenden Gäste.

Reg dich ab, ermahnte Theresa sich, genieß den schönen Sonntag. Komm runter! Mit großem Vergnügen machte sie sich an Rüdiger Safranskis Goethe-Biografie. Der Autor war ein kenntnisreicher und genialer Erzähler, seine Schilderungen so lebendig, als habe er selbst mit Goethe im Weimarer Gartenhaus geplauscht. Sie stockte bei einem Zitat des alten Klassikers: »Es liegt nun einmal in meiner Natur, ich will lieber eine Ungerechtigkeit begehen, als Unordnung ertragen.« Hat eine Menge mit meiner Arbeit zu tun, dachte sie. Dann polterte der komplette Safranski auf den Terrassenboden, wodurch Theresa Rosenthal aus einem Sekundenschlaf aufschreckte. Wieder hellwach, überlegte sie, ob es nett wäre, ein paar Bälle von der Driving Range zu schlagen. Seit sie es mit zwei Todesopfern auf dem Golfplatz Siebeneichen zu tun gehabt hatte, kämpfte Rosenthal mit dem kleinen weißen Ball. Der irische Trainer des Golfclubs, ursprünglich ein Verdächtiger in dem damaligen Fall, hatte sie zu diesem Ballsport, den sie früher nicht ganz ernst genommen hatte, verführt. Tatsächlich war sie mittlerweile vernarrt ins Golfspiel. Ihr Mann Georg, eher der No-Sports-Typ, belächelte seine Gemahlin, wenn sie mit ihren Schlägern abzog. Aber Georg war auf einer Lesereise für sein neues Buch, und sie könnte, ohne seinen feinen Spott im Rücken, das Haus verlassen. Deshalb hielt sie nichts ab, außer dem jungen Goethe. Golf oder Goethe, überlegte sie, hob das Buch vom Boden auf, klappte es zu, womit die Entscheidung für Golf gefallen war. Sie ging in ihr Schlafzimmer, um sich umzuziehen. Das Telefon an ihrem Bett klingelte.

»Theresa? Komm aus deiner Sonnenliege hoch«, meldete sich ihr Kollege Marco Bär. »Es gibt Arbeit.«

»Kann nicht sein«, murrte die Kommissarin. »Morden am Sonntag ist verboten.«

»Wir wissen nicht genau, ob es Mord war. Merkwürdige Umstände.«

»Wo?«

»Weidenpesch. Pferderennbahn.«

»Ist heute ein Rennen?«, wollte Rosenthal wissen.

»Ja, großer Auftrieb. Die ersten Rennen sind gelaufen, sodass sich die meisten Leute auf dem Gelände aufhalten«, erklärte Bär. »Du wirst gut durchkommen.«

»Das ist ein unendlicher Trost für mich«, bemerkte Rosenthal schlecht gelaunt. »Wo treffen wir uns?«

»Bei den Ställen. Der Tote liegt in einer Box.«

»Für tote Pferde sind wir gar nicht zuständig.«

»Haha. Das Pferd lebt, der Mann ist tot.«

»Und, soll ich das Pferd verhaften?«

»Du bist heute so witzig«, lachte Bär.

»Galgenhumor. Okay, Golfschläger wegpacken. Pferde satteln. Bin gleich da.«

Die Anfahrt über die Rennbahnstraße, die bei Beginn der Veranstaltungen meist verstopfte, war zu dieser Zeit tatsächlich kein Problem. Irgendwie wurstelte sich die Kommissarin durch, befragte einige Parkplatzwächter und Pförtner und fand endlich die Zufahrt zu den Ställen.

Kollege Bär stand am Eingang mit einem Mann mittleren Alters, dem Aussehen nach wahrscheinlich ein Stallknecht oder wie das hieß. Die Welt der Pferde war Theresa Rosenthal fremd. Im Grunde hatte sie Angst oder zumindest Respekt vor den Viechern, besonders wenn sie die Augen verdrehten und die Ohren nach hinten legten.

Ihr Versuch, sich auf dem Rücken eines Pferdes zu halten, war einst kläglich gescheitert, aber das würde hier nicht nötig sein. Ein bunt gekleideter Jockey in seidigem Hemd und mit gelb-grüner Kappe kam auf einem schnaubenden Gaul auf sie zugeritten. Erschrocken wich sie zurück.

»Pferde sind wohl nicht so dein Ding?«, begrüßte Marco Bär seine Kollegin.

»Nee, ich trau den Viechern nicht über den Weg.«

»Da muss ich dir recht geben, vor allem wenn ich den Mann, der im Stall liegt, anschaue«, stimmte Bär ihr zu. »Sieht übel zugerichtet aus. Einer der Stallknechte hat das Pferd gerade aus der Box gezogen. Es spielte völlig verrückt.«

»Weiß man, wer der Tote ist?«, wollte Rosenthal wissen.

»Ist bekannt wie ein bunter Hund. Armin Verhülsten, große Nummer aus Aachen. Verleger.« Bär hatte sich offensichtlich schon umgehört.

Der Tote in der Pferdebox bot keinen schönen Anblick. Bär hatte sie vorgewarnt. Ein von Pferdehufen zertrampelter Körper war nicht gerade das, wovon man sich an einem sonnigen Terrassen- oder Golfsonntag gern stören ließ. Rosenthal warf einen kurzen Blick auf den zertrümmerten Schädel. Das war der Job für den Rechtsmediziner und die KTU.

»Wer ist der Besitzer des Pferdes?«, wollte sie von Bär wissen.

»Ein Mann namens Heiko Selig«, informierte er sie. »Er hält sich wahrscheinlich im Hippodrom auf, das ist das Restaurant an der Rennbahn. Da ist großer Bahnhof. Irgendeine Firma sponsert das Event.«

Die Kommissare gingen hinüber ins Hippodrom, während der Sprecher das nächste Rennen annoncierte. Sie erreichten das Restaurant in dem Moment, als die Jockeys versuchten, ihre Pferde in die Starteinrichtung zu manövrieren, die genau vor der Terrasse aufgebaut war, um den dortigen Gästen einen exklusiven Blick auf den Beginn des Rennens zu garantieren.

»Krösus kommt als letzter Kandidat heran«, kommentierte der Rennbahnsprecher. »Er geht hinein in die Box, alles startklar für den Preis der Bartels-Bank.« Die beiden Kommissare erschraken, als sich die Boxen krachend öffneten und die Pferde losrasten. »Die Kandidaten sind auf der Reise«, hörte man die Stimme des Kommentators durch die Lautsprecher dröhnen. »Die Distanz: 2.000 Meter. In gewohnter Manier übernimmt Monbijou die Führung, gefolgt von Wüstenfuchs, an der Innenseite auf Platz drei My fair Lady, um Anschluss bemüht ist außen Nobleman.«

Rosenthal und Bär blieben stehen und beobachteten, wie die Pferde im Pulk auf der gegenüberliegenden Seite galoppierten.

»Monbijou marschiert, gefolgt von Krösus. Es tut sich seit dem Start gar nichts. Die Jockeys scheinen zufrieden mit ihren Positionen. Die ersten biegen in die Zielgerade ein. Valungo greift außen an.« Die Stimme des Sprechers wurde hektischer. »Monbijou weiter vorn, wird jetzt innen angegriffen von Wüstenfuchs, mit einer halben Pferdelänge Abstand folgt Valungo, es prescht von hinten heran Krösus.« Immer aufgeregter klang der Kommentator. »Krösus oder Monbijou, Krösus! Monbijou ist einen Kopf vorn. Monbijou!«, jubelte der Sprecher, als sei er selbst der Besitzer des Gewinners. Die Pferde donnerten an den Kommissaren vorbei ins Ziel, das sich ebenfalls vor der Nase der exklusiven Gäste befand, gefeiert von denen, die auf den Gewinner gesetzt hatten. Rosenthal spürte, wie die knisternde Spannung, die in der Luft lag, sich auf sie übertrug. Als sich die Stimmung beruhigte, begab sie sich mit dem Kollegen auf die Suche nach Gesprächspartnern.

»Wo fangen wir an in diesem Gedränge?«, fragte Bär ratlos.

»Am besten bei den Sponsoren, die werden die meisten der Gäste kennen«, schlug Theresa Rosenthal vor.

»Vorläufiger Einlauf für das Bartels-Bank-Rennen«, hörten sie den Sprecher. »Erster Monbijou, zweiter Krösus, an dritter Stelle Valungo und, wichtig für Ihre Viererwette, der vierte Platz für Sonnyboy.«

Sie erwischten Herrn Voss, Partner beim großen Immobilienmakler »Voss und Felten«. Man merkte, die Todesnachricht kam ihm ungelegen.

»Ich will nicht herzlos sein«, sagte Ronald Voss, »aber wir geben eine Stange Geld aus, um unsere Kunden und Partner bei dieser Einladung zu hätscheln. Ich kann die Veranstaltung nicht abblasen.«

»Müssen Sie nicht«, beruhigte Theresa Rosenthal ihn. Der Mann war nicht unangenehm, und sie verstand sein Problem. »Ist denn Herr Verhülsten Kunde bei Ihnen?«

»Nein, aber das hier ist ein gesellschaftliches Ereignis. Da lädt man halt alles ein, was Rang und Namen hat«, erklärte Voss. »Verhülsten ist außerdem ein großer Rennsportfan, hat selbst Pferde, soweit ich weiß.«

»Sind Sie befreundet?«, wollte Bär wissen.

»Nein, gar nicht. Wie gesagt, mehr ein gesellschaftlicher Kontakt.«

»Und wer unter Ihren Gästen kennt ihn näher?«

»Werden Sie die Leute hier befragen?«, stöhnte Voss.

»Das müssen wir. Ja, wir machen das diskret«, kam die Kommissarin dem Makler zuvor. »Sagen Sie uns, bei wem wir nachhaken können. Wo finden wir zum Beispiel Herrn Selig, Heiko Selig, den Besitzer des Pferdes, in dessen Box die Tote gefunden wurde? Wie hieß das Pferd noch gleich, Marco?«

»Daydream.«

»Genau, können Sie uns Herrn Selig zeigen? Steht er hier irgendwo herum?«

»Keine Ahnung. Ich habe Selig seit zwei Stunden nicht gesehen. Wir könnten ihn ausrufen lassen.«

»Gute Idee. Mit wem hat Herr Verhülsten denn heute gesprochen?«, wollte Rosenthal wissen.

»Oh Gott«, ächzte Voss. »Ich habe hier mit Hundert Leuten geredet und Verhülsten sicher auch. Keine Ahnung, wem er nahesteht – stand. Ich habe ihn kurz mit Herrn von Malchow sprechen sehen. Sind beides große Pferdeleute.«

Malchow – bei Theresa Rosenthal klingelte etwas. Malchow, Malchow – der Adel unter sich, verwandt, verschwägert oder zumindest befreundet. Theresa selbst entstammte einer Adelsfamilie mit langer Geschichte. Sie machte von den Verbindungen in diese Welt keinen Gebrauch, seit sie in zweiter Ehe einen jüdischen Fabrikantensohn geheiratet hatte, der verstorben war. Die adelige Verwandtschaft betrachtete diese Ehe als Mesalliance. Ihre alte Mutter rümpfte noch heute bei den seltenen Besuchen, die Theresa ihr abstattete, die Nase beim Namen Rosenthal. Als ob sie auf eine saure Gurke biss, sah ihr Gesicht dabei aus. Das war nicht unbedingt Antisemitismus, eher Snobismus. Einen amerikanischen Milliardär hätte die Mutter mit ebenso säuerlicher Miene empfangen. Trotz des Abstands, den sie zu ihren Kreisen hielt, war es Theresa manchmal angenehm, mit Standesgenossen zu sprechen. Man bewegte sich auf einer Ebene.

Sie ließ sich zu Herrn von Malchow führen. Ein freundlich wirkender älterer Herr mit markanten Zügen, blitzenden, lebendigen Augen und dem Bemühen, trotz seines fortgeschrittenen Alters, körperlich Haltung zu bewahren.

Sie erklärte ihm die Umstände. Malchow machte kein großes Gewese um die Todesnachricht. Das war angenehm.

»Wie war Ihr Name?«, fragte er.

»Theresa Rosenthal«, stellte sie sich erneut vor, diesmal mit deutlich lauterer Stimme, weil sie davon ausging, dass der gute Malchow ein wenig taub auf den Ohren war.

»Ich verstehe Sie gut, auch wenn Sie weniger brüllen. Ich wollte noch mal Ihren Namen hören«, erklärte er. »Bist du nicht die kleine Tessa?«, fragte er, in das unter Adligen übliche »Du« verfallend. Tochter von Magdalena und Hasso?«

Das stimmte. Theresa blickte den alten Herrn erstaunt an.

»Dich habe ich schon auf den Knien geschaukelt, da warst du vielleicht gerade mal drei. Was machen die Eltern? Wir haben uns aus den Augen verloren, weil ich viele Jahre im Ausland war. Und jetzt ist die kleine Tessa groß und eine richtige Kommissarin. Ich habe gehört, dass du einen Herrn Rosenthal geheiratet hast und verwitwet bist.«

»Aber wieder verheiratet. Zum dritten Mal.«

Bär schaute erstaunt, schwieg aber. Ihm war klar, dass er einiges aus der Vergangenheit seiner Kollegin nicht wusste.

Theresa Rosenthal überging die Frage nach ihren Eltern und erinnerte Herrn von Malchow daran, dass sie dienstlich unterwegs war.

»Herr von Malchow«, redete sie ihn offiziell an. »Sie haben heute auf dieser Veranstaltung mit Herrn Verhülsten gesprochen.«

»Herr von Malchow?« Der alte Herr lachte. »Früher hast du Onkel Bodo zu mir gesagt.«

Malchow konnte sehr charmant sein. Alte Diplomatenroutine.

»Also gut, Onkel Bodo.« Theresa mochte den Adelsherrn und wollte ihn nicht kränken. »Worüber hast du mit Herrn Verhülsten gesprochen? War er irgendwie beunruhigt? Hatte er Probleme?«

»Überhaupt nicht. Er war bester Stimmung, weil er beabsichtigte, ein Pferd zu kaufen. Das wollte er mir unbedingt zeigen. Verhülsten gab viel auf meine Meinung in Sachen Pferden.«

»Und – habt ihr das Pferd angeschaut?«

»Nach dem zweiten Rennen sind wir rüber zu den Ställen.«

Malchow war entschlossen, seine kleine Kampftruppe aus der Sache herauszuhalten. Trompeter war gar nicht anwesend, nicht eingeladen, und Pastor und Freese hatten nur kurz mit Verhülsten gesprochen. Freese war sein Anliegen sogar losgeworden, das wusste er, aber in dem Getümmel hatte sich jeder mit jedem unterhalten. Kein Grund für Verdächtigungen. Er fackelte nicht lange und erzählte offen vom Besuch bei Daydream.

»Gutes Pferd, ausgezeichnete Wahl. Ich konnte Verhülsten bestärken, das Pferd zu kaufen«, berichtete Malchow.

»Verhielt das Tier sich ganz normal, als Sie es anschauten?«, fragte Bär.

»Ein Pferd mit Charakter. Nicht nervös oder hypersensibel. Als wir den Stall verließen, war Daydream in Ordnung«, sagte Malchow. »Dafür verbürge ich mich.«

»Hat man euch beim Verlassen gesehen? Das muss ich …«, übernahm Theresa Rosenthal.

Malchow winkte begütigend ab. »Kein Problem, ist dein Job. Beim Verlassen grüßten wir rüber zu Rüdiger, das ist einer der Stallburschen.«

»Bist du mit Verhülsten ins Hippodrom zurückgegangen?«, fragte Rosenthal.

»Nein, er blieb, machte sich, glaube ich, auf zum Führring«, erzählte Malchow bereitwillig.

»Wollte er jemanden treffen?«, schaltete Bär sich ein.

»Das kann ich Ihnen nicht sagen, Herr Kommissar.«

»Bodo, mein Bester«, begrüßte ein gut gekleideter Mann mittleren Alters Herrn von Malchow.

»Tessa, mein Schatz, darf ich?« Malchow deutete zu dem Herrn hin, machte sich aber nicht mehr die Mühe, ihn vorzustellen.

»Ja, gibst du mir deine Karte, für den Fall?«

Malchow reichte der Kommissarin eine auf feinem weißem Karton gedruckte Visitenkarte, gab ihr zum Abschied einen leichten Kuss auf die Wange und lächelte. »Besuch den alten Onkel mal. Ich wohne in Bonn. Pflaster für pensionierte Diplomaten. Die stehen zur guten alten Zeit. War anders als in Berlin.«

Bär sah den zwei abziehenden Herren hinterher. »Wen du so alles kennst, Tessa, mein Schatz«, grinste er.

»Klappe, Marco«, befahl sie, »sonst erzähle ich im Büro, dass ich dich neulich auf der Skaterbahn am Rhein erwischt habe mit deinen Spielkameraden. Und dein schickes Outfit kann ich haarklein beschreiben. Welche Farben hatten deine schlabberigen Bermudas noch mal? Ziemlich viel Rosa und ziemlich viele Blümchen.«

Sie zog ihren Kollegen gern damit auf, dass er in ihren Augen nicht erwachsen werden wollte.

QUERSITZENDE LAMMKOTELETTS

Ein Gast im Hippodrom gab den Kommissaren die Handynummer von Daydreams Besitzer Heiko Selig. Als sie ihn erreichten, hielt er sich bei den Pferdeställen auf. Sie verabredeten sich dort.

»Tröstet wahrscheinlich seinen durchgeknallten Hengst, der Herr Selig«, bemerkte Marco Bär trocken.

»Dafür gibt es spezielle Traumatherapeuten.« Ein ironisches Lächeln erschien auf Rosenthals Gesicht. »Neulich stieß ich mitten in der Eifel auf eine Praxis für Verhaltenstherapie an Hunden und Katzen. Die boten auch Ernährungsberatung für die Viecher an und – fast hätte ich es vergessen – Beschäftigungstherapie.«

»Ist das alles noch normal?« Bär schüttelte den Kopf.

Sie waren auf dem Weg zu den Ställen. Da sich das Rennbahngelände auf 55 Hektar erstreckte, liefen sie sich bei dem Hin und Her langsam die Füße wund auf dem unebenen Boden. Theresa Rosenthal ärgerte sich, dass sie Pumps mit erhöhten Absätzen gewählt hatte. Marco war besser dran. Er trug, wie immer, Turnschuhe. Unterwegs googelte Bär den Mann, den sie gleich treffen würden. Es dauerte ein paar Sekunden, dann gab der Kollege einen Pfiff ab.

»Bingo. Jede Menge Einträge. Heiko Selig, Hauptberuf: Erbe. Papa hat ihm ein nettes kleines oder größeres Aktienpaket hinterlassen. Der Alte hat das Chemieunternehmen Polytecta Bretten gegründet und an die Börse gebracht. Jetzt muss der Sohnemann nur auf die Dividende warten. Hartes Schicksal. Sieht aber sympathisch aus, der Herr Erbe.« Bär zeigte der Kollegin ein Foto.

»Nett, wie alt ist Selig?«

»38.«

»Schade, zu jung für eine Tochter im heiratsfähigen Alter«, grinste Rosenthal. »Wär doch eine Partie für dich. Dann könntest du es langsamer angehen lassen, bisschen mehr Beauty- und Fitnessstudio.«

»Theresa!«, jaulte Marco auf.

Selig war bei seinem Hengst, der mittlerweile in eine andere Box verlegt worden war, und redete liebevoll auf das Tier ein. Man merkte, dass das Pferd ihn mochte. Es zupfte spielerisch an Seligs Jackenkragen und prustete ihm freundschaftlich in den Nacken.

»Hat er sich beruhigt?«, fragte Rosenthal, weil sie wusste, dass es bei Tierbesitzern gut ankam, wenn man sie nach ihren Lieblingen fragte.

Selig stand unter Schock. »Wie konnte das passieren?«

Er hörte nicht auf, seinen Kopf zu schütteln, als ob er hoffte, dass sich dadurch eine Antwort aus den Gehirnwindungen löse. »Daydream ist eine Seele von einem Pferd, glauben Sie mir das, bitte.« Er schaute die Kommissare flehend an.

»Hat Herr von Malchow auch gesagt«, bestätigte Bär.

»Bodo, Sie haben ihn befragt, Gott sei Dank. Er kennt sich mit Pferden aus.«

»Sie auch?«, hakte Theresa nach.

»Ich auch. Der Rennsport ist mein Leben und Pferde sind mein Leben. Ich habe mit fünf Jahren auf meinem ersten Pony gesessen.«

»Warum verkaufen Sie Daydream, wenn er so ein Klassehengst ist?«, wollte Bär wissen.

»Ab und zu muss man sich leider von einem Tier verabschieden. Daydream hat viele Preise geholt. Das hat seinen Wert als Deckhengst gesteigert«, erklärte Selig. »Ich kann nicht nur in mein Hobby investieren. In Deutschland herrscht Flaute im Pferderennsport. Wir müssen mit den Tieren nach Übersee. Das nächste Rennen ist in Hongkong. Der Transport kostet eine Stange Geld, aber wie gesagt, hier ist nicht mehr viel zu machen«, klagte Selig.

»Sieht gar nicht so aus«, meinte Bär. »Heute tummeln sich doch Tausende von Menschen auf der Rennbahn.«

»Ja, gutes Wetter, netter Familienausflug«, bestätigte Selig, »aber am Ende zählt, was in der Wettkasse ist.«

»Und?« Theresa zog fragend die Augenbrauen hoch.

»Ich gebe Ihnen eine Information: An einem Renntag in Hongkong wird mehr Geld umgesetzt als auf allen Rennbahnen in Deutschland im ganzen Jahr.« Selig ließ die Aussage wirken. »Alles klar?«

Die Kommissare nickten und Rosenthal hakte nach. »Deshalb müssen Sie ab und zu ein Pferd verkaufen? Was bringt denn so ein Deckhengst?«

»Fünf Millionen, zehn Millionen, in der Spitze bis zu 20 Millionen Euro.«

Bär pfiff durch die Zähne.

»Sie verstehen«, erklärte der Pferdebesitzer. »Deshalb muss man manchmal einen Gewinn einstreichen, wenn ein gutes Angebot kommt, selbst wenn der Abschied von einem Tier in der Seele wehtut.«

»Und Herr Verhülsten machte dieses gute Angebot? Sozusagen eins, das sie nicht ablehnen konnten?« Rosenthal erinnerte sich schwach, dass das eine fiese Bemerkung aus dem »Paten« war, Teil eins, zwei oder drei? Bei der Erwähnung des Namens Verhülsten meinte sie ein kurzes Naserümpfen bei ihrem Gesprächspartner zu bemerken. Vielleicht irrte sie sich.

»Ja, Verhülsten wollte Daydream unbedingt kaufen. Besitzen«, ergänzte Selig, als finde er diesen Umstand besonders erwähnenswert.

Die Kommissare fragten Selig, ob er wisse, dass Verhülsten und Malchow das Pferd am Nachmittag angeschaut hatten.

»Ja, klar. Verhülsten war ganz aufgeregt. Er wollte Daydream dem alten Pferdekenner auf jeden Fall vorführen. Kann ich verstehen. Auf Malchows Urteil verlässt sich hier jeder.«

»Und plötzlich rastet Ihr Pferd bei oder nach diesem Besuch aus. Ist doch merkwürdig«, gab Rosenthal zu bedenken. »Haben Sie irgendeine Erklärung dafür?«

»Keine Ahnung.« Selig schien immer noch verstört. »Ein Pferd tut so etwas nicht ohne Grund.«

»Wo waren Sie denn in den letzten zwei Stunden? Wir haben nach Ihnen gesucht.« Theresa behielt den Erben im Auge, damit ihr nichts von seiner Reaktion entging.

»Im Hippodrom.«

»Wir haben Sie dort nicht gefunden.«

»Ich war mit meiner Frau nicht unten auf der Veranstaltung. Ich war oben im separaten Restaurant. Wir wollten in Ruhe etwas essen.«

»Was gab's?«, wollte Bär wissen, weil er langsam Hunger bekam und weil das die Details waren, bei denen sich die Leute meist verhaspelten.

»Das ganze Menü?«

Bär nickte.

»Bouillon mit Einlage, woraus die bestand kann ich Ihnen nicht mehr genau sagen. Auf das Himbeersorbet habe ich verzichtet, meine Frau nicht.« Selig, eigentlich ein umgänglicher Typ, wurde spitz im Tonfall und schien ungeduldig zu werden. »Danach Lammkoteletts mit Prinzessböhnchen und Kartoffelgratin, ein Schuss Soße dazu«, führte er seine Beschreibung des Menüs, detaillierter als nötig, aus. Die Lammkoteletts saßen ihm langsam quer, weil er das Gefühl nicht loswurde, dass man ihn verdächtigte. »Und zum Dessert«, fuhr er fort, »gab es eine Variation mit Tiramisu, Crème brulée und Eis, Walnusseis. Obenauf ein paar Blätter, Minze, glaube ich.« Selig hielt kurz inne. »Ach, den Espresso hätte ich fast vergessen. Es lag so ein rundes Plätzchen auf dem Rand der Untertasse – wie heißen die? Ich werde im Restaurant nachfragen. Und ja, meine Frau hat noch …«

Bär lief das Wasser im Mund zusammen.

»Ist schon gut, Herr Selig. Wir haben verstanden«, unterbrach die Kommissarin den Befragten. »Wir wer-

den das überprüfen. Können wir Ihre Frau sprechen?
Wo ist sie?«

»Nach Hause gefahren. Muss sich um die Kinder kümmern. War's das?«

»Das war's – vorerst. Wenn Ihnen noch etwas einfällt
oder Sie nachträglich Ungewöhnliches an ihrem Pferd
bemerken, bitte …«

Rosenthal gab Selig ihre Karte.

Bär ließen die Zahlen keine Ruhe. »Und wenn Sie Daydream zum Decken ausleihen, was kostet das?«

»10.000 Euro – bei Erfolg. Bei Ausnahmepferden bis
zu 25.000.«

Sie verabschiedeten sich.

»25.000 Euro – für einmal«, staunte Bär und schüttelte
ungläubig den Kopf.

»Keine falschen Hoffnungen, Kollege«, schmunzelte
Rosenthal. »Gilt nur für Rassehengste. Steckt viel Geld
drin in der Szene. Wer weiß, ob wir dort nicht das Mord-
motiv finden.«

FETT UND DER TOTE IN DER BOX

Kommissar Michael Fett stöhnte: Amtshilfe für Köln. Köln, dieser Moloch, diese ewig verhöhnerte Stadt, diese Junggesellenabschiedsdauerparty. Er war westwärts orientiert, Belgien, Niederlande. Mit den Kollegen in Lüttich und Maastricht hatte er grenzüberschreitende Fälle gelöst. Mit Köln gab es jedes Mal Stress. Im Jahr 2000 war die Luft besonders dick gewesen. Köln hatte die polizeiliche Vorbereitung der Karlspreisverleihung an Präsident Bill Clinton übernommen. Aachen war degradiert worden. Hilfssheriffs, das waren sie damals. Jeden Tag war der Einsatzleiter aus Köln über die A 4 gerauscht und hatte den Aachenern erzählt, wie man einen Großeinsatz mit Sicherheitsstufe eins leitet. Die Führungsetage der Aachener Polizei war knackesauer gewesen, der damalige Polizeipräsident dauernd in Mediationen unterwegs, um den Frust und den Ärger zu bewältigen.

Nun Amtshilfe für Köln. Die Anfrage kam an einem Montag, ausgerechnet Montag, wenn er seine Wochenanfangsdepri pflegte. Sein Aachener Kollege Schmelzer raunte ihm etwas am Telefon zu von einem toten Mann in der Pferdebox. Fett mochte keine Pferde. Er hatte als Kind einen Hund, Katzen, Vögel, Fische und Enten besessen. Pferde – nein! Mädchenkram, das mit den Pferden. Erst in Aachen, mit der Nähe zum Reitturniergelände, bekam er Respekt vor dem Pferdesport. Na ja, Respekt? Mal so, mal so. Die Dopingprobleme beim Pferdesport ploppten jedes Jahr hoch.

Amtshilfe für Köln. Ein Toter in der Pferdebox. Sollten die Kölner mal selber lösen. Die waren so schlau, weltoffen, tolerant und ach so super lustig. Nein, auf Köln hatte Fett keinen Bock. Die Vorstellung, öfter nach Köln fahren zu müssen, verursachte Kopfschmerz. Er steigerte sich in den Frust hinein. Da half nur ein Gang um den Block. Zusammenarbeit mit Köln. Er wusste nicht mal genau, um was es sich handelte. Der Tote, Armin Verhülsten, war ihm natürlich bekannt, der große Verhülsten. Was in Aachen verlegt wurde, kam aus seinem Haus und lief durch seine Druckmaschinen. Nun tot in einer Pferdebox in Köln aufgefunden, mehr wusste Fett nicht. Es schien Hinweise zu geben, dass es sich um keinen Unfall handelte. Nichts zu machen: Zusammenarbeit mit Kölner Kollegen. Hoffentlich nicht der Labersack, der alle Mannschaftsaufstellungen des 1. FC von der Steinzeit bis zur Gegenwart beherrschte und der dauernd nach Autogrammen von Alemannia-Spielern fragte. Der war sein Partner im Jahr 2000 bei Clinton gewesen. Fett war verrückt geworden. Fußball und kein Ende. Mit etwas Glück hatten sie den Kollegen als Ersatz für den kürzlich verstorbenen Geißbock eingesetzt.

Amtshilfe, Pferde, toter Aachener aus dem Establishment und dazu ein Kollege aus Köln. Bestimmt mit original Kölner Mundart und Mutterwitz. Alles in Fett sträubte sich. Eigentlich müsste er ein Glas Crémant trinken. Eigentlich.

»Rosenthal«, meldete sich eine angenehm weibliche Stimme am Telefon. Rosenthal, dachte Fett, ein schöner Name, und er hoffte, die weibliche Person am anderen Ende, wer immer sie war, möge ihn aus seinem Dornrös-

chenschlaf wachküssen. Ja, es gab auch Männer im Dorn-
röschenschlaf, er war so einer.

»Herr Fett, ich wurde an Sie weiterverwiesen, es geht
um den Todesfall Verhülsten«, erklärte die schöne Stimme,
und Fett erkannte enttäuscht, dass er nicht in einem
romantischen Märchen erwacht war.

»Todesfall?«, fragte er deshalb in sachlichem Ton. »Ich
dachte Mord?«

»Schön, wenn wir so weit wären«, lachte die sympa-
thische Stimme. »Wir haben einen Toten, dessen Schädel
von einem Pferd eingetreten wurde. Auch sonst hat der
Mann kaum einen heilen Knochen im Körper. Und wir
haben einen Pferdebesitzer, der schwört, dass sein Pracht-
stück niemals ohne Grund einen Menschen so zurich-
ten würde.«

»Vielleicht hat er Angst, dass sein teurer Gaul einge-
schläfert wird«, bemerkte Fett nüchtern.

»Eine Möglichkeit«, bestätigte Rosenthal. »Selig, der
Besitzer, hat übrigens ein wasserdichtes Alibi. Er saß
zur infrage kommenden Zeit mit seiner Frau im Restaurant an der Rennbahn und verspeiste Lammkoteletts
mit grünen Böhnchen. Das Pferd lassen wir gerade von
einem Tierarzt untersuchen, um eventuelle Manipulationen festzustellen«, informierte ihn Frau Rosenthal,
während Fett versuchte, sich die Kollegin vorzustellen.
»Vor allem brauchen wir Ihre Hilfe, Herr Fett, weil der
Tote eine große Nummer in Aachen war. Wir hoffen sehr
auf Ihre Unterstützung. Können wir auf Sie zählen? Ich
komme gern nach Aachen rüber, damit Sie nicht die Fah-
rerei haben.«

Das ist mal ein ganz anderer Ton aus dem forschen
Kölle, dachte Fett. Ob die neuerdings einen Kurs »Psy-

chologie für Anfänger oder kollegiales Verhalten leicht gemacht« anbieten?

»Vielleicht macht es Sinn, dass ich nach Köln komme«, hörte Fett sich säuseln. »Für den Fall, dass wir an den Tatort müssen oder so …« Vor seinem geistigen Auge tauchte eine schicke, schlanke Mittdreißigerin auf. »Macht keine Umstände«, fügte er hinzu. Wahrscheinlich ist sie alt, dick und hässlich, überlegte er ernüchtert und ärgerte sich über sein schnelles Entgegenkommen. Egal, dachte er, ein bisschen raus aus der Amtsstube kann nicht schaden, selbst wenn es nach Köln geht. Sie verabredeten sich für den nächsten Vormittag.

»Nicht vor 11 Uhr«, bat Fett, »sonst hänge ich im täglichen Morgenstau auf der A 4.« Irgendwie freute er sich auf den Termin.

»11 Uhr passt, da erreicht mein Biorhythmus gerade seinen Höhepunkt«, hörte er wieder das offene Lachen der Kölner Kollegin.

Immerhin, dachte Fett, selbst wenn sie hässlich ist, sie lacht wenigstens gern.

»Na, wie war der Kollege?«, wollte zur gleichen Zeit in Köln Kommissar Bär wissen. »Sind ja etwas sperrig, die Herren aus Aachen.«

»Alles okay«, meinte Rosenthal. »Du weißt: Wie man in den Wald hineinruft … Hast du schon irgendeine Information von dem Pferdeflüsterer?«

LEBERKÄS

Fett saß sinnierend an seinem Schreibtisch, als Kollege Schmelzer mit vollen Backen kauend und den Resten eines Leberkäsbrötchens in der Hand das Büro betrat.

»Na, Chef, wie war der Kolleje aus Köln denn so? Immer jot druff?«, imitierte er den rheinischen Singsang.

»Tja, ernster Fall, Schmelzer. Ein Kölner Urgestein, seit 30 Jahren bei der Mordkommission, nie aus Köln rausgekommen. Erzählt von Gott, der Welt und Fußball. Und, Achtung, nur für Sie: Er ist Vegetarier, weil er die Kölner Blootwoosch nicht mehr verträgt.«

»Ach, du Scheiße. Ein berufslustiger Vegetarier. Da mach ich direkt eine Überlastungsanzeige wegen Oraltsunami.«

Fett schmunzelte. »Das wird ein harter Gang. Seine Kollegin soll ganz nett sein, sagte mir der Kölner Veggie-Kommissar eben.«

»Kollegin?« Schmelzer hatte eine Ecke mit süßem Senf erwischt, der nun langsam auf sein kariertes Hemd tropfte. »Wie, Kollegin?« Er versuchte den Fleck abzuwischen, verrieb ihn dabei kräftig, sodass er sich nahtlos in das karierte Muster des Hemds einfügte.

»Eine Frau Rosenthal, schöner Name. Sie soll eingearbeitet werden. Und der Kollege aus Köln hat mich gebeten, die Dame vor Ort zu unterstützen.«

»Sie, Chef? Die junge Kollegin Frau Rosenboom einarbeiten?« Er grinste unverschämt.

»Nein, Rosen-thal. Übrigens, Schmelzer, Sie können aufhören, den Senf in Ihr Hemd zu schmieren, Sie haben es geschafft, er passt perfekt in die Farbpalette.«

Schmelzer blickte auf den Fleck; der Rest des Brötchens fiel auf den Boden, und ein Stapel mit Akten rutschte hinterher.

»Sind Sie geschockt, Schmelzer? Trauen Sie mir nicht zu, diese Frau Rosenthal in den Fall einzuführen?«

»Einführen«, Schmelzer versuchte die Akten zu sortieren. »Einführen, da sind Sie ja Weltmeister, Chef.«

»Vorsicht, Schmelzer, keine Anzüglichkeiten am Arbeitsplatz, sonst melde ich Sie an die Gleichstellungsbeauftragte, Frau Wollmütz-Dahmen.«

»Nein, die nicht. Dann lieber der Kollege aus Köln, der Blutwurst-Vegetarier.«

»Morgen fahren wir. Erst Polizeipräsidium und danach vielleicht Pferderennbahn in Köln. Da, wo früher Adi Furler den Galopper des Jahres kürte.«

»Adi wer?« Schmelzer schaute ratlos. »Morgen kann ich nicht, Chef. Klassenausflug. Hatte den Urlaubstag lange angemeldet. Sie müssen die Kölner Kollegin allein einführen. Wenn ich der Lehrerin kurzfristig absage, muss ich einen Monat die Toiletten in Justus' Grundschule putzen. Das können Sie mir nicht antun und ihm auch nicht. Die mobben meinen Sohn sonst durchgehend bis zum Abi.«

»Schmelzer, Sie sind zu jung. Und zu blöd, um ein Leberkäsbrötchen vernünftig zu essen. Sorry, Sie sehen aus wie Sohn Justus im Kindergarten beim Geburtstag der Wilden 13.«

DER EWIGE BEISITZER

Peter Pastor war Beisitzer, er saß dabei, bei den Sitzungen des Unterbezirks der Sozialdemokraten. Seit Jahren saß er dabei. Er sah neue Genossen, alte Genossen, engagierte Genossen, Streber, Rechthaber, Schläfer, linke und rechte Genossen, die Vertreter der Arbeitsgemeinschaften: Frauen, Internationales, Hochschule, die Jusos. Er sah sie, hörte sie. Sie veränderten die Welt. Meinten sie. Die Stadt, ja auch die Stadt, sie wurde verändert. Diskutiert wurde über Minderheiten, über Drogensüchtige, die Ehe für alle, über Adoptionsrecht für Gleichgeschlechtliche. Sie lebten in einem Land, in dem man am besten eine behinderte, alleinerziehende, muslimische Lesbierin mit Migrationshintergrund war, dann hatte man eine Chance, gehört zu werden. Rentner, wann wurde über Rentner diskutiert? Er konnte sich nicht erinnern. Über den Zustand der Schulen? Er konnte sich nicht erinnern. Über Kriminalität? Er konnte sich nicht erinnern.

»Wir sollten mal den Polizeipräsidenten einladen, ist der nicht sogar Genosse?«, schlug Peter Pastor dem Vorsitzenden vor.

Der verdrehte die Augen. »Kommt in den Themenspeicher. Wir müssen zunächst den Parteitag und die Anträge vorbereiten.«

Das war es. Pastor war müde. Müde von den Ritualen, von den Intrigen, von der Autosuggestion.

Er saß am Rand des Vorstandstisches der Unterbezirksvorstandssitzung und schaute hinaus auf die Bäume.

Große Bäume, Sommergrün. Hier im Raum war Herbst. Herbst des Lebens.

Klopfen auf die Tische. Jemand musste den Namen Willy Brandt erwähnt haben, dann wurde in der SPD geklopft, oder jemand faselte von sozialer Gerechtigkeit. Dann wurde auch geklopft. Der Vorsitzende lobte den Redner, die stellvertretende Vorsitzende sprach extra laut, im Grunde dasselbe. Es wurde geklopft.

Kommissionen, ja, Kommissionen mussten zusammengestellt werden. Antragskommission, Schiedskommission. Scheißkommission, dachte Pastor.

Metaebene – das muss man alles auf dieser Ebene sehen. So wurde in der Fraktion in Düsseldorf geschwafelt.

»Viele Schulgebäude sind Schrott, für den Ganztag nicht geeignet, für die Inklusion erst recht nicht, das Essen funktioniert nicht, die Kinder ertrinken in EU-Bioäpfeln und die Klos erinnern an Donnerbalken aus der Steinzeit. Genossen, so geht das nicht. Die Lehrer sind am Limit. Ihr Studium muss praxisnäher werden. Die Grundschullehrer müssen besser bezahlt werden. Die Schulen brauchen mehr Freiheit und nicht ein Projekt nach dem anderen. Nicht immer wieder diese Slogans: ›Kein Kind zurücklassen‹. Und unsere lieben Kleinen sitzen weiterhin mit über 30 Schülern, von denen die Hälfte kein Deutsch spricht, in einer Klasse.«

Pastor hatte sich am Dienstag in Rage geredet. Alle hatten auf die Reaktion des Fraktionsvorsitzenden gewartet. Metaebene. Man müsse das langfristig sehen. Genosse Pastor solle sich beruhigen. Der nächste Haushalt stelle Mittel bereit.

»Genossen, das sind unsere Wähler, die wir da zur langen Bank schicken. Das muss uns klar sein. Unsere Wähler, die kaum eine Mietwohnung in der Innenstadt finden, die für Kita zahlen, für den Sportverein, für die Musikschule. Die wundern sich, dass für Zugereiste so viel Geld vorhanden ist. Aber nicht für die Sanierung einer Grundschultoilette aus den 50er-Jahren, für frisches Mittagessen in der Realschule, für einen funktionstüchtigen Fernseher im Klassenraum, für abschließbare und überdachte Fahrradständer auf dem Schulhof. Das nervt die Leute.«

»Ist gut, Peter. Wir haben das verstanden. Der Arbeitskreis Schule wird das in der übernächsten Sitzung behandeln. Wir müssen die Plenarwoche vorbereiten. Gibt es weitere Wortmeldungen, nein, dann hat unsere Ministerpräsidentin das Wort. Es geht um die Vorbereitung der nächsten Bundestagswahl.«

Peter Pastor hatte den Kopf geschüttelt. Er hatte gewusst, dass ihm auf dem Gang nach der Sitzung dieselben Genossen wie immer auf seine Schulter klopfen würden. Keiner von ihnen machte den Mund auf in den Fraktionssitzungen. Alle hingen an den langen Fäden des Mandats, der Partei, der Unterbezirke.

Er war müde. Er sah, wie die Menschen in seinem Wahlkreis die Politik seiner Partei nicht mehr verstanden. Er hörte es, er spürte es, er sah es ihnen an. Und nichts änderte sich. Im Gegenteil. Wortblasen, langue du bois, wie die Franzosen sagten. Die Wortblasen stiegen auf, waberten durch die Köpfe, die Räume, die Medien. Er war frustriert und demotiviert. Hinter seinem Rücken bereiteten die Genossen seine Ablösung vor. Heute würde der Fraktionsvorsitzende aus Düsseldorf wieder in Aachen anrufen. Pastor müsse disziplinierter mitarbeiten. Seinen Defätismus könne man ein Jahr vor der Bundestagswahl nicht gebrauchen. Das große Ganze, bla, bla, bla.

Klopfen auf die Tische. Der Antrag zur Ehe für alle wurde einstimmig angenommen, auch der Antrag zum Adoptionsrecht und die Anlaufstelle für Drogensüchtige in der Innenstadt. Davor hatte der Polizeipräsident gewarnt. Die Nähe zu den Niederlanden würde Drogenkranke aus der ganzen Region nach Aachen ziehen. Man solle das überdenken. Nein, die Sozialpolitiker setzten sich wie üblich durch. Die Kollateralschäden: Einbrüche, Beschaffungskriminalität, Spritzen auf Schulhöfen und in den Parks, Überfälle. Das wollte niemand hören. Wieder davonlaufende Wähler. Die rutschten direkt von ganz links nach ganz rechts rüber.

Der Ablauf der Sitzung bestätigte Pastor, wie wichtig die Arbeit ihrer kleinen Gruppe war. Der plötzliche Tod des Verlegers war ein Schock. Sie mussten trotzdem weitermachen. Freese hatte Verhülsten auf dem Pferderennen unter Druck gesetzt, um eine Veröffentlichung der Informationen im Aachener Stadionskandal zu erreichen. Und kurz danach der Tod des Verlegers. Beim Treffen am Donnerstag würden sie die neue Situation besprechen. Weitermachen, dachte Pastor trotzig, ich bin für Weitermachen.

KEINE GROSSE TRAUER

Paul Schnigge erfuhr vom Tod seines Chefs durch den dpa-Ticker. Es war eine kurze Meldung unter der Überschrift »Tod auf der Kölner Rennbahn«, kaum Informationen über die Umstände. Schnigge lehnte sich zurück in seinem Drehstuhl und atmete tief durch. Er spürte keine Trauer, eher ein Gefühl der Erleichterung. Verhülsten hatte ihn fünf Jahre zuvor zum Chefredakteur gemacht. Der Verleger wusste von seiner Alkoholsucht, seinem Kampf, trocken zu bleiben – er hatte ihm trotzdem die Chance gegeben. Nicht aus Menschenfreundlichkeit, nicht Verhülsten, das Wort kannte der nicht. Verhülsten genoss es, Menschen in der Hand zu haben, sie zu manipulieren. Ein trockener Alkoholiker war das ideale Opfer seiner Machtspielchen.

Verhülsten tot. Schnigge entwischte ein Lächeln. Darauf ein schönes, kaltes Pils, dachte er und verdrängte den Gedanken sofort. Das könnte ihm so passen, dem alten Diktator. Ein Chefredakteur, der bei seinem Tod wieder der Alkoholsucht verfiel. Den Gefallen würde er ihm nicht tun. Er überlegte, ob er es riskieren konnte, die Korruptionsgeschichte zu veröffentlichen, die man ihm vor ein paar Tagen in die Hände gespielt hatte. Der Verleger hatte die Veröffentlichung mit einem knappen Satz untersagt. »Nee, Schnigge, lassen Sie das.« Punktum. Keine Begründung. Verhülsten diskutierte nicht, Verhülsten befahl. Das zum Thema unabhängiger Journalismus. Schnigge hatte sich seinen Teil gedacht: Wenn du mal in die Sache nicht verstrickt bist. Schnigge war zwar Alkoholiker, aber ein hervorragender Journalist. Er hatte gut recherchiert und dunkle Punkte in der Vergangenheit des Verlegers aufgedeckt, alles säuberlich in einer Akte gesammelt. Wozu, das wusste er selbst nicht genau. Es gab ihm ein gutes Gefühl, über die Verfehlungen der sauberen Familie Verhülsten Bescheid zu wissen. Er hatte dem Tippgeber in der aktuellen Korruptionsgeschichte einen kleinen Hinweis auf die Friedmanns gegeben. Friedmann war der große Aachener Zeitungsverleger vor dem Krieg gewesen, vor den Nazis. Die hatten Friedmann gleich 33 ausgebootet. Den Verlag übernahm ein verdienter Parteigenosse. Theodor Verhülsten, Armins Vater. Er war im Friedmann-Verlag als kleiner Buchdrucker angestellt, ein kleiner Mann mit großem Ehrgeiz. 1933 versuchten die Nazis ihren Geschäftsübernahmen noch den Anschein der Legalität zu geben. Friedmann bekam einen kleinen sogenannten Verkaufserlös, der vom wahren Wert des Unternehmens weit entfernt lag, aber das Geld sicherte dem jüdischen Verleger und seiner Familie das Überleben. Sie akzeptierten und wanderten nach Amerika aus. Vater Verhülsten war offensichtlich schlau genug, schon 33 nicht an den dauerhaften Erfolg des »Tausendjährigen Reichs« zu glauben. Es gab eine geheime Absprache mit dem jüdischen Vorbesitzer und sogar einen Brief, den der Sohn Friedmann in den Händen hielt. Darin versprach Verhülsten, den Verlag an den ursprünglichen Inhaber zurückzugeben, falls der Führer abtreten und ein Jude in Deutschland wieder eine Zukunft haben würde. Verhülsten sicherte sich nach allen Seiten ab. Das Dokument garantierte ihm sein wirtschaftliches Überleben nach dem Krieg. Er bekam von den

Amerikanern eine Zeitungslizenz und war fein raus. Die Friedmanns trauten sich nach Kriegsende nicht zurück nach Deutschland. Die Horrormeldungen über die Massenermordungen von Juden schreckten sie. Es gab aber erste Korrespondenzen mit Verhülsten, der sich zunächst willig zeigte, den Verlag an die ursprünglichen Eigentümer zurückzugeben. Anfang der 60er starb der alte Verhülsten bei einem Autounfall. Der Verlag wurde von einem Geschäftsführer geleitet, bis der Sohn alt genug war zu übernehmen. Armin Verhülsten fühlte sich an die Absprachen des Vaters nicht gebunden. Die politische Weltlage hatte sich verändert. Deutschland wurde gebraucht als Partner im Ost-West-Konflikt. Niemand hatte mehr großes Interesse daran, begangenes Unrecht aufzuarbeiten. Es gab durchaus wieder Deutsche, die Anspruch stellende Juden als ewige Querulanten ansahen.

Schnigge hatte zu dem Sohn Karl Friedmann Kontakt aufgenommen. Bei einem Deutschlandbesuch traf er Karl und dessen Sohn Roger. Sie wollten die Aachener Wurzeln der Familie aufspüren. Schnigge erinnerte sich gern an dieses Treffen, weil der sanfte ältere Herr ohne Rachegedanken und Ansprüche aufgetreten war.

Verhülsten tot. Schnigge wusste wenig über die Umstände. Plötzlich fiel ihm ein, dass es seine Aufgabe war, einen Nachruf für die Titelseite zu formulieren. Ihm wurde übel bei dem Gedanken. Vielleicht konnte er es auf jemand anderen abschieben, den Oberbürgermeister, den Beiratsvorsitzenden? Nein, er musste es selbst tun, das wusste er. Nun gut, das war sein Job. Schnigge war Profi. Die Sätze würden ihm, wenn er sich erst einmal ranmachte, aus der Feder fließen.

»Ein großer Mann hat uns verlassen«, begann er. Ein großes Arschloch! Er grinste.

Schnigges Stellvertreter, Roman Tillessen, betrat das Büro.

»Na, Paul, schon mit dem Nachruf beschäftigt?«

»Ein großer Mann hat uns verlassen«, rezitierte Schnigge melodramatisch seinen ersten niedergeschriebenen Satz.

»Ein großes Arschloch hat uns verlassen«, ergänzte Tillessen leise, damit die Kriecher in der Redaktion es nicht hörten.

AMTSHILFE MIT BIOMILCH

Und ewig grüßt der Polizeipräsident. Herr Offenhaus bat Fett zu sich. Thema Verhülsten.

»Lieber Herr Fett, mein Mann für besondere Fälle, kommen Sie, kommen Sie. Nehmen Sie Platz. Frau Berg, Herr Fett nimmt grünen Tee.«

»Danke, Herr Präsident, Sie verwechseln mich mit dem Kollegen Japan-Meier. Der trinkt grünen Tee mit Seealgen, seit er drei Monate in Tokio hospitiert hat.«

»Japan-Meier, ja, Japan-Meier vom Dezernat OK, Organisierte Kriminalität. Tschuldigung, Herr Fett, Sie nehmen?«

»Kaffee mit einem Schuss Milch, bitte.«

»Frau Berg, Kaffee für Herrn Fett, mit Biomilch.«

»Aus Bodenhaltung, Herr Präsident?«

»Wie, aus Bodenhaltung?«

»Die Kühe, aber macht nichts, Herr Präsident. Bio ist immer gut.«

Trotz anderslautender Gerüchte: Offenhaus hielt sich im Amt. Er wurde im Innenministerium, wahrscheinlich sogar in der Staatskanzlei, geschützt, geduldet, protegiert.

»Amtshilfe, Herr Fett. Köln bittet um Amtshilfe. Was sagen Sie dazu?«

»Denen steht das Wasser wohl bis zum Hals, Herr Präsident.«

»Der Rhein, Herr Fett, der Rhein. Als Umweltminister Töpfer durch den Rhein schwamm, da war das die Nummer des Jahres. Von da an hieß Klaus Töpfer nur noch Flossen-Klaus. Also, das Wasser bis zum Hals. Gut, Fett, gut. Im Innenministerium ist man, gelinde gesagt, ein wenig unruhig. Verhülsten, Sie verstehen, Herr Fett. Verhülsten war nicht der Herausgeber einer Möbelbeilage im Mittwochsblatt. Verhülsten war eine Riesennummer. Print, Radio, TV und Soziale Medien. Ein Macher. Wir kannten uns gut. Sein Handicap war natürlich besser.«

Nicht schwer, dachte Fett. Offenhaus, der Golfspätzünder, der machte alle Balleimer leer und kein Loch voll.

»Verhülsten, das war ein Mensch mit Charisma.«

»Keine Feinde, Herr Offenhaus? Sie kannten ihn ja.«

»Feinde, Fett. Feinde hat jeder. Wenn Sie wüssten, Herr Fett.«

Frau Berg brachte den Kaffee, die Biomilch und Vollkornkekse.

»Herr Fett, unter uns. Ich bin besorgt. Da stimmt was nicht. Verhülsten kannte sich mit Pferden aus, mit Golf. Nun gut, er war auch ein Freund der Frauen. Da gab es mal eine Anzeige, aber ich sehe keinen Zusammenhang. Ich möchte, dass Sie wirklich mithelfen. Diese Frau Rosenthal aus Köln soll ganz kompetent sein. Ein bisschen eigenwillig, aber gute Erfolgsquote.«

Er schaute aus dem Fenster zum Reitstadion.

»Sie wird den Fall leiten. Ist klar. In Köln passiert. Aber ohne Ihre Hilfe, Herr Fett, wird es nicht gehen. Sehe ich so. Ich weiß, uns allen stecken Clinton und die Machtübernahme der Kölner Polizei in den Knochen. Seien Sie kollegial. Hier geht es nicht um einen toten Jockey oder einen Stallburschen.«

»Herr Offenhaus, ich werde mich bemühen. Sie können sich auf mich verlassen. Frau Rosenthal hatte ich bereits in der Leitung. Wird irgendwie gehen.«

»Wie sagt die Kanzlerin immer: Wir werden sein Angedenken in Ehren halten. Oder so ähnlich. Ich muss die Trauerrede bei den Rotarischen Freunden halten. Schwierig, Herr Fett, schwierig. Kostprobe gefällig?«

»Nur zu, Herr Präsident. Gehört ja zum Fall.«

»Liebe Distriktfreunde, mit Armin Verhülsten hat uns ein rotarischer Freund verlassen, der seit über 30 Jahren die Geschicke unseres Distriktes maßgeblich prägte. Er war ein Macher, ein patriotischer und vaterstädtischer Macher, der das Leben hier im Dreiländereck gestaltete. Seine Medien waren und sind Leitmedien. Seine Kommentare, geschliffen, pointiert, scharf, genau – sie waren Zeitdiagnosen und Zeitanalysen. Wer mit seinem Kommentar in den Tag ging, der wusste, wohin die Reise führt. – Armin Verhülsten, ein zutiefst gläubiger Katholik, war sozial und karitativ stets ansprechbar. Auch hier zeigte sich die Liebe zu seiner Stadt, seinen Mitarbeitern, zu den Menschen draußen, die er schätzte und liebte. – Liebe Freunde, er kam aus einfachen Verhältnissen und ging mit einem Imperium im Rücken. Dieser tragische Tod wird dadurch umso tragischer, dass er nicht in seiner Heimatstadt sein Leben aushauchte, sondern in Köln, einer Stadt, zu der er eine gewisse Distanz hielt. – Wir werden uns hier, hier in Aachen vor seinem ehrenden Angedenken verbeugen und uns an ihn erinnern. Immer. – Lasst uns aufstehen, um seiner zu gedenken in einer Schweigeminute.«

Fett und Offenhaus standen auf, schauten auf den Boden, und Fett dachte, jetzt spinnt der Alte völlig.

»Amen«, sagte Fett. »Schön, Herr Präsident. Das gibt feuchte Augen. Eine Frage. Wie arm waren die Verhältnisse, aus denen Verhülsten stammte?«

Offenhaus schaute ihn stirnrunzelnd an. Darauf hatte er keine Antwort.

TROPFENDER HONIG STATT TRÄNEN

Schock. Johannes Trompeter vergaß den Tee. Er zog und zog. Grüner Tee aus dem Teeladen, Fairtrade, von ehrlich bezahlten Teepflückerinnen im Hochland irgendeines indischen Bundesstaates geerntet, nach Europa geflogen, im Bioladen handverlesen und im Jutesack auf dem Lastenfahrrad nach Hause transportiert. Tod des Verlegers. Der Biolindenblütenhonig tropfte vom Dinkelbrötchen auf den Rand des Tellers und von dort auf die Tischplatte des Biotropenholzküchentisches, Handarbeit aus Brasilien, Ökosiegel. Armin Verhülsten in der Pferdebox gestorben. Johannes Trompeters erster Reflex war der Griff zum Telefon, um Peter Pastor oder Oliver Freese anzurufen. Er hielt sich zurück und las die Story erst einmal zu Ende. Erste Seite, zweite Seite, dritte Seite: die Lebensstationen des großen Medienfürsten. Lokalteil Seite eins, zwei und drei: Verhülsten. Und all die Stimmen der Betroffenen: der Oberbürgermeister, die Fraktionsvorsitzenden aller Parteien, IHK-Präsident, die Vorsitzende des ökumenischen Sozialwerks, die Ministerpräsidentin, der WDR-Intendant, der Vorsitzende der deutschen Zeitungsverleger und der Präsident der Freunde der Aachener Mundart. Ein großer Verlust, ein tragischer Verlust, Beileid und Hochachtung, er wird uns fehlen. Trompeter blätterte: Wo war die Trauerbekundung der Bundeskanzlerin? Der Honig tropfte und tropfte. Trompeter las die Artikel zweimal. Danach war er bereit, sich zu übergeben. Verhülsten hatte ungefähr in jeder städtischen Intrige mit drinnen gesteckt, besonders, wenn es etwas zu verdienen gab. Alle wussten das.

Was war am Sonntag auf der Rennbahn passiert? Ob Freese sein Anliegen losgeworden war? Mit oder ohne kleine Erpressernummer? Das Material, das der wütende Chefredakteur Paul Schnigge ihnen in die Hand gespielt hatte, war Gold wert. Es hatte sie in die komfortable Lage versetzt, dem Verleger Feuer unter dem Hintern zu machen. Gerade in dem Moment, als er in die Politik strebte, wäre ihm seine Vergangenheit auf die Füße gefallen. Nun war wohl ganz anderes auf ihn gefallen. Klang scheußlich, die Sache mit dem Pferd. Trompeter horchte in sich hinein – nein, er weinte dem Mann keine Träne nach. Zugegeben, das hätte Verhülsten nicht interessiert. Man konnte dem Verlegerkönig, wie er in der Yellow Press genannt wurde, einiges nachsagen, ein Romantiker war er nicht gewesen. Die hübschen Nachrufe der Prominenz hätten ihm gereicht. Für Titel und Orden war er empfänglich gewesen, mit Laudatio. Laudatoren hatten nicht genug übertreiben können. Der Verleger hatte sich selbstzufrieden zurückgelehnt und genossen. Tränen brauchte Verhülsten nicht.

Trompeter griff zum Handy. Vorsichtshalber legte er eine Prepaidkarte ein. Keine Ahnung, ob das etwas brachte. Telefonüberwachung, Kameraüberwachung an jeder Straßenecke – dagegen waren sie in den 70er- und 80er-Jahren auf die Barrikaden gegangen. Angesichts der verschärften Sicherheitslage duckten sich sogar die Grünen und die Linken weg. Nach jedem Attentat durch muslimische Fundamentalisten bettelten sie geradezu um ein bisschen mehr Überwachung.

»Oliver?«

»Ja?«

»Hier ist Johannes, was war da los am Sonntag?« Trompeter blieb mit seiner Frage im Ungefähren. Für den Fall, dass jemand mithörte.

»Keine Ahnung. Ich dachte, mich tritt ein Pferd, als ich die Nachricht bekam.« Auch Freese hielt sich bedeckt.

»Super Spruch – in diesem Kontext.« Trompeter musste trotz oder gerade wegen der makabren Bemerkung lachen.

»Oh, sorry, hatte ich nicht so gemeint. Welcher Politiker hat das gesagt mit dem ›Ich dachte, mich tritt ein Pferd‹? War vergleichsweise harmlos. Heute gibt es gleich in die Fresse.«

»Der mit dem Pferd, war das nicht dein Parteikollege Apel, der Finanzminister?«

»Stimmt«, sagte Freese. »Egal. Wir müssen uns sehen. Wir haben unser Pulver noch lange nicht verschossen. Ich bin dafür, weiterzumachen, aber das müssen wir besprechen. Wahrscheinlich Donnerstag. Ich schicke dir eine SMS – wann und wo. Geht der Donnerstag bei dir?«

»Ich bin dabei.« Trompeter war erleichtert. Sie waren gerade erst am Anfang. Er war auch für Weitermachen.

TOTE SCHWEIGEN NICHT

»Herr Bellutt, auf Ihren Anruf freue ich mich schon den ganzen Morgen.« Kommissarin Theresa Rosenthal hatte am Dienstag, kurz vor halb zehn, den Rechtsmediziner in der Leitung. Die Ermittler brauchten dringend Ergebnisse aus der Gerichtsmedizin, aber sie konnte Dr. Mario Bellutt auch sonst gut leiden. Die Gespräche mit ihm brachten Erkenntnisgewinn, nicht allein beruflich. Dr. Bellutt hatte seine eigene Sicht auf die Welt.

»Reizend, Frau Rosenthal, das ist das erste erfreuliche Gespräch am heutigen Tag«, bedankte sich Bellutt für den netten Empfang.

»Kein Wunder, Ihre Klientel ist ja eher schweigsam.«

»Falsch, Frau Rosenthal, Tote schweigen nicht«, widersprach Bellutt. »Schönes Buch übrigens von meinem Hamburger Kollegen Klaus Püschel.«

»Schönes Buch?« Rosenthal lachte. »Komische Formulierung in diesem Zusammenhang.«

»Schön? Na gut, faszinierend, spannende Fälle aus der Rechtsmedizin«, erklärte Bellutt. »Kann ich Ihnen als kleine Nachtlektüre empfehlen.«

»Etwas für meine schlaflosen Stunden zwischen 4 und 6 Uhr morgens?«

»Na klar, Sie haben doch starke Nerven. Ich höre übrigens nicht gern, dass Sie weiterhin unter Schlaflosigkeit leiden. Kann ich etwas für Sie tun?«

»Lieber nicht, Herr Bellut. Ich bin froh, solange Sie

nicht für mich zuständig sind. Zurück zu den Toten, die nicht schweigen. Ist der Püschel nicht einer Ihrer umstrittenen Kollegen? Der Rechtsmediziner, der die DNA-Codes aller Menschen in Deutschland speichern will, um schwere Kriminalität zu bekämpfen?«, erinnerte sich Rosenthal.

»Richtig, manchmal schießt der gute Klaus über das Ziel hinaus. Trotzdem exzellenter Mann. Wussten Sie übrigens, dass Hamburg die sicherste Stadt für Tote ist?«

»Das ist mal eine gute Nachricht.« Rosenthal konnte ihre Begeisterung kaum im Zaum halten.

»Spotten Sie nicht, Frau Kollegin. Als letzte deutsche Stadt leistet Hamburg sich eine öffentliche Leichenhalle. Alle ungewöhnlichen Todesfälle werden dort erst mal zwischengelagert. Damit verringert sich die Gefahr, dass ein Tötungsdelikt übersehen wird. Bei uns landet man dagegen ganz schnell auf dem Melaten-Friedhof, womöglich eingeäschert.«

»Was glauben Sie, Herr Bellutt, wie viele Morde hierzulande unentdeckt bleiben?«, wollte Rosenthal wissen.

»Wer weiß das genau«, überlegte der Gerichtsmediziner. »Man kann nur schätzen, 1.000 Fälle im Jahr, vielleicht 2.000.«

Rosenthal war überrascht. »So viele? Da müssen wir wohl bessere Arbeit leisten. – Und unser Toter in der Pferdebox?«

»Der Fall ist eindeutig. Das Pferd ist der Mörder.«

»Super! Fall gelöst. Ich werde Daydream heute dem Haftrichter vorführen. Bin gespannt auf den Prozess«, lachte die Kommissarin. »Haben Sie ein paar präzisere Informationen für mich?«

»Todeszeitpunkt kennen Sie besser als ich. Sie wissen, wir sind in der Lage, auf circa zwei Stunden genau einzugrenzen, der Rest ist Spekulation. Wie ich hörte, können Sie die Zeit, wann Herr Verhülsten lebend gesehen und wann er tot aufgefunden wurde, viel genauer durch die Aussagen der Zeugen bestimmen.«

»Das ist richtig. Todesursache?«

»Schwer zu sagen, welcher Schlag letztlich den Tod herbeiführte. Wir haben ausgedehnte Blutungen im Bereich der Leber, an der Lungenwurzel und in der Umgebung des Herzens und der Nieren gefunden. Der Schädel war mehrfach betroffen. Die Blutungen sind alle gleich alt, keine Hinweise auf frühere Verletzungen. Die Blutuntersuchung hat keine Auffälligkeiten ergeben: keine Betäubungsmittel, geringer Alkoholkonsum kurz vorher, nicht so, dass er deshalb umgekippt wäre.«

»Und Sie sagen, Tote schweigen nicht«, beschwerte sich die Kommissarin.

»Tun Sie auch nicht«, beharrte der Rechtsmediziner. »Aber falls es kein Unfall war, müssen Sie mit dem Pferd sprechen. Fragen Sie den Gaul, was er gegen den Herrn hatte, dass er ihn so zurichtete.«

»Danke. Ich liebe meine Arbeit. Sie ist so vielfältig und abwechslungsreich.«

Rosenthal legte auf und schaute auf die Uhr. Kaffee und in knapp eineinhalb Stunden der Aachener Kollege Fett, falls die A 4 ihm freie Fahrt gönnte.

FALKE, GAZELLE UND CRÉMANT

Auf nach Köln. Fett war an diesem Dienstag schwer aus dem Bett gekommen. Der letzte Crémant wurde schuldig gesprochen. Es hatte sich am Montagabend so ergeben, belog er sich selbst. Auf der Terrasse des Restaurants »Elisenbrunnen« hatte er den Abend ausklingen lassen. Das Telefonat mit Rosenthal, die Trauerrede des Polizeipräsidenten, die Aussicht, in Köln Amtshilfe leisten zu dürfen – das alles war zu viel für einen Montag gewesen.

Als er am Abend zuvor auf der Restaurant-Terrasse saß, war Rita von der Wirtschaftskriminalität zufällig vorbei gekommen und hatte sich ungefragt an seinen Tisch gesetzt. Rita Hübsch, welch ein grandioser und zutreffender Name, hatte er bei der Vorstellung vor Jahren gesagt. Das gefiel ihr. Fett gefiel ihr. Rita war sportlich, direkt, kurze braune Haare, in Zivil manchmal overdressed, dann wieder sportlich underdressed, geschieden, keine Kinder, ständig mit Kolleginnen auf Festen unterwegs. Man konnte auf sie zählen. Sie war immer hilfsbereit. Manchmal redete sie etwas viel. Aber Rita brachte gute Laune in jede Runde.

Sie kam gerade aus einer Fitnessbude, war frisch geduscht und verströmte den Geruch von Minze mit Lemon. Zitrone sagte man ja nicht mehr. Ihren Überraschungsangriff konnte Fett nicht einordnen. Die Düfte schon.

»Michi, ganz allein, mitten in der Stadt?«

»Ich hab mich mitgenommen«, sagte Fett, der ihr nicht abgewöhnen konnte, ihn Michi zu nennen.

»Du wieder, mit deinen Sprüchen.«

»Alle Übungen bestanden, Rita, oder gab es Hilfestellung von den Jungs mit Sixpack?«

»Topform, Michi. Mir läuft kein Autonomer davon, selbst wenn ich mit der ganzen Ausrüstung hinter ihm her bin.«

»Gratuliere, Rita. Handgepresster Kiwisaft mit Ingwer-Molekülen oder ein Crémant aus dem Elsass?«, bot er an.

»Heute beides, Michi.«

»Schon bestellt. Sag mal, ich grüble über einen Mord nach. Die Toten lassen uns nie in Ruhe. Ich bin mal ganz direkt, so nach Absolvierung deines Fitnessprogramms. Hattet ihr in der Abteilung einen Vorgang Verhülsten?«

»Mensch, Michi, entspann dich. Sei mal locker. Deshalb bist du solo. Ständig die Fälle. So ein cooler Typ wie du und immer nur die Arbeit. Klar, dass die Kolleginnen sich an dir die Zähne ausbeißen.«

»Rita, lovely meter maid, da muss ich mal die Beatles zitieren, mach mir kein schlechtes Gewissen, du Olympionikin. Ihr steht doch auf die durchtrainierten SEK-Jungs mit Cabriolet und Kawasaki. Modell Tom Cruise.«

Rita lachte. »Top Gun, Mensch, das waren Zeiten. Ich merke, dein Frauenbild stammt aus der ›Bravo‹ und nicht aus ›Brigitte Woman‹.«

»Du liest ›Brigitte‹? Bitte ›Young Miss‹. Oder?«

»Ah, der Charmeur, er kennt sich aus. Wenn du wüsstest, wie viele Kolleginnen an dir interessiert sind, würdest du vor Eitelkeit abheben wie ein Heißluftballon an Gut Entenpfuhl.«

Fett lachte laut und verschüttete beinahe den Crémant.

»In dreams, Rita, in dreams. Danke für die Aufklärung. Du bist eine tolle und charmante Kollegin. Danke für die Blumen. Heute kann ich bestimmt gut schlafen, mit so viel Honig auf dem Bauch. Da kommen alle Bienen aus Aachen und wollen teilhaben.«

Rita lachte ein herzhaftes und lautes Lachen, ihr Handy piepste permanent, ständig irgendwelche WhatsApp-Nachrichten. Multitasking beherrschte sie perfekt.

»Verhülsten, der hat hier aufgekauft, dass es nur so kracht. Ein Monopol. Wir haben nie etwas Konkretes gegen ihn gehabt. Er war überall beteiligt. Immobilien, Grundstücke, Anteile an Medien, ganz viele Holdings. Vielleicht hat das Finanzamt Stress mit ihm gehabt. Könnte sein. Ich weiß«, Rita zögerte einen Moment, »von einer Freundin, die in der Chefetage des Verlags arbeitet, dass er ein Riesenarschloch gewesen sein muss. Choleriker, brüllte, machte die Mitarbeiter auf dem Flur zur Sau, liebte es, Menschen niederzumachen. Viele hatten Angst vor ihm. Meine Freundin kann eine ganze Reihe von Alkoholikern aufzählen, die nur mit dem täglichen Schluck in seinem Laden überlebten. An Feinden dürfte kein Mangel geherrscht haben. Zuletzt tauchten häufig Politiker in der Redaktion auf, zu den berühmten Hintergrundgesprächen. Meine Freundin glaubt, Verhülsten wollte selbst aktiv in die Politik gehen. Darum dieser Auftrieb. Tja, nun ist er im Jenseits oder wo auch immer. Glaubst du an Wiedergeburt, Michi?«

Crémant und Kiwisaft wurden gebracht, und Rita Hübsch trank mit einem Schluck den Saft aus. Danach stießen sie mit den Sektgläsern an.

»Wiedergeburt, sicher, Rita. Du wirst bestimmt als Gazelle in Afrika auf die Welt kommen, die jedem Leoparden davonläuft, und ich werde ein Domfalke in Aachen, der die zweibeinigen Mäuschen auf dem Katschhof jagt.«

»Du Blödmann. Nett von dir.« Rita griff zum Crémant.

»Auf dich, Rita, deinen Sport und deine gute Laune. Du hast den alten Fett aufgeheitert. Danke für die Infos. Verhülsten ist in Köln auf merkwürdige Art ums Leben gekommen. Ich muss mit den dortigen Kollegen an den Fall ran. Besser gesagt, einer Kollegin.«

»Oh, du Ärmster. Köln. Da war ich in der Ausbildung. Die Selbstbesoffenheit der Kölner ging mir auf den Keks, ansonsten gar kein schlechtes Leben dort, Dauerparty, ist genau das Richtige für dich. Womit wir beim Thema sind. Auf uns, so jung kommen wir nicht mehr zusammen, der jagende Domfalke und die afrikanische Gazelle.«

Sie lachten, und auf das erste Glas Crémant folgten weitere. Rita füllte die verbrauchten Kalorien rasch auf. Ein kleiner Imbiss rundete das Stelldichein auf der Terrasse ab. Und so waren eine Kommissarin aus der Abteilung Wirtschaftskriminalität und ein Kommissar der Mordkommission angeheitert und mit leichtem Seitenschlag gegen Mitternacht nach Hause gegangen. Getrennt. Nicht gemeinsam.

Am heutigen Dienstagmorgen brummte Fett der Schädel, und er suchte in der Küchenschublade nach Aspirin.

NUR DAS PFERD WAR ZEUGE

Ein Todesfall bei einer Massenveranstaltung war ein Albtraum. Jeder hatte jeden oder keiner hatte irgendjemanden gesehen – beides kam vor und war gleich schlimm. Normalerweise sind die ersten Stunden nach einer Tat entscheidend, weil die Erinnerungen der Zeugen frisch sind und nicht durch Hörensagen und Zeitungsberichte verwässert.

Am Dienstagmorgen saßen Rosenthal und Bär im Büro und gingen die Zeugenaussagen durch. Ein einziges Chaos. Der Stallbursche Rüdiger bestätigte immerhin, dass er Malchow und Verhülsten gemeinsam von dannen ziehen sah, bevor er selbst davoneilte, um das dritte Rennen zu verfolgen. Die Kölner Kommissare waren froh über die Unterstützung aus Aachen. Ein Verleger und Herausgeber der größten Aachener Zeitung hatte sicher viele Feinde, und vielleicht würde ihnen der Kollege Fett sogar einen konkreten Verdacht liefern.

»Schön wär's«, sagte Bär. »Ansonsten sehe ich uns vor einem Puzzle mit Tausenden von Steinen.«

»Viel Spaß! Ich gehe im Juli in Ferien. Mit oder ohne Lösung des Falles«, gab Rosenthal bekannt. »Ich kann nicht schieben. Meine beiden Jungs kommen mit. Semesterferien.«

»Wo geht's hin?«

»Sag ich dir nicht. Einfach weg. Handy ausgeschaltet – du findest mich nicht.«

»Ich finde dich überall, Tessa, mein Schatz!«

Bär zog sie wieder mit Malchows Verabschiedung auf.

»Vorsicht, Marco, noch ein Wort, und ich erzähle allen im KK 11, wo überall du dir Haare abrasierst.«

Erwischt. Bär wurde tatsächlich ein wenig rot.

Rosenthal war eine umgängliche Kollegin, die beste, die Bär je hatte, aber wenn man ihr in familiären Dingen zu nahe trat, ging der Vorhang runter. Der Kollege wechselte das Thema.

»Was sagt dein Bauch, Theresa: Unfall oder Mord?«

»Mord. Aber wirklich nur ein Gefühl. Die Malchows sind Pferdeleute, seit Jahrhunderten, ostpreußische Gestüte. Es klang so, als ob Malchow für Daydream seine Hand ins Feuer legt. Oder – was meinst du?«

»Keine Ahnung. Ich wüsste gern, zu was ein Pferd in der Lage ist. Kann das so ausrasten, dass es wild um sich tritt?«, fragte Bär. »Der Pferdedoktor hat nichts Auffälliges gefunden. Kein Dope im Blut. Hätte mich nicht überrascht. Diese Szene um das Thema Pferderennen ist nicht ganz sauber. Die Wetten und so, steckt viel Geld drin. Vielleicht sollten wir da mit dem Suchen beginnen.«

»Oder eben in Aachen. Wer weiß, vielleicht gibt es einen dunklen Fleck in der Vergangenheit des Verlegers. Dabei kann uns hoffentlich der Kollege Fett helfen.« Rosenthal schaute auf die Uhr. »Er müsste übrigens gleich hier aufschlagen.«

BAUMSCHULE UND NASSE ACHSELN

Um 9.30 Uhr startete Fett das Triebwerk seines Alfa Romeo Giulia. Erstens wollte er pünktlich sein, zweitens lag ihm der ganze Fall auf dem Magen, drittens war ihm unwohl bei dem Gedanken, dass eine Kölner Kommissarin namens Rosenthal die Leitung haben würde. Unwohl war nicht das richtige Wort. Er spürte eine gewisse Anspannung. Jeder Kommissar in der Mordkommission hat seine Methode. Die Grundlagen sind dieselben. Aber die Analyse, das Bauchgefühl, die Menschenkenntnis, die Herangehensweise an Verdächtige, die Verhörmethode, die Kommunikation mit den Kollegen – da lagen die Unterschiede.

Und jetzt so ein Megafall. Verhülsten. Die Tageszeitung brachte natürlich ein Porträt über mehrere Seiten. Verhülsten vorne, mittig und hinten. Verhülsten, der Aufklärer, der Wächter, die vierte Gewalt im Dreiländereck. Spekulationen über den Tod waren angedeutet. Tod in der Pferdebox. Er kannte sich doch aus mit Pferden. Seine eigenen Blätter blieben zurückhaltend und stellten keine Mutmaßungen an. Mutmaßungen über Armin. Fett erinnerte sich an einen Roman, den er vor Jahren gelesen hatte. »Mutmaßungen über Jakob«. Der Autor fiel ihm nicht ein. Er dachte an eine Firma für Außenbordmotoren: Johnson. Genau. So hieß der Autor: Uwe Johnson. Mutmaßungen über Armin Verhülsten. Es gab die Geschichte, die Gegenwart und die Zukunft. Dunkle Schatten in der Geschichte, ein Arschloch in der Gegenwart und die Freundin von

Rita Hübsch, die meinte, er habe etwas in der Politik vor-
gehabt. Soll die Kölner Kommissarin in Vorleistung gehen,
dachte Fett.

Er fuhr von der Krefelder Straße aus auf die A 4, das
Aachener Kreuz war seit Jahren im Umbau, danach ging
es zügig an Eschweiler und dem Kraftwerk Weisweiler
vorbei. Düren erkannte er am Geruch der Kläranlage wieder. Danach gab er Gas, das neue Teilstück der A 4 war
dreispurig ausgebaut.

Fett schoss an der Schwarzerle 2003 vorbei, gefolgt von
der Weißtanne 2004, Rosskastanie 2005, und so ging es
fort bis in die Gegenwart. In irgendeiner Kasse musste
sich Geld gefunden haben, womit der neue Abschnitt der
A 4 mit Baumbelehrungsschildern ausgestattet worden
war. Kostenpunkt 250.000 Euro. So lernten nun litauische
und türkische Truckfahrer die deutschen Bäume des Jahres kennen, sahen deren Blätter und Blüten, gelangweilte
Kinder zeigten sich gegenseitig die Maserung der Baum-
stämme, beobachteten Bienen bei der Bestäubung. Das
alles in einem Tempobereich zwischen 130 Stundenkilo-
metern und den beliebten 180 Sachen, auf die gern auf dem
schnurgeraden Stück beschleunigt wurde, bis es krachte.
Fett konnte es nicht fassen. Der Hambacher Wald musste
dem Braunkohlentagebau weichen, während ein grüner
Abteilungsleiter auf die Idee kam, Baumbelehrung zu
betreiben. Folgekosten: nicht abschätzbar. Im Sommer
fuhren die Bewässerungskolonnen an den jeweils vier
Musterbäumen pro Schild vorbei. Im Herbst die Schnei-
dekolonnen. Selig das Land, das solchen Schnickschnack
produziert. Er passierte den auf einer Anhöhe liegen-
den Rasthof Frechen und sah von dort auf den Kölner
Dom und das Stadion des 1. FC Köln hinunter. Lange

war er nicht in der Stadt gewesen. Konzerte, Ausstellungen, Diskussionen, Filmpremieren – die Menge des Angebots wirkte erdrückend. In Aachen war es übersichtlicher. Er drosselte auf Tempo 120, stockender Verkehr zwischen Klettenberg und Köln-Poll. Er bog ab in Richtung neues Polizeipräsidium auf der rechten Rheinseite. Dort würde um 11 Uhr die erste Begegnung im Fall Verhülsten stattfinden.

Der Verkehr nervte, und sein Navi fiel von der Scheibe. Der Alfa mochte eben keine Navis. Ein Auto für Pfadfinder.

Die Frauenstimme des Navigationsgeräts meldete sich vom Fußboden des Beifahrersitzes und forderte im Befehlston etwas wie Umkehr an der nächsten Kreuzung, halten Sie sich rechts, bitte kehren Sie um, Route wird neu berechnet. Fett fluchte. 10.50 Uhr und er kurvte um irgendetwas mit Odysseus herum oder so ähnlich. Er las den Namen: Odysseum. Ob das ein Tarnname für das Präsidium war? Er war lange nicht mehr bei den Kölner Kollegen gewesen.

»Tschuldigung, der Herr, ich suche den Haupteingang vom Polizeipräsidium. Könnten Sie mir helfen?«

»Polizeipräsidium? Mit dem roten Alfa. Wohl von der Mafia.« Über diesen krachenden Witz lachte sich der Kölner Handwerker einen Ast ab.

»Genau. Schutzgelderpressung bei Dachdeckern. Ich soll einem Fachkollegen die Leiter angesägt haben.«

»Pass op. Du. Da ist das Präsidium. Verstehst keinen Spaß, du Printe.«

Fängt super an, richtig super. Fett drehte auf, die Räder drehten durch. Er stand quasi auf der Rückseite des Präsidiums. Erster Teil der Prüfung nicht bestanden.

Er fand einen Parkplatz. Leicht verschwitzt eilte er zum Eingang.

»Hauptkommissar Fett, Kripo Aachen. Termin im KK 11 bei Kommissarin Rosenbach.«

»Rosenbach. Hamm wir hier nicht.«

»Sorry. Rosenthal.«

»Ach, die Rosenthal. Na dann. Zweiter Aufzug, dritter Stock, Zimmer 319. Bitte kurz den Dienstausweis zeigen.«

Fett zeigte seinen Dienstausweis, der Türdrücker summte, er ging in Richtung Aufzug.

Vierter Stock, 913. Quatsch. Dritter Stock 193. Blödsinn. Dritter Stock 319. Mann. Ist nur ein Polizeipräsidium.

Um 11.01 Uhr klopfte Fett an die Tür. Auf dem Namensschild stand »Theresa Rosenthal. KK 11. Mordkommission. Zimmer 319.«

WASSER ODER WASSER?

»Ja, bitte?«

Ein Mann mittleren Alters, wie man so sagt, betrat das Büro. Mittleren Alters, dachte Rosenthal, aber worum handelt es sich da? In die Kategorie gehöre ich wohl auch.

»Guten Morgen, Kommissar Fett, Aachen, Mordkommission. Wir haben telefoniert.«

Theresa Rosenthal sprang auf und ging dem Kollegen entgegen. Die Kommissarin war hochgewachsen und wenn sie, wie an diesem Morgen, hohe Absätze trug, kam sie auf eine Körpergröße von 1,80 Meter. Theresa Rosenthal war nicht sicher, warum sie sich an diesem Tag für die hochhackigen Pumps entschieden hatte. Beim Ankleiden war vielleicht das Unterbewusstsein im Spiel gewesen. Wenn sie mit männlichen Kollegen zusammentraf, schätzte sie es, auf Augenhöhe zu sprechen. Sie hatte die Erfahrung gemacht, dass die Herren von ihrer Größe eingeschüchtert wurden, manchmal.

Fett ließ sich nichts anmerken, aber er war tatsächlich beeindruckt, nicht nur von der Größe. Seinen Fantasien vom Vortag entsprach Rosenthal nicht. Wie alt mochte sie sein? Irgendwas mit 40. Fett hielt sich mit der Alterseinschätzung bei Frauen lieber zurück. Meist landete er im Fettnäpfchen. Frau Rosenthal war anders als die Kolleginnen, mit denen er es sonst zu tun hatte, sicher anders als Rita. Wie anders, überlegte er und fand nicht gleich eine Erklärung. Beeindruckender? Mehr Format? Er würde auf der Heimfahrt darüber nachdenken.

»Das ist mein Kollege Bär«, stellte die Kommissarin vor. Ein liebenswürdiger Muskelprotz schüttelte ihm die Hand. Der setzt sich sein Käppi bestimmt mit dem Schild nach hinten gedreht auf den Kopf, dachte Fett.

»Gut durchgekommen, Herr Kollege?« Der Muskelprotz quetschte die Hand des Aachener Kommissars.

»Danke, ja. Ich kenne jetzt mehr Baumnamen, als ich je in der Schule gelernt habe, dank des neuen dreispurigen Abschnitts auf der A 4.«

Theresa Rosenthal lachte. »Da waren bei der rot-grünen Landesregierung wohl ein paar Steuergroschen übrig. Ich hätte dafür lieber die Grundschule in meinem Viertel renoviert, aber bitte, Bäume sind ja auch schön.« Die Kommissarin lachte erneut, und wie bereits am Telefon gefiel Fett diese offene Heiterkeit.

»Let's talk business«, schlug Rosenthal vor. »Am besten bei einem Kaffee. Wir haben hier unsere eigene Nespresso-Maschine, um dem abgestandenen Bürokaffee zu entkommen. Was nehmen Sie? Tee, Kaffee, Wasser oder Wasser?«

Fett entspannte sich. So nett war es bisher nie bei den Kölner Kollegen gewesen. »Wasser oder Wasser?«

»Still oder laut, Herr Fett. Heute gibt es ja Wasser-Sommeliers oder so ähnlich, Fachleute für den Prickelmodus und die farbliche Anmutung des stillen Aqua.«

»Sie kennen sich gut aus, Frau Rosenthal. Bei den Wasserspielen. Gerne Kaffee, ein Schuss Milch und ein Prickelwasser Medium. Ist das ein Vorschlag vom Arbeitskreis ›Dienstmotivation‹ oder Standard in Zimmer 319?«

»Das ist Rosenthal-Economy-Class-Standard«, brummte Marco Bär. »Ich bin mal bei der KTU. Herr Fett, wir sehen uns.«

»Bestimmt, Herr Bär. Bon voyage.«

»Bon was?«

»Wir Aachener sind leicht frankophil. Gute Reise zur KTU.«

Marco Bär schob seine Muskelpakete aus der Tür und verdrehte, als Fett nicht schaute, die Augen. Rosenthal schmunzelte. Sie merkte, dass Fett eher in ihrer Liga spielte. Welche Position er einnehmen würde, blieb vorerst offen.

»Kaffee mit Milch und Wasser Medium, bitte sehr, Herr Fett. Schießen Sie los.«

»Sie haben das Herrschaftswissen. Ich weiß nur, was ich gelesen habe«, ließ Fett der Kollegin den Vortritt.

»Wir sind ganz am Anfang«, begann Rosenthal. »Der tote Herr Verhülsten lag im Pferdestall, Schädel und jede Menge anderer Knochen zertrümmert und keine plausible Erklärung, was in das Pferd gefahren ist. Wir würden gern von einem Unfall ausgehen, Fall abgeschlossen. Aber alle, die den Hengst namens Daydream kennen, schwören, dass er niemals grundlos ausrasten würde. Das Opfer ein Prominenter. Die Öffentlichkeit erwartet Aufklärung.«

»Das kann dauern, Frau Rosenthal.« Kommissar Fett lehnte sich mit dem Kaffee in der Hand in seinem Stuhl zurück. »Da muss ich mir ein Zimmer in Köln nehmen. Schwierig bei den Preisen hier.«

»Bevor es so weit ist und Sie ein Darlehen aufnehmen, lieber Kollege, sollten wir zusammentragen, was wir wissen. Vielleicht können wir durch Ihr Aachener Fach- und Sachwissen den Fall schon heute lösen.«

»Alles möglich. Der Kaffee ist übrigens gut. Wenn Sie noch ein Tässchen hätten, wie der Rheinländer so sagt. Dann kommen meine grauen Zellen auf Touren. Sie sind ja um diese Zeit im Biorhythmushoch, habe ich am Telefon verstanden. Also, wir arbeiten an einem Fall mit mehreren Implikationen. Erstens Wirtschaft. Verhülsten war steinreich. Ein Machtmensch. Besitzer eines regionalen Medienimperiums. Auch in Ungarn gehören ihm Zeitungsblätter. Er hat gleich nach 1989 dort eingekauft. Es gefällt der dortigen Regierung heute nicht mehr, dass vom Ausland aus Medien gesteuert werden. Vor Ort, in Aachen und der Region, gibt es allein seine

Stimme. Zusammengefasst: ökonomische Macht und mediale Macht. Zweitens, der menschliche Faktor. Verhülsten gab sich als Sozialhelfer, war aber menschlich eine Katastrophe. Herrschsüchtig, cholerisch, verbrauchte und benutzte Mitarbeiter, Kollegen, Familienangehörige. Für einen Mord gibt es in dem Umfeld reichlich Motive. Drittens, er war politisch ein unberechenbarer Faktor. Es gibt Hinweise, dass er aktiv werden wollte. Das hätte andere Mandatsträger in Gefahr gebracht. Mit seiner medialen Macht wäre Verhülsten in den Bundestag oder in das Europaparlament durchmarschiert. Oder er hätte der nächsten Landesregierung angehört. Kommen wir nun zu diesem bizarren Tod in der Pferdebox. Da kennen Sie sich aus. Mit dem Todesfall. Nicht zwingend mit Pferdeboxen.«

»Ich reite nicht, Herr Fett. Sie?«

»Reiten? Nein. Wir lassen in Aachen reiten. Beim Weltfest des Pferdesports, dem CHIO. Auch der Verhülsten-Verlag stiftet für das Turnier einen Preis. Ich reite nicht. Hab mal Segelflug gemacht. Zurzeit fahre ich Rad und laufe ein bisschen in der Gegend rum. Für das gute Gewissen und so.«

»Und sonst eher der Monsieur Poirot von Aachen«, spottete Theresa Rosenthal.

»Klar, der berühmte einsame Ermittler: Gourmet, Kettenraucher, Whiskey, Cabrio – pardon, nichts davon trifft zu. Zurück zur Pferdebox.«

»Okay. Verhülsten kannte sich im Reitsport aus. Das Täter-Pferd hatte eine gute Sozialprognose, würde ein Pferdesozialarbeiter sagen, und wir haben einen Bekannten oder Freund, der mit ihm in der Box war, ein Herr von Malchow, alter Adel aus Ostpreußen. Er hat das Pferd begutachtet. Verhülsten wollte es kaufen. Übrigens bin ich mit Herrn von Malchow über fünf Ecken verwandt. Wundern Sie sich nicht, wenn wir ihm begegnen und er Tessa-Schätzchen zu mir sagt.«

»Das wird ja immer toller, Frau Rosenthal. Sie hängen mit drin. Weiß das Ihr Leitender Kriminalrat?«

»Alles dokumentiert, keine Sorge, Herr Kollege. Sie und ich sind doch Profis.«

Beide Kommissare waren froh über die angenehme Gesprächsatmosphäre. Sie würden gut miteinander auskommen.

»Wie machen wir weiter, Herr Fett?« Rosenthal wollte den Aachener Kollegen von Anfang an einbinden und sich mit ihm beratschlagen.

»Paul Schnigge. Das sollte unser erster Gesprächspartner sein«, schlug Fett vor. »Er ist der Chefredakteur der Aachener Allgemeinen. Ein Mann von Verhülstens Gnaden, allerdings mit einem problematischen Verhältnis zu seinem Verleger. Ich kenne Schnigge ganz gut – wie das so in einer Kleinstadt ist.«

»Na, untertreiben Sie mal nicht. Wollen Sie allein mit ihm sprechen?«

»Besser. Vielleicht rückt er mit ein paar mehr Informationen raus«, vermutete Fett. »Wir sollten allerdings gemeinsam die Familie Verhülsten besuchen. In dem Umfeld gibt es reichlich Mordmotive.«

Rosenthal zog fragend die Augenbrauen hoch. Fett gefiel das. Sie war attraktiv, keine Schönheit, aber eine interessant aussehende Frau. In ihren blauen Augen entdeckte er Humor und eine gewisse Spottlust. Ihre nicht ganz gleichmäßigen Gesichtszüge verrieten Klasse; der entschlossene Zug um den Mund deutete auf einen Herrschaftsanspruch hin. Das reizte ihn mehr, als dass es ihn schreckte.

»Unser Polizeipräsident Offenhaus hat es sich übrigens nicht nehmen lassen, die Familie des Opfers persönlich zu informieren«, berichtete Fett. »Verhülsten war dreimal verheiratet. Aus zwei Ehen gibt es Kinder, einen Sohn und zwei Töchter. Der Sohn muss so Mitte 40 sein. Armin junior, der Alte hat ihm nicht mal einen eigenen Namen gegönnt. Der Junior ist eine Katastrophe. Verhülsten senior hat ihn, glaube ich, so lange durch die Mühle gedreht, bis nichts mehr von ihm übrig war. Der Junior versucht sich in allerlei Unternehmungen, die regelmäßig missglücken. Soweit ich weiß, hat er ein Alkohol- oder Drogenproblem oder beides. Eine Tochter arbeitet im Verlag, eine hat sich nach Amerika verzogen, möglichst weit weg von ihrem Erzeuger, wenn ich das richtig verstanden habe.«

»Manchmal ist das die einzige Rettung«, stimmte Rosenthal nachdenklich zu. Sie hatte sich auf ähnliche Weise vor den Ansprüchen ihrer Familie gerettet, die ihr den Ballast einer 800-jährigen Tradition auf die Schultern laden wollte. Adel verpflichtet und vernichtet. Sie lächelte bei dem Gedanken an einen gleichnamigen Film.

Kommissar Fett schaute sie prüfend an: »Habe ich etwas verpasst?«

»Nein, nein, ich dachte gerade – egal. Machen Sie uns einen Termin bei der Familie, am besten morgen.«

»Erst einmal bei der derzeitigen und nun definitiv letzten Ehefrau des Verstorbenen«, schlug Fett vor. »Annette Verhülsten, sie ist mehr als 20 Jahre jünger als der verblichene Gemahl und dank einiger Schönheitsoperationen zeitlos jung. Man hört, dass seit Jahren Streitigkeiten zwischen den Familienteilen laufen, wie das so ist mit drei Ehen, drei Kindern und viel Geld, das es zu verteilen gilt.«

»Das tröstet einen über das kleine Beamtengehalt hinweg, nicht wahr, Herr Fett?« Theresa Rosenthal stapelte tief. Das Erbe ihres verstorbenen Mannes, der ein Textilimperium zurückließ, versetzte sie in die komfortable Lage, sich um Geld nicht sorgen zu müssen. Das brauchte der Kollege Fett nicht zu wissen.

BIER UND BUTZENSCHEIBEN

Die Vierergruppe traf sich auf Malchows Vorschlag im rheinland-pfälzischen Weinort Altenahr. Dann muss ich nicht so weit fahren, hatte der alte Herr gesagt. Altenahr war die Hochburg der deutschen Butzenscheibenidylle, voll von Touristen, vor allem tagaktiven Rentnern. Wir werden aussehen wie ein Skatclub, der seine Jahreskasse verjubelt, hatte Malchow gemeint.

Sie kamen gut miteinander aus, die vier Herren aus den verschiedenen politischen Richtungen. Etwa zwei Jahre zuvor waren sie erstmals im Universitätsclub Bonn aufeinandergetroffen. »Die Zerrüttung der Parteiendemokratie«, lautete damals der Vortrag von Prof. Dr. Siegbert Klausner, Uni Bonn, Institut für Politische Wissenschaft. Jeder von ihnen kam als Privatier. Trompeter begrüßte Pastor, der stellte ihm Freese vor, und Malchow nahm, wie gewohnt, in der ersten Reihe Platz. Dort saßen ebenfalls die drei Politiker.

Prof. Klausner skizzierte kurz den Werdegang des politischen Systems, die Entmündigung der Wähler sowie das personelle Desaster der Parteien, die Entpolitisierung des Parlaments, die angeblich »alternativlosen« Entscheidungen und die Rhetorik des Plattenbaus der Kanzlerin.

»Das alles ist nun an einen Wendepunkt gelangt«, sagte Klausner. »Rechts von den konservativen Parteien entsteht ein Sammelbecken der Unzufriedenheit und des Hinterfragens. In zahlreichen europäischen Ländern erscheinen populistische Menschenfischer auf der Politbühne. Sie fangen die Menschen ein, die mit dem System nicht mehr zurechtkommen. Wer diese Heimatlosen abstempelt und ausgrenzt, der betreibt ein gefährliches Spiel und jagt diese Wähler den Populisten in die Arme.«

Malchow nickte zustimmend, während der Herr zu seiner Rechten sich zu ihm beugte und flüsterte: »Ist mein täglich Brot im Parlament.«

Klausner legte nach und kritisierte den links-grünen Mainstream der 68er. Er kulminiere in einer politischen Korrektheit, die jeden Andersdenkenden ausschließe. Politgesinnung gehe vor Fachwissen, ebenso auf kommunaler Ebene. Die Häufung der Fehlentscheidungen, vom Berliner Flughafen bis zur Kostenexplosion bei Stuttgart 21, vom Bonner Kongresszentrum bis zur Kölner Oper sei einmalig in Deutschland.

Ratsherr Oliver Freese klatschte spontan Beifall. Den Opernskandal kannte er in allen Details. 350 Millionen verbraten, und weiterhin spielten Oper und Schauspiel in Interimsstätten. Ein teures Dauerinterim.

Klausner nickte ihm lächelnd zu und fuhr fort: »Parallel dazu werden die Leistungsträger – Facharbeiter, Angestellte, Beamte und Unternehmer – stärker steuerlich belastet. Die Mitte der Gesellschaft findet in der Politik nicht mehr statt. Minderheitenthemen haben Hochkonjunktur. Ehe für alle wird gefeiert mit Konfettiregen und rosa Sekt bei den Grünen. Wo aber war die breite Diskussion bei der Abschaffung der Wehrpflicht, bei der Energiewende, Bildungsreform oder bei ›Wir schaffen das‹?«

Klausner provozierte seine Zuhörer. Er wollte provozieren, um sie wachzurütteln. Die Mittelschicht verzweifle an dieser Art von Politik, fuhr er fort. Vertrauen, ein hohes Gut, werde verspielt. Volle Klassen, fehlendes Personal, überfüllte Hörsäle, verspätete Züge, marode Straßen. Die Sanierung einer Schultoilette dauere in der Regel vier Jahre und sei nun mal nicht so öffentlichkeitswirksam wie der Neubau eines weiteren Museums. Der unkontrollierte Zuzug von jungen Männern aus den Krisenländern im Nahen Osten und Afrika werde nicht diskutiert. Nicht die Kriminalität und nicht die finanziellen Aufwendungen. Klausner redete sich in Rage: »Der Justizminister faselt davon, dass Migration niemanden etwas kostet. Die Menschen lesen aber täglich etwas anderes in der Zeitung. Solche Widersprüche irritieren sie. Politiker entfernen sich mehr und mehr von den Bürgern. Zuhören ist ein Fremdwort geworden. In den Parteien herrscht keine offene Diskussionskultur. Eine Kanzlerin, die sagt, sie habe keine Fehler gemacht. All das untergräbt die Demokratie.« Wer glaube, dass mit den Zauberwörtern »Digitalisierung«, »Globalisierung« und »Vereinigte Staaten von Europa« Menschen erreicht werden, der lebe in einer Parallelwelt, weit weg vom Alltag der »Menschen draußen«. Zum Schluss seiner Analyse knüpfte sich Klausner die Kirchen und die NGOs, die Nichtregierungsorganisationen, vor. Ihre Aussagen würden in den Medien wie Gottesurteile behandelt: unangreifbar, stets neutral, stets die letzte aller Wahrheiten. Hart ging er mit den Protestanten ins Gericht. Seit Jahren seien sie eine Vorfeldorganisation der Grünen, während die Katholiken sich dem Islam unterwarfen, wie der Vorsitzende der Bischofskonferenz, als er beim Besuch des Felsendoms in Jerusalem sein Kreuz ablegte. Klausners Provokationen fielen auf fruchtbaren Boden.

Die vier Herren aus der ersten Reihe diskutierten hinterher im Uniclub leidenschaftlich die damals steilen Thesen des Wissenschaftlers, die sich in kürzester Zeit als beängstigende Realität erwiesen.

Im Anschluss lud Malchow zu einem Absacker mit Imbiss ins »Konrad's« ein, die Skybar auf dem Marriott-Hotel.

»Meine Herren, dort fließt der Rhein, hinten steht der Kölner Dom, unten der alte Bundestag, scharf links das Bundeskanzleramt mit der Henry-Moore-Plastik davor; in Richtung Innenstadt sehen Sie meinen alten Arbeitsplatz, das Auswärtige Amt; rechts das Alte Wasserwerk, Übergangsquartier fürs Plenum, und hinten, auf der anderen Rheinseite, den Petersberg. Ziemlich viel deutsche Geschichte. Stoßen wir auf unsere Ideale an, auf die Männer und Frauen, die nach 1945 das Land aufbauten und die Demokratie stärkten. Wir haben heute eine Analyse bekommen, die Konsequenzen fordert. Sind Sie bereit? Ich bin es. Zum Wohle!« Freese, Pastor und Trompeter waren bereit. Und es lag nicht am Crémant oder Cognac, sondern an der Erkenntnis, dass sie nicht alleine waren mit ihrer Sorge um das Land.

Sie trafen sich mehrfach zum Austausch, diskutierten, mit welchen Aktionen sie Änderungen bewirken könnten. Hatten versuchsweise erste Informationen an die Presse geleitet. Sie hatten lange genug geredet, es war Zeit zu handeln.

Die beiden Aachener hatten Freese in Köln abgeholt, von dort waren sie eine Dreiviertelstunde bis zum Ziel gefahren.

Der Ort Altenahr war die Hölle. Busse quetschten sich hupend durch die engen Gassen, Bierlastwagen knallten ihre Bitburger-Fässer auf die Straße, die allgegenwärtige Laubsäge verpasste den Bäumen den monatlichen Rundschnitt. Die Taverne Sirtaki fehlte nicht, wie überall in der Gegend. Freese, Trompeter und Pastor warteten auf der Terrasse des Restaurants »Ahrblick« auf den alten Malchow. Kurz nach 13 Uhr fuhr er mit einem dunkelgrünen Land Rover älteren Baujahrs vor. Er parkte direkt vor dem Restaurant – im Halteverbot. Der alte Herr stieg steifbeinig, aber gut gelaunt aus dem Wagen, drückte einem Kellner einen Schein in die Hand und bat zackig: »Ein Auge draufhalten. Ticket ist nicht schlimm, aber nicht abschleppen lassen.«

Malchow trug eine braune Schiebermütze und eine beige Weste mit unzähligen Taschen. Er deutete auf das Kleidungsstück und lachte. »Die Rentnerweste von Tchibo, das Lieblingsstück des deutschen Mannes. Damit falle ich hier kein bisschen auf.« Herr von Malchow schien sich köstlich zu amüsieren, als ob er ihre Mission als eine Art Spiel betrachtete. Freese wurde ein wenig mulmig, aber er beruhigte sich, als der alte Herr zur Sache kam.

»Liebe Kollegen«, begann er. »Verhülstens Tod war nicht vorgesehen bei unseren Plänen, aber seien wir ehrlich, mit den lobhudelnden Nachrufen wurde dem alten Knacker mehr Ehre angetan, als er verdient. Wir sind gerade erst am Anfang. Täglich ein neuer Skandal, und die aus der Vergangenheit sind nicht ansatzweise aufgearbeitet. Keine Verantwortlichen, keine Verurteilungen. Kölner Stadtarchiv, Kölner Oper, Rautenstrauch-Museum, Nürburgring, Kongresszentrum in Bonn, Bau- und Liegenschaftsbetrieb in Düsseldorf – um ein paar der Skandale zu benennen. Wenn ich es richtig verstehe, haben Sie, meine Herren, Beweismaterial in der Hand. Ich übrigens auch, was die Bonner Fälle angeht und den Nürburgring. Da redet keiner mehr drüber. Bevor wir mit der Arbeit anfangen, was darf ich bestellen? Sie sind eingeladen. Wir sind hier zwar im Gebiet des guten Roten von der Ahr, aber ich nehme zur mittäglichen Stunde lieber Bier und dazu ein Schnitzel.«

Da eine dunkle Front von Westen erste Regentropfen brachte, verzog sich der »Skatclub« in das Innere des Lokals. Dort empfing sie Dämmerlicht und ein Geruch nach abgestandenem Essen. An den Tischen saßen ältere Ehepaare, die Männer tatsächlich in Rentnerwesten, verdrückten schweigend Hirschragout mit dunkelbrauner dicker Soße. Die Atmosphäre war deprimierend deutsch. Deutsche Provinz an Burgundersoße, dachte Trompeter und sehnte sich nach kaltem Weißwein in Toskana-Sonne.

»Ich bin sicher, dass Schnigge mit der Veröffentlichung im Aachener Fall überkommt«, berichtete Freese. »Er hat jetzt freie Hand. Von dem Verbot des Verlegers weiß keiner, und die Nachfolge ist nicht geklärt. Schnigge ist ganz heiß auf die Enthüllung. Ich hatte Kontakt mit ihm.«

Der »Skatclub«, wie sie sich ab jetzt nannten, wurde sich einig, dass sie als Nächstes brisantes Material über Hintergründe aus dem Einsturz des Kölner Stadtarchivs in die Kanäle einspeisen würden.

»Seit dem Einsturz 2009 fahre ich mit dem Rad an dem Loch in der Severinstraße vorbei«, erregte sich Freese. »Die bohren und graben und versenken Geld. Meine Wut kocht täglich höher. Hunderte von Akten und bis jetzt keine Verurteilung. Was ist bisher passiert? Die Verwaltung hat ein braunes Hinweisschild für Touristen aufgestellt, damit die Japaner das richtige Loch fotografieren.«

»Was sagte euer damaliger Oberbürgermeister Schramma?«, erinnerte sich Pastor. »Ob der ganze Aufwand eigentlich wegen ein paar Kilometern U-Bahn gerechtfertigt war.«

»Da war bereits die halbe Stadt durchbohrt«, ergänzte Trompeter. »Alle paar Tage Baustopp. In Köln weiß man: Wo immer du buddelst, du stößt auf die Römer. Dann kommen erst einmal die Archäologen und vergnügen sich mit den alten Scherben.«

»Richtig. Das bedeutet jedes Mal Bauverzögerung. Und schließlich der Einsturz. Dieser Schramma hat in dem Skandal wirklich eine Saufigur gemacht.«

»Heute sieht er sich als Sündenbock«, erklärte Freese, der Schramma oft begegnete. »Kein bisschen Schuldgefühl. Ganz im Gegenteil, er jammert herum, weil ihn die eigene Partei fallen ließ.«

»Mir wird gerade schlecht.« Pastor steckte sich symbolisch den Finger in den Hals.

»An Schrammas Stelle trat der Tausendsassa Roters.«
Freese verzog sein Gesicht. »Der hat, um seiner glanzlo-
sen Amtszeit einen krönenden Abschluss zu verpassen,
die Vision von der sogenannten Historischen Mitte hinterlassen. Ein riesiges Bauvorhaben für die Domplatte. Es
sind Millionen in die Planung hineingeflossen, obwohl
alle wissen, dass aus der Sache nichts wird, aber man
wollte den alten OB nicht düpieren.«

»Ja, ja, das Nichtdüpieren lassen wir uns gern was kosten.« Malchow prostete den drei Herren mit seinem dritten Bier zu. »Wie sieht es denn mit Beweismaterial aus?
Haben wir etwas in der Hand, Freese, und wenn ja, gegen
wen?«

»Meine Quellen sprudeln«, triumphierte der Stadtrat.
»In der Verwaltung sitzen jede Menge Leute, die haben
derartig die Schnauze voll. Die wollen, dass endlich mal
jemand gehängt wird.«

»Aber nicht nur die Kleinen«, meldete sich Trompeter.

»Das geht ganz hoch bis in die oberen Etagen: Stadt-
spitze, Banken, Landesregierung, Baufirmen«, berichtete
Freese. »Und in den unteren Abteilungen hat der ein oder
andere sein hübsches Eigenheim renoviert.«

Als sie das Lokal verließen, haute die frische Luft sie
um. Sie hatten mehr getankt als beabsichtigt. Es blieb das
gute Gefühl, dass die weitere Vorgehensweise in trockenen Tüchern war. Der alte Malchow hatte fünf Bier intus,
ging trotzdem nach der herzlichen Verabschiedung von
den Kampfgefährten mit sicherem Schritt auf sein Auto
zu. Das Getriebe gab beim Anfahren ein paar widerspens-
tige Geräusche von sich, ansonsten machte der Abgang
einen sauberen Eindruck. Die anderen drei traten die
Rückreise in Pastors Toyota-Kombi an.

»Bitte benehmt euch, wenn uns die Polizei anhält«, bat Pastor, der halbwegs nüchtern geblieben war, weil er bis Aachen fahren musste.

»Und nicht ausatmen«, lallte Freese, »wenn der Herr Wachtmeister seinen Kopf zu uns reinsteckt.«

»Fahr vorsichtig, Peter«, meldete sich vom Rücksitz Trompeter, halb aus dem Fenster gehängt, um den Kopf wieder klar zu kriegen. Sie hatten zum Abschied einen Averna getrunken, um das fettige Essen zu verdauen. »Bitte um eine ruhige Fahrweise. Erstens, weil mir hinten sonst übel wird, und zweitens: Wir werden gebraucht. Ja, das Land braucht uns. Wir sind die letzten Aufrechten.«

TRAUER AN WITWE

Ob Annette Verhülsten um ihren verstorbenen Mann trauerte, sah man der Verlegerwitwe nicht an. Entweder hatte sie ihre Emotionen gut im Griff oder das gestraffte Gesicht ließ Gefühlsbekundungen nicht zu. Fett hatte recht, das Alter der Dame war nicht schätzbar. Die schlanke Figur im schwarz-weißen Chanel-Kostüm ließ eher auf eine fitte 50-Jährige schließen. Beim

Betrachten der faltigen Hände legte Rosenthal gut zehn Jahre drauf. Frau Verhülsten hatte ihren Anwalt zu dem Gespräch eingeladen, einen Endsechziger mit dem Blick eines Haifisches.

»Witwen sind seine Spezialität«, raunte Fett der Kollegin Rosenthal beim Betreten des Wohnraums zu. Auf ihren fragenden Blick, flüsterte er: »Später.«

Anwalt Dr. Herrmann machte sofort klar, dass er die Federführung im Gespräch übernehmen werde. Frau Verhülsten stehe zu sehr unter Schock. Sie verbarg das gekonnt, stellte Rosenthal fest, aber gut, jeder trauerte auf seine Weise. Die Art, wie Dr. Herrmann seiner Mandantin die Hand sanft auf den Arm legte, um ihr das harte Schicksal zu erleichtern, bewies den Kommissaren, dass die Witwe in der schweren Stunde bereits tröstende Unterstützung fand.

Warum sie am Sonntag ihren Mann nicht zum Rennen begleitet habe, wollte Fett wissen.

»Meine Mandantin hat sich unpässlich gefühlt«, antwortete der Anwalt an Frau Verhülstens Stelle. Er sagte wirklich »unpässlich« und ging Fett damit unheimlich auf die Nerven. Ja, in solchen Kreisen fühlte man sich unpässlich, wenn man zwei lästige Kommissare abwimmeln wollte.

»Wo, Frau Verhülsten, haben Sie denn mit Ihrer Unpässlichkeit den Nachmittag verbracht?«, fragte Frau Rosenthal, und Fett war froh, dass er sie dabei hatte. Die Art, wie sie das Wort Unpässlichkeit auf ihrer Zunge zergehen ließ, klang so überheblich, dass sie Frau Verhülsten und sogar den Anwalt in seinem Button-down-Hemd und der feinen, um den Hals gewürgten Seidenkrawatte, einschüchterte. Dr. Herrmann schaute fragend zu seiner

Mandantin hinüber, die stotternd zugab, dass sie bei einer Freundin gewesen sei.

»Womit ich davon ausgehe, dass Ihre Unpässlichkeit sich mehr auf Ihren Mann bezog«, stellte Rosenthal fest. Fett hätte sie küssen können. »Aber das ist kein Problem, solange Ihre Freundin den Besuch bestätigt«, fuhr Rosenthal mit kaum merklich süffisantem Lächeln fort.

»Sie wollen nicht behaupten, dass meine Mandantin irgendetwas mit dem Mord …« Der Haifisch warf den Kommissaren einen drohenden Blick zu.

»Nein, nein«, besänftigte Fett. »Aber als Anwalt müsste Ihnen das übliche Prozedere geläufig sein.«

»Ich bin Wirtschaftsanwalt«, klärte Dr. Herrmann sie pikiert auf, als ob alle anderen juristischen Beschäftigungen Drecksarbeit seien, mit der er sich nicht die Finger beschmutzte.

»Wissen Sie denn, Frau Verhülsten«, wandte sich Rosenthal nun direkt an das straff gezogene Gesicht, »ob Ihr Mann am Sonntag irgendwelche Verabredungen hatte?«

»Er hat mir nichts gesagt«, antwortete die Witwe tatsächlich selbst.

»Machte er sich Sorgen, gab es Probleme mit bestimmten Personen?«, ergänzte Fett den Fragenkatalog. Das war alles Routine, und er hegte keine große Hoffnung auf erleuchtende Erkenntnisse.

Eine Viertelstunde nach Betreten des Hauses ließen die Kommissare die Witwe mit ihrem Tröster allein. Niemand hatte ihnen einen Kaffee angeboten.

ENDLICH KAFFEE

Rosenthal und Fett warfen einen Blick zurück auf das Anwesen der Familie Verhülsten an der Eupener Straße. Teuerste Wohngegend von Aachen, geschützte Grundstücke, versteckt hinter Hecken, Bäumen, Zäunen und Toren. Immer frische Luft, kein Kraftwerk, keine Printenfabrik, die ihre Emissionen zu den Designerhäusern schickte. Südlage, Westlage, Toplage – Fett spielte die Worte durch. In seiner Wohnung roch er bei Ostwind die Produktion des Weihnachtsgebäcks. Hier draußen wehte frischer Wind.

»Ich bin Wirtschaftsanwalt«, äffte Fett Dr. Herrmanns näselnden Tonfall nach. »Dieselskandalvertuscher, Steuerhinterziehungsgehilfe!«

»Und Witwentröster? Oder habe ich Sie da falsch verstanden?«, fragte Rosenthal.

»Nein, das haben Sie richtig verstanden, Frau Kollegin. Dieser geleckte Kerl taucht regelmäßig bei den reichen Erbinnen auf. Viele Witwen sind vollkommen überfordert, wenn ihnen plötzlich eine Firma und ein Vermögen zufallen. Dazu kommen meist Familienquerelen. Ein gefundenes Fressen für die Anwaltszunft. Und Dr. Herrmann hat den Ruf, dass er sich besonders – ich sag mal – liebevoll um seine Mandantinnen kümmert.«

Rosenthal schüttelte sich angewidert.

»Wird schwierig.« Fett schaute auf die Bäume. Jedes Mal, wenn es einen Fall im Establishment gibt, taucht ein alerter Anwalt auf.

»Familienbande. Betonung liegt auf Bande.« Rosenthal hielt einen Moment inne.

»Im Fall Verhülsten geht es um viel Geld, um Erbschaften, Anteile, Macht, Reichtum, Rache, Verletzungen, Erniedrigungen. Motive im Dutzend. Wer war von der Familie sonst beim Galopper des Jahres? Wir werden blitzsaubere Alibis bekommen. Und in der Box war nur Ihr Groß- oder Uronkel von Malchow.« Fett kickte einen Stein in die Wiese.

»Mein Kollege Bär durchleuchtet die Beziehungen zwischen Malchow und Verhülsten«, versicherte Theresa Rosenthal. »Keine Bange, in Sachen Uronkel drehen wir jeden Stein um.«

»Hat der Stallknecht Onkels Aussage bestätigt?«, hakte Fett nach.

»Rüdiger, ja, der Junge ist nicht sehr helle, aber er schwor, dass die Herren die Box gemeinsam verlassen haben.«

»Und beide am Leben, nehme ich an«, grummelte Fett.

»Nee, Onkel Bodo schleppte den blutenden Verhülsten hinter sich her, bekam einen Hexenschuss und merkte, dass er es allein nicht schafft. Drum stopfte er den zertrampelten Verleger zurück in die Box.« Rosenthal wurde ungeduldig. Sie mochte Fett, trotzdem, seine Nachfragen gingen ihr auf die Nerven. Als ob sie in Sachen Malchow etwas vertuschte.

Fett wechselte das Thema: »Meine Kollegen und ich kümmern uns in den nächsten Tagen um die liebe Verwandtschaft, Exfrauen, Kinder und so weiter.«

»Die Tat sieht nicht aus, als ob sie geplant war. Pferdestall, ein keilendes Pferd. Vom Pferdeflüsterer fehlt übrigens der letzte Hinweis darauf, ob Daydream manipuliert war. Bär ist da hinterher.« Rosenthal spürte, dass die Aufklärung komplex wurde. »Am Ende war es ein Unfall. Stellen wir beide im Abschlussbericht fest. Kommen Sie, wir gehen einen Kaffee trinken.«

Die Kommissare fuhren mit dem Alfa bis zur Peterstraße und schlenderten zum Restaurant »Elisenbrunnen«. Sie fanden einen freien Tisch draußen, mit ganz viel Sonne.

»Der Cappuccino ist hier in Ordnung, kann ich empfehlen.« Fett schaute Theresa Rosenthal fragend an.

»Ja, und ein Stück Kuchen, ein kleines. Was mit Obst.« Sie blickte auf den Park vor der Terrasse.

»Wen nehmen wir nun ins Gebet? – Au. Vorsicht, heiß!« Fett hatte sich die Zunge verbrannt und verdrehte die Augen.

Rosenthal schaute mitfühlend. »Passiert sonst immer mir. Danke für die Warnung. Erzählen Sie mir von Ihrem Besuch bei dem Chefredakteur, diesem Schnigge. Ihrem Freund«, sagte sie ein wenig maliziös, als Retourkutsche auf Fetts Anspielung in Sachen Malchow. Dem Kollegen entging die kleine Bissigkeit, er haderte mit seiner verbrannten Zunge und dem zu heißen Cappuccino.

»Schnigge, das ist ein besonderer Fall«, begann Fett. »Durch meinen Job hatte ich oft mit ihm zu tun. Befreundet sind wir nicht, aber wir trinken manchmal einen Absacker zusammen. Schnigge übrigens Kaffee und Wasser. Er ist trockener Alkoholiker. Hat er mir selbst erzählt; das Outen gehört wohl zur Therapie. Im Grunde hasste er Verhülsten, obwohl der ihn zum Chefredakteur befördert hatte. Verhülsten liebte es, mit Leuten zu spielen, sie in der Hand zu haben.«

Rosenthal machte sich Notizen, während sie aufmerksam zuhörte und genüsslich ein gewaltiges Stück Schokoladentorte verputzte. Sie hatte sich in Sachen Kuchen umentschieden. Diät verschoben. »Damit auch ein potenzieller Mörder?«, überlegte sie.

»Er saß aber zur Tatzeit in der Redaktion. An der Montagsausgabe. Schnigge ließ eine merkwürdige Geschichte raus. Vielleicht gibt es einen Zusammenhang. Ein paar Tage vor Verhülstens Tod bekam Schnigge einen Anruf, anonym, oder Schnigge hat den Namen nicht preisgegeben – Quellenschutz, sie kennen das. Der Tippgeber hielt Beweismaterial in der Hand: Stadionskandal in Aachen.«

Rosenthal wurde neugierig. »Und – ist was gedruckt worden?«

»Nein – per Order von ganz oben. Verhülsten untersagte die Veröffentlichung.«

»Warum?«

»Keine Begründung. Das war Verhülstens Stil. Daumen hoch, Daumen runter. Aber jetzt kommt's. Schnigge vermutet, dass Verhülsten selbst verwickelt war.«

Rosenthal nickte anerkennend. »Da hätten wir was zum Herumstochern.«

»Wir müssen den anonymen Anrufer, Deckname Hansen, finden«, gab Fett zu bedenken. »Der hat sich sicher nicht von seinem eigenen Telefon aus gemeldet.«

»Scheiß Prepaidkarten. Sorry«, entschuldigte sich Rosenthal, »die Dinger machen uns echt das Leben schwer. Wir werden viel Glück und den Kamerad Zufall brauchen, um an den Mann ranzukommen.«

FLORE, DIE BLUME

Sie saßen noch im »Elisenbrunnen«, als die ersten After-Worker auftauchten. Die beiden Kommissare hatten ihre gemeinsame Vorliebe für Crémant entdeckt.

Fett schaute auf die Uhr. »Halb sechs. Nicht ganz die Zeit für einen Sundowner, aber man sollte nicht zu penibel sein.«

Rosenthal stimmte ihm zu. Ihr Handy klingelte, Bär war am Apparat.

»Wir haben Verhülstens Mobiltelefondaten ausgewertet. Verhülsten rief häufig eine Nummer in Lüttich an. Auch am Samstag vor dem Rennen. Mehrmals sogar. Könnte für dich und diesen euregionalen Kollegen interessant sein. Nummer kommt per SMS.«

»Ich gebe sie weiter an Herrn Fett. Danke.«

Sie steckte das Telefon in ihre Jackentasche. Dort piepste es, als die SMS kam.

Theresa Rosenthal informierte den Aachener Kollegen. »Können Sie rausfinden, wem die Nummer in Lüttich gehört?«

»Bestimmt. Die belgischen Kollegen Raymond Didier und Chantal Kalumba kenne ich seit Jahren. Wir helfen uns gegenseitig.«

Fett rief Raymond sofort in Lüttich an. Theresa Rosenthal bewunderte, wie fließend der Kollege Fett Französisch parlierte. Das hatte etwas Weltläufiges. Sie musterte ihn, während er telefonierte. Guter

Typ, befand sie, etwas sperrig, aber interessant, keine Dumpfbacke, wie man sie in Köln reichlich fand. Bär ausgenommen, der war noch ein Kind mit Entwicklungspotenzial.

»Kennen Sie Lüttich?«, fragte Fett beim zweiten Glas Crémant.

»Nein, ist für mich bisher eine Abfahrt auf dem Weg nach Paris gewesen. Schade eigentlich.«

»Vielleicht bekommen Sie die Gelegenheit. Raymond Didier wird mich gleich zurückrufen.«

Nach fünf Minuten wussten sie über Verhülstens Kontakt in Lüttich Bescheid.

»Michel, hier ist Raymond. Die Nummer gehört Flore Aruma, in Lüttich geboren, 39 Jahre alt, zwei jüngere Brüder, Eltern sind zurück in den Kongo gegangen. Die hübsche Blume lebt in einem teuren Apartment am Fluss, gegenüber von der alten Hauptpost. Manchmal arbeitet sie als Model für Modefirmen oder für die Werbung. Eine braune Schönheit, die von ihren Gelegenheitsjobs kaum dieses teure Apartment finanzieren kann. Alle Infos sende ich dir per Mail. Wenn du Hilfe brauchst, ruf mich an. Wir können sie gemeinsam besuchen. Tu sais. Alleingänge über die Grenze sind schwierig.«

»Merci, Raymond. Ich komme mit meiner Kollegin Rosenthal aus Köln. Sie leitet den Fall. Ich unterstütze sie ein wenig. Wir melden uns.«

»Alors, Madame Rosenthal. Auf in die cité ardente, die feurige Stadt. So wird Lüttich genannt. Herr Verhülsten liebte anscheinend das Exotische, pardon, ist nicht politisch korrekt, aber bei Flore Aruma handelt es sich um eine afrikastämmige Dame. Mal sehen, wie gut sie Verhülsten gekannt hat und was es am Samstag alles zu besprechen gab. Vielleicht taucht sie als Chefreporterin im Impressum seiner Zeitungen auf oder so.«

»Wenn uns die Ermittlungen weiter in den Westen führen, sitzen wir demnächst auf Donalds Schoß. Kann ja heiter werden.«

»In den USA war ich im letzten Jahr, nicht auf Trumps Schoß, aber in der Nähe, in Arlington. Das ist Aachens schöne Partnerstadt. Direkt neben Washington.« Fett ermahnte sich, mal langsam mit seiner Angeberei aufzuhören. Vielleicht wollte er Rosenthal imponieren. Sie besaß eine, ja, was eigentlich, eine gewisse Weltläufigkeit, die ihn beeindruckte. Er dachte tatsächlich »Weltläufigkeit«, ohne zu ahnen, dass die Kollegin ein paar Minuten zuvor ihm selbst genau das attestiert hatte.

Rosenthal trank den letzten Rest des Crémants. »Das perlt aber heute wieder«, imitierte sie den Komiker Olli Dittrich alias Dittsche im norddeutschen Slang. »Man könnte glatt noch einen … Nein, ich weiß, wir müssen beide Auto fahren«, bedauerte sie. »Sollen wir Lüttich morgen Nachmittag machen?«, fragte Rosenthal. »Geht das bei Ihnen? Ich könnte um 14 Uhr in Aachen sein. Was sagen Sie dazu, Sie polyglotter Ermittler?«

»Einverstanden. Eine knappe Stunde dauert die Fahrt. Wir holen Raymond ab und überraschen Frau Aruma.« Rosenthals Versuch, die Rechnung zu begleichen, lehnte Fett ab. »Sie sind eingeladen, Frau Kollegin, ist mein Revier hier.«

Sie gingen zurück zu seinem Wagen.

»Sehen Sie die Frau mit der Fehlbildung an den Armen? Contergan. Das Mittel wurde Ende der 50er-Jahre den Schwangeren gegeben, wenn sie nicht schlafen konnten. Meine Mutter hat es zum Glück nicht genommen. Das Medikament kam bei meiner Geburt gerade auf dem Markt. Es wurde in der Nähe von Aachen hergestellt.«

Er wusste nicht genau, warum er Theresa Rosenthal das erzählte. Der Anblick der Behinderten schmerzte ihn jedes Mal. Die Opfer gehörten zu seiner Generation. Nun waren sie Ende 50. Das Leben wurde schwerer für die Betroffenen.

»Ich habe darüber gelesen. Fürchterliche Sache.«

»Ein Schlafmittel entscheidet über den Lebensweg; ein Arzt, der ein Rezept verschreibt, weil die schwangere Frau nicht gut schlafen kann. Scheiße.«

Sie stiegen in den Wagen und fuhren zurück zum Präsidium.

DIE WITWE MUSS WARTEN

»Das war es für heute.« Fett parkte neben Rosenthals Wagen. »Willkommen im Dreiländereck. Einen Fluss haben wir nicht. Nur ein paar Bäche unter der Erde. Und heiße Quellen. Darum stehen wir beide hier rum. Weil sich die Römer an den heißen Quellen niedergelassen haben, um ihre Kranken zu pflegen. Im Grunde sind wir Nachfahren kranker Römer.«

»Kein Wunder, dass es mir nicht mehr gut geht. Oder liegt das an Verhülsten and Friends?«

»Ach ja, einen Kriminalfall haben wir auch noch. Hatte ich ganz vergessen nach zwei Gläsern Crémant und dem anregenden Gespräch mit Ihnen«, bemerkte Fett launig.

»Was machen wir mit dem Toten?«

»Der bleibt in der Gerichtsmedizin. Seine Witwe muss warten. Spurensuche in Sachen Pferd und der schönen Lütticher Blume. Der Staatsakt wird verschoben. Unser Bischof kann entspannt zum Heiligen Rock nach Trier pilgern.«

Rosenthal wunderte sich über seine Assoziationsketten. Ob es am Talkessel lag, an den Printen, an ihr oder dem Fall?

»Sprudeln Sie immer so?«

»Sprudeln? Ich hab das Wasser abgestellt, damit Sie nicht ertrinken.«

»Hören Sie auf.« Theresa Rosenthal schüttelte den Kopf.

»Alles Verlegenheit, Frau Rosenthal. Oder fühlen Sie sich wohl neben mir? So plötzlich. Und dieser vertrackte Fall. Zwei Polizeipräsidenten im Nacken, die Medien, die Ministerpräsidentin und die Familienbande. Ist was anderes als ein Mord im Rockermilieu oder Raubmord an einem Kioskbesitzer im Ostviertel.«

»Können wir uns nicht aussuchen, Herr Kollege. Ja, ist anders mit Ihnen als mit dem Kollegen Bär.«

»Auf Wiedersehen. Grüßen Sie mir die Baumallee auf der A 4. Achten Sie auf die Blätter der Sandbirke, Baum des Jahres 2000. Kann man bis 140 Stundenkilometer genau erkennen. Und Kollege Bär sei mit einem Gruß bedacht.«

»Mach ich. Und wenn Ihnen ein Fluss fehlt, kommen Sie zur Erholung an den Rhein. Currywurst an der Tatort-Bude.«

»Ich bin Vegetarier, Frau Rosenthal.«

»Wie bitte?«

»Von Freitagmittag bis Freitagabend.«

Theresa Rosenthal lachte.

Vielleicht rede ich deshalb so ein Zeug zusammen, dachte Fett. Vielleicht wollte ich noch mal ihr Lachen hören.

»Salut, oder was sagt man in Liège?«

»Salut, Frau Rosenthal. À demain. Bis morgen.«

Die Kollegin bestieg ihren grünen Mini, setzte rasant zurück, hupte kurz und verschwand über die Krefelder Straße in Richtung Autobahn.

Der Tag war anders verlaufen, als Fett gedacht hatte. Auch die Arbeit mit Theresa Rosenthal. Irgendwie anders. Angenehm anders.

MÜTTER UND TÖCHTER

Theresa Rosenthal rief ihre Mutter an. Das tat sie selten.

»Kolberg«, meldete sich eine muntere Stimme. Wie schaffte sie es, im Alter von 87 Jahren so dynamisch zu klingen? Disziplin. Theresa wusste, das war das Geheimnis. Eine Frau von Kolberg leistete sich keine Larmoyanz und forderte von allen anderen Menschen dasselbe. Wenn Theresa als Kind gestürzt war und mit blutigen Knien heulend vor der Mutter gestanden hatte, hatte es nur geheißen: Tut nicht weh. Es hatte aber wehgetan.

»Mutter, hier ist Theresa.«

»Theresa, mein Schatz.« Die liebevolle Bezeichnung bedeutete gar nichts. Genauso hätte die Mutter ihre Lieblingsfeindin beim Bridge betitelt: Astrid, mein Schatz, du hast wieder mal die falsche Karte gespielt. Theresa hasste Bridge. Ihre Mutter hatte gefühlt die Hälfte ihres Lebens damit verbracht, was dem Vater Zeit verschafft hatte, sich um seine zahlreichen Geliebten zu kümmern, von denen seine Gemahlin wahrscheinlich gewusst hatte. Vielleicht war sie dankbar gewesen, dass ihr Ehemann sie deshalb nicht mit gewissen Unannehmlichkeiten wie Sex inkommodiert hatte.

»Wie geht es dir, Mutter?«

»Nicht schlecht.« Die Stimme verlor etwas an Munterkeit, eine gezielte Inszenierung. Theresa wusste, was jetzt kam. »Ich sehe nichts von meiner Tochter und leider auch wenig von meinen Enkeln.«

»Sie studieren in Amerika, Mutter.«

»Das ist es ja. Warum müssen sie in diesem schrecklichen Land studieren? Wir haben genügend hervorragende Universitäten in Deutschland. Oder Oxford, warum studieren sie nicht in Oxford?«

»Sie sind erwachsen, frag sie bitte selbst«, erwiderte Theresa spitz. Da war er wieder, dieser gereizte Ton, der sich schon nach drei Sätzen im Gespräch mit der Mutter einstellte. Warum immer das sich wiederholende Muster? Theresa ging sich mit diesem reflexhaften Verhalten selbst auf die Nerven, aber ihre Mutter ging ihr eben auch auf die Nerven. Zu viele Verletzungen. Vielleicht hatte Theresa aus diesem Grund Psychologie studiert. Bei ihren eigenen Problemen hatte ihr das nicht weitergeholfen.

»Was kann ich für dich tun, Kind?«, hörte sie die Mutter und sah sie vor sich in ihrer steifen, stets aufrechten Haltung.

»Ich habe Onkel Bodo getroffen. Malchow. Hast du Kontakt zu ihm?«

»Bodo, lange nichts von ihm gehört. Der gute Bodo. Wie geht es ihm? Wo hast du ihn gesehen?«

Theresa bereute den Anruf bereits. Warum nur hatte sie Malchow ihrer Mutter gegenüber erwähnt? Fetts Sticheleien wegen ihrer entfernten Verwandtschaft zu einem Verdächtigen saßen ihr in den Knochen. Sie wollte nichts übersehen und hoffte, ein paar Informationen aus der Mutter herauszuquetschen.

»Ich bin beim Pferderennen in Köln in ihn hineingelaufen.«

»Du, beim Pferderennen?« Die Mutter klang erstaunt. »Du hasst doch Pferde. Dabei waren die Kolbergs immer Pferdeleute. Die Malchows übrigens auch. Also, was hast du gemacht beim Pferderennen? Gesellschaftliche Anlässe meidest du doch.«

»Ich war beruflich da.«

»Mein Gott, du hast doch nicht Onkel Bodo verhaftet? Wen hat er umgebracht, der alte Schwerenöter?«, spottete die Mutter.

Theresa war gereizt und verriet mehr, als sie beabsichtigt hatte. »Immerhin hat er sich in der Nähe des Tatorts aufgehalten.«

»War immer ein Draufgänger, der Bodo, die Malchows überhaupt. Der Vater hat sich noch vor 33 mit den Nazis angelegt. Respekt. Es gibt nicht viele Adlige, die so heldenhaft waren. Hat ihn das Leben gekostet, den alten Malchow, war für die Familie schwierig danach.« Die Mutter machte eine kurze Pause. »Der Adel hat in der Nazizeit versagt«, fügte sie an.

»Stauffenberg?« Theresa führte die Diskussion nicht zum ersten Mal.

»Pfff.« Wie konnte man mit zwei Konsonanten so viel Verachtung ausdrücken? Theresas Mutter gelang das. »Zu spät und dann auch noch ein Fehlschlag«, erklärte sie kurzum.

»Aber der Vater Malchow – im Kampf für seine Überzeugungen gestorben.« Theresa wurde nachdenklich. »Würde Onkel Bodo auch so weit gehen?«

»Du meinst das jetzt nicht ernst, oder?«

»Ich versuche, ihn zu verstehen. Was glaubst du, ganz ehrlich?«

»Bodo würde mit Sicherheit für seine Überzeugungen einstehen. Er ist ein toller Hecht, war ein hervorragender Diplomat und ein Ehrenmann. Mehr kann ich dazu nicht sagen.«

Irgendetwas im Tonfall, in der Stimme der Mutter brachte Theresa auf den Gedanken, dass da womöglich mal mehr gewesen war zwischen ihrer alten Dame und Bodo von Malchow. Der Gedanke freute Theresa. Er gab der Mutter einen menschlichen Zug.

»Ihr seid euch früher nahegestanden, stimmt's?«, fragte sie.

Darauf ging die Mutter nicht ein. »Wann sehe ich dich mal?«, fragte sie stattdessen.

»Viel zu tun. Wir haben hier einen Mord an einem Aachener Verleger – Verhülsten. Kanntest du ihn?«

»Bin ihm, glaube ich, einmal begegnet – ein Kretin!«

Zack – die Mutter fackelte nie lang mit den Hinrichtungen von Menschen. Theresa musste zugeben, dass sie oft recht mit ihren Beurteilungen hatte.

»Mit der Meinung stehst du nicht allein.« Theresa verkniff sich ein »ausnahmsweise«. Nach ein paar Verabschiedungsfloskeln legte sie auf, erschöpft wie jedes Mal, wenn sie mit ihrer Mutter telefonierte. Tut gar nicht weh, dachte sie und musste lachen.

ES BAHNT SICH ETWAS AN

»Der Tierarzt hat sich gemeldet.« Bär überbrachte die Nachricht am Mittwochmorgen.

»Und?« Rosenthal schien mäßig interessiert.

»Scheint ein gewissenhafter Mann zu sein«, berichtete Bär. »Ihm ließ die Sache keine Ruhe. Ein sonst verträgliches Pferd, das plötzlich verrücktspielt. Scheint ungewöhnlich. Der Doc hat sich gestern erneut ausgiebig mit Daydream beschäftigt. Wenn ich es richtig verstehe, und du weißt, wie gut ich mich mit Gäulen auskenne, also er hat erneut alle Muskelstränge des Pferdes abgetastet und plötzlich an einer Stelle eine heftige Reaktion des Tieres erzeugt. Erinnerungsschmerz oder so.«

»Wie Phantomschmerz?« Rosenthal war mittlerweile ganz bei der Sache.

»So ähnlich. Ach, lass es dir selbst von ihm erklären. Was weiß ich, wie die Viecher ticken.« Der junge Kollege wurde ungeduldig, wenn er eine Sache nicht packen konnte. Rosenthal, die ältere von den beiden, blieb gelassen. Sie wusste, dass man bei jedem Fall ganz von vorn anfing. Die Routine und Erfahrung half bei der Vorgehensweise. Das Hineindenken in einen Täter erforderte Kreativität, Unvoreingenommenheit und Geduld. Bär würde das lernen, er war ein guter Polizist. Von den Muskelpaketen durfte man sich nicht täuschen lassen. Darunter steckte ein einfühlsamer Fahnder.

Es war tatsächlich Kommissar Zufall, in Zusammenarbeit mit dem Kollegen Fleiß, der ihnen an diesem Morgen ein Stück weiterhalf. Im Hippodrom hatten die Kommissare zwei Fotografen angesprochen, die im Auftrag der Sponsoren schöne Erinnerungsbilder für die Kunden produzierten. An dem Sonntag waren Hunderte von Fotos aufgenommen worden, die Durchsicht ein guter Job für den Kollegen Oliver Korte; er hatte es gern etwas bequemer, war dafür penibel. Den halben Dienstag hatte er mit diesem Job verbracht und zeigte Mittwochmorgen seine Ausbeute: 24 Fotos, auf denen Verhülsten zu sehen war, meist im Gespräch mit anderen Gästen.

»Wir waren nicht untätig, während du dich mit dem Aachener Kollegen bei Schnittchen und Crémant amüsiert hast«, behauptete Bär.

Rosenthal fühlte sich ertappt und merkte erst an Bärs frechem Grinsen, dass der Kollege ins Blaue geraten hatte. Er kannte seine Chefin.

»Alles zwecks Optimierung der Arbeitsatmosphäre«, gestand sie. »Oliver, du hast heute noch mal einen gemütlichen Job. Triff dich mit einem der Sponsoren und check die Namen der Leute, mit denen Verhülsten auf den Bildern zu sehen ist. Die Voss und Feltens werden ihre Gäste ja kennen.«

»Und der Tierarzt?«, fragte Marco Bär.

Rosenthal schaute auf die Uhr. »Einbestellen«, überlegte sie. »Nein, wir schauen uns das vor Ort an. Vielleicht führt er uns die Nummer vor. Ich schaffe das gerade, danach geht es wieder ab nach Aachen und mit Herrn Fett weiter nach Lüttich.« Sie berichtete von Flore und den Telefonkontakten zu Verhülsten.

»Da bahnt sich was an«, bemerkte Oliver Korte süffisant. »Ich meine zwischen dir und dem Euregionisten.«

»Schau, sie wird dunkelrot«, zog Bär die Kollegin auf.

»Abmarsch, ihr Blödmänner«, lachte Theresa Rosenthal.

SEX AND DRUGS

Armin Verhülsten junior wachte vom Schellen der Türklingel auf. Er versuchte, die verklebten Augen zu öffnen, ließ sie schweifen. Er lag in seinem eigenen Schlafzimmer, immerhin. Neben ihm eine Frau, nicht die eigene, die war lange auf und davon mit Kind und Hund. Er warf einen zweiten Blick auf den blonden Haarschopf, der unter der Decke hervorlugte. Wahrscheinlich Verena, er kannte sie, hatte ein paarmal mit ihr geschlafen oder neben ihr. In Sachen Sex war nicht mehr viel los bei ihm. Verena und er hatten sich am Vorabend zugedröhnt mit allem möglichen Zeug. Die Türklingel ging wieder, diesmal penetrant lang. Armin setzte sich auf die Bettkante und prüfte, ob der Kreislauf standhielt. Er schaute auf die Uhr – kurz nach zehn. Ihm dämmerte, dass er irgendeinen Termin verpennt hatte. Im Bad hing sein Morgenmantel, der Weg dorthin war der Testlauf. Ein wenig Schwindel, aber der

Kreislauf kam beim Gehen in Gang. Er schlurfte im Morgenmantel durch sein geräumiges Apartment am Preusweg und bediente die Gegensprechanlage.

»Die Kommissare Fett und Schmelzer«, drang eine muntere Stimme an Armins Ohr. »Wir sind mit Ihnen verabredet.«

Scheiße, das war der Termin. »Kommen Sie hoch, fünfter Stock.« Er drückte den Türöffner und eilte, so schnell es in seinem Zustand ging, zurück ins Schlafzimmer.

»Was'n los?«, beschwerte sich eine jämmerliche Stimme aus dem Bett.

»Besuch, bleib liegen!«

Armin riss einen Jogginganzug aus dem Schrank, schlüpfte hinein, rannte ins Bad, warf sich ein paar Hände kaltes Wasser ins Gesicht und bürstete kurz durch sein langes grau meliertes Haar. Der Spiegel gab ihm die unerfreuliche Rückmeldung von den Spuren der letzten Nacht, genau genommen sah man die Spuren der Nächte aus den letzten 30 Jahren. Armin war mal ein gut aussehender junger Mann gewesen. Erfolg bei den Frauen, wilde Partynächte, keine beruflichen Erfolge. Sein Vater hatte ihm 50 Jahre lang auf die Finger geschaut, nicht wohlwollend, wie es Väter tun sollten. Er hatte von klein auf die Missachtung in den Gesichtszügen des Alten gesehen. Jetzt war Schluss damit, aber er konnte es nicht einmal genießen, war zu fertig dafür. Es klingelte wieder. Sie waren an der Wohnungstür. Dann mal los! Armin setzte ein Lächeln auf. Es sah verquält aus. Früher hatte sein Charme gewirkt. Es war wenig davon übrig. Dann eben ohne Lächeln. Er riss die Tür auf und begrüßte die Herren Fett und Schmelzer.

»Mein Beileid«, sagte Fett.

»Meins auch«, brummelte Schmelzer. Ihm ging die Floskel schwer über die Lippen. Allerdings sah der Mann, der ihnen die Tür öffnete, aus, als könne er jede Menge Beileid gebrauchen. Mann, ist der fertig, dachte Schmelzer. Steinreich, schickes Apartment, Penthouse, immer wohnen sie in Penthäusern, und ich krieg mein Reihenhaus am Steppenberg kaum abbezahlt. Neid stellte sich trotzdem nicht ein.

»Entschuldigung, haben wir Sie gestört?«, fragte Fett.

»Wir waren angemeldet.«

»Alles gut. Hab gerade mein Fitnesstraining absolviert und die Zeit aus den Augen verloren.«

Fitnesstraining – Schmelzer verdrehte die Augen.

»Persönlicher Trainer? Oder Trainerin? Ist schwer in Mode«, sagte Fett mit einem Blick auf die Designermöbel.

»Hab mein eigenes Programm. Ausdauer ist wichtig. Wem sage ich das. Sie trainieren ja auch bei der Polizei.«

»Klar, wie Arnold Schwarzenegger in seinen besten Zeiten. Wir sind James Bond und Bruce Willis. – Tschuldigung. Passt nicht ganz, so kurz nach dem Ableben Ihres Vaters«, schob Fett nach.

Sie machten es kurz. Verhülsten junior hatte ein wasserdichtes Alibi. Turnier im Aachener Golfclub.

»Spielen Sie Golf?«, fragte er die Kommissare, die das mit einem Kopfschütteln verneinten.

»Scheißsport!«, kommentierte Verhülsten. »Mein Vater war scharf darauf, dass ich mit einem Superhandicap brilliere. Wollte damit angeben. Pech, ich war mittelmäßig. In allem. Na ja, die Herrenmannschaft wird ab jetzt auf mich verzichten müssen, kein großer Verlust. Hab das meinem Vater zuliebe betrieben. 50 Jahre alt und immer noch an der Nabelschnur.« Er schaute resigniert. Seine

Offenheit wunderte die Kommissare. Von Selbstachtung keine Spur – arme Socke.

Im Nebenraum polterte ein Gegenstand zu Boden.

»Wohl doch ein Trainer im Haus?«, fragte Fett.

»Trainerin, Herr Fett, damit kein falscher Eindruck entsteht. Aber nicht für Golf«, sagte der designierte Medienmogul säuerlich.

Armin Verhülsten tat ihnen leid, der Junior. Der Senior weniger, der hatte es hinter sich. Außerdem erhielten sie bei ihren Recherchen den Eindruck, dass der alte Verleger einige Menschen auf dem Gewissen hatte. Einer davon war womöglich der Mörder. Der Sohn nicht, nicht mal dafür reichte bei ihm die Kraft.

WEISSES KLAVIER UND FRÜHLINGSROLLEN

Pünktlich traf Theresa Rosenthal in Aachen ein. Sie sah den roten Alfa auf dem Parkplatz des Polizeipräsidiums. Fett lehnte am Wagen. Kein schlechter Typ, registrierte sie erneut, ein Querdenker. Es machte ihn sympathisch.

»Voilà, Monsieur le commissaire. Auf nach Liège.«

»Haben Sie einen Crashkurs besucht? Bonjour, Frau Rosenthal. Steigen Sie ein. Raymond erwartet uns in Outremeuse.«

»Ich dachte in Lüttich.«

»So heißt der Stadtteil, in dem Flore unseren alten Verhülsten verwöhnte.«

»Neue Informationen? Oder sind das Ihre Männerfantasien?«

»Ermittlerinstinkt, Holozän, Evolution, Patriarchat – suchen Sie sich was aus.« Rosenthal kam erst langsam hinter den etwas eigenwilligen Humor ihres Aachener Kollegen.

Fett fuhr los. Rosenthal brachte ihn auf den neuesten Stand.

»Heute Vormittag haben wir dem durchgeknallten Pferd einen Besuch abgestattet.«

»Wie nett. Was haben Sie Daydream, so hieß es doch, mitgebracht? Möhrengemüse an Haferbrei?«

»Und aus Dankbarkeit hat der Gaul uns alles erzählt. Im Ernst, der Tierarzt hat mir etwas Merkwürdiges vorgeführt. Wenn er mit seiner Hand entlang der Muskelstränge am Hals hinunterfuhr, drehte der Gaul durch. Haben Sie mal einen Phantomschmerz gehabt, Herr Fett?«

»Andauernd«, grinste er. »Meine ganze Seele ist voll davon. Pardon, war ein Witz.«

Oder auch nicht, dachte Rosenthal. »Der Tierarzt fand das ein ungewöhnliches Phänomen«, berichtete sie weiter. »Er meint, dass das Tier dort vor Kurzem verletzt wurde. Zu sehen war nichts. Er erkundigte sich beim Trainer und der bestätigte, dass Daydream kürzlich eine Spritze in den Hals bekommen und sehr nervös darauf reagiert hatte. Sind empfindliche Tiere. Verhalten sich nicht viel anders als Menschen, erklärte der Doc. Unter uns gibt es ja auch einige, die hysterisch auf Spritzen reagieren.«

»Kein Beweis, nur ein Hinweis, dass Daydream manipuliert wurde«, überlegte Fett. »Von jemandem, der sich mit Pferden auskennt. Wie wäre es mit Onkel Bodo?«

»In einem Pferdestall kennen sich naturgemäß alle mit Pferden aus«, korrigierte Rosenthal säuerlich.

»Mein Kollege und ich waren heute Vormittag auch nicht untätig. Wir haben bei Verhülsten junior vorbeigeschaut«, informierte Fett die Kollegin. »Wasserdichtes Alibi. Ansonsten eine arme Socke. Der Vater hat ihn geschafft, das ist talk of the town.«

»Und was weiß man von den Töchtern?«, wollte Rosenthal wissen.

»Die eine hielt sich am Sonntag an ihrem Wohnsitz in den Hamptons auf – wo immer das ist.«

»Long Island.«

»Gut, weit genug vom Tatort entfernt. Die andere Tochter, die im Verlag tätig ist, verbringt seit zwei Wochen Ferien auf Mallorca, in ihrem Haus dort.«

»Gute Alibis«, stellte Rosenthal fest. »Alle drei aus dem Schneider, es sei denn, sie haben einen Killer engagiert.«

»Kommt in den besten Familien vor«, brummte Fett. »Haben wir alles erlebt. Übrigens bei sinkenden Preisen«, fügte er hinzu. »Die Osteuropäer arbeiten für Flatrates, zwei zum Preis von einem.«

»Und demnächst werden die Nordafrikaner die Schnäppchenangebote unterbieten. Die können nicht alle vom Drogenhandel bei uns am Ebertplatz oder im Görlitzer Park in Berlin leben. Wo läuft das Geschäft bei Ihnen in Aachen? Universitätsstadt, die Nähe zu den Coffeeshops in Heerlen, da blüht bestimmt ein reger Handel.«

»Sicher, Bushof, Kaiserplatz«, zählte Fett auf. »Die Kollegen vom Drogendezernat haben viel zu tun und sind frustriert bis unter den Haaransatz. Sie schnappen die Jungs und müssen sie gleich wieder auf freien Fuß setzen. Ungeklärter Aufenthaltsstatus, unbegleitete Minderjährige. Kriminelle Lebensläufe, die nicht zwischen zwei Aktendeckel passen, aber kaum einer wird abgeschoben oder festgesetzt.«

»Ich weiß nicht, wo diese gehübschten Statistiken angefertigt werden. Angeblich sind wir, die wir schon ... – wie sagt unsere Kanzlerin immer?«, fragte Rosenthal.

»Wir sind die, die schon länger hier leben«, grinste Fett.

»Richtig. Wir sind angeblich prozentual genauso kriminell wie die Migranten.«

»Da fragen Sie mal bei den Streifenpolizisten nach. Wenn die einen mit Migrationshintergrund greifen, können sie froh sein, wenn sie nur bespuckt werden. Drohungen gehören bei unseren Cops zum Tagesgeschäft. ›Ich fick dich oder deine Mutter‹ – sorry – sind die alltäglichen Beschimpfungen. Unsere Polizisten haben die Schnauze derartig voll.«

»Und keine Rückendeckung von den Innenministern oder den Parlamenten«, wütete Rosenthal. »Da sitzen die grün-linken Gutmenschen und leisten sich Sprüche wie: ›Was die Flüchtlinge uns bringen, ist wertvoller als Gold.‹«

»Das war doch mein Freund aus Würselen, der heilige Martin. Für solchen Käse wird ihm sogar die eigene Klientel von der Stange gehen«, prognostizierte Fett.

»Das muss er mal in den Arbeitervierteln von Oberhausen und Duisburg erzählen.«

Beide Kommissare hatten sich in Rage geredet, weil sie oft genug am eigenen Leib erlebten, dass der Alltag nicht mit den Sonntagsreden der Politiker übereinstimmte.

»Selektive Wahrnehmung.« Fett war stinksauer über die von Politikern verursachte Hilflosigkeit der Polizei.

Sie erreichten Lüttich in 45 Minuten. Fett parkte neben einer Kirche. »Saint-Pholien. Hier spielt einer der ersten Maigret-Romane. 300 Meter von Simenons Geburtshaus entfernt«, erklärte Fett.

»Wirklich? Simenon, ich dachte, er sei Franzose gewesen«, wunderte sich Rosenthal. »Vielleicht haben wir hinterher etwas Zeit, die Kirche zu besichtigen, und Sie erzählen mir von den Krimi-Schauerlichkeiten. Ich habe Maigret nicht gelesen. – Aber erst die Arbeit«, bedauerte sie. »Wo müssen wir hin?«

»Raymond wartet im Café Randaxhe, Chaussée des Prés. Kommen Sie. Keine Angst. Ist alles nur etwas anders als in Köln-Marienburg. Der Rest ist gleich.«

»Anders als in Marienburg? Erstens wohne ich in der Innenstadt. Beim Aussteigen eben dachte ich allerdings, Sie hätten uns nach Marseille gebeamt.« Rosenthal schaute sich erstaunt um. »50 Kilometer hinter der Grenze, und schon fühlt man sich in ein fremdes Land versetzt.«

»Michel!« Raymond Didier, Ende 40, winkte ihnen zu.

Fett stellte Theresa Rosenthal vor und Raymond begrüßte sie mit all seinem Charme.

»Wissen Sie, Michel kommt sonst mit Bernd nach Lüttich, Bernd Schmelzer«, erklärte Didier. »Meine Kollegin

Chantal Kalumba fragt oft, ob es verboten ist für deutsche Frauen, Polizistin zu werden. Ich sage: Nein, Chantal, wo denkst du hin, pas du tout. Aber die Anforderungen sind in Deutschland streng. Sie müssen schön und intelligent sein wie Marlene Dietrich. Voilà, Madame Rosenthal, Sie erfüllen die Kriterien. Was darf ich für Sie bestellen?«

»Merci, Monsieur Didier. Das ist mal eine Begrüßung.«

Kann heiter werden, dachte Theresa Rosenthal. Noch ein Wortakrobat. Sie zweifelte langsam, ob es eine gute Idee war, ohne Marco Bär nach Lüttich zu fahren. Nun saß sie allein mit zwei schrägen Polizisten in diesem abgefahrenen Stadtteil Outremeuse, in einem Bistro, wie man es am Montmartre vermutete. Menschen kamen und gingen. Viele aus dem Maghreb und aus Schwarzafrika. Rotnasige Trinker wankten ruhig ihres Weges. Lächelnde Frauen schlenderten entlang der Bordsteinkante mit Plastiktüten voller Bananen, Orangen, Avocados und Salatköpfen. Lüttich, fremde Stadt. So nah und doch so fremd. Die Neugierde wuchs.

»Hallo, Madame Rosenthal. Sind Sie bei uns?« Didier lachte.

»Ah, oui«, lächelte Theresa, »ich muss mich orientieren. Kaffee, bitte. Ihre Stadt ist anders. Mir gefällt das. Aber wir sind nicht zum Kaffee gekommen. Schade eigentlich.«

Fett schaltete um auf Dienstbesprechung. »Raymond, bitte, was weißt du?«

»Bon, mes amis. Flore Aruma wohnt fünf Minuten von hier. Sie ist im Moment zu Hause. Wir haben einige voisins, wie sagt man, Nachbarn, gefragt. Regelmäßig kam Verhülsten zu ihr. Die Nachbarn haben ihn auf dem Foto erkannt. Er war l'Allemand, der Deutsche. L'Allemand hat Flore finanziert. Sagt man im Haus. Und es gab Streit.

Am Samstag gab es beaucoup de bruit, viel Lärm. Die frères, die Brüder, sie haben auch geschrien. Am späten Nachmittag knallten die Türen. Danach ist l'Allemand weggefahren. Sagen die voisins.«

»Dann sollten wir die afrikanische Blume mal besuchen, oder?«, schlug Rosenthal vor.

Raymond zahlte den Kaffee. Fünf Minuten später standen sie vor einem renovierten Apartmenthaus am Fluss.

Als eine Bewohnerin das Haus verließ, hielt Raymond die Tür auf. Mit dem Aufzug fuhren sie in die oberste Etage.

»Penthouse, oh là là!« Fett pfiff anerkennend.

»Aruma« stand auf dem Türschild. Raymond klingelte. Flore Aruma öffnete und blickte überrascht auf das Trio auf ihrer Schwelle. Sie hatte ihren Bruder Antoine mit einem Fertiggericht vom Asiaten gegenüber erwartet.

Wow, dachte Fett beim Anblick der kaffeebraunen Schönheit. Da hat sich Verhülsten was geleistet von seinem Geld. Flore hatte schlanke Glieder. Ein langes buntes Gewand verriet, dass sie zumindest im Kleidungsstil an ihrer Heimat hing. Um den Hals trug sie eine schwere Goldkette. Sieht nach einer Morgengabe von Verhülsten aus, registrierte die Kommissarin mit wachem Blick.

»Raymond Didier, police de Liège. Meine Kollegen Fett und Rosenthal. Wir haben ein paar Fragen zu Armin Verhülsten.«

»Quoi?«

»Kommen Sie, Flore, Sie haben Ihren Freund am Samstag auf Deutsch angebrüllt. Dafür gibt es Zeugen«, schnauzte Didier sie an. »Lassen Sie uns Deutsch reden und bitte drinnen, oder wir laden Sie auf das Revier ein mit Übersetzer und allem Komfort. Ganz nach Belieben.«

Rosenthal staunte über das robuste Auftreten von Raymond. Flore ebenfalls. Raymond marschierte ungebeten in die Wohnung und winkte Fett und Rosenthal hinein.

»Was ist mit Armin?« Flore musterte besorgt die Invasion.

»Sagen Sie es uns, Flore.«

»Merde. Er ist weg am samedi. Kein Wort mehr. Einfach weg. Er meldet sich nicht. Das Telefon ist still. Was ist los?«

»Kommen Sie, wir gehen in Ihr Wohnzimmer. Schön haben Sie es hier. Toller Blick auf Lüttich. – Da, Madame Rosenthal, das ist die Zitadelle. Und dort das Rathaus.«

Raymond benahm sich, als gehöre ihm die Wohnung und Theresa Rosenthal sei sein Gast.

Flore setzte sich auf ein makellos weißes Sofa. An den Wänden hingen Drucke von verschiedenen berühmten Malern: Dalí, Picasso und Magritte in einem wüsten Durcheinander, vielleicht war eine echte Grafik dazwischen. Großzügige Gabe des Liebhabers. Ein weißer Flügel stand vor den Fenstern, leere Champagnerflaschen in einer Ecke.

»Flore, Armin kommt nicht mehr.«

»Was soll das?«

»Armin kommt nie mehr. Flore, Armin ist tot.«

»Pas vrai. Impossible. Niemals Armin. Der überlebt uns alle.«

Trotzig schüttelte sie den Kopf. Ihre schwarzen Locken wogten hin und her.

»Pas vrai. Armin kommt zu mir zurück.«

»Frau Aruma, mein Name ist Rosenthal. Kriminalpolizei Köln. Herr Verhülsten ist ermordet worden. Wir rekonstruieren seine letzten Tage. Er war am Samstag bei Ihnen. Worüber haben Sie gestritten?«

»Armin. – Wovon soll ich leben? Was soll ich machen? Pas vrai.« Sie stützte schluchzend den Kopf in die Hände. Erste Tränen flossen, als die Wohnungstür aufgeschlossen wurde. Ein farbiger Mann mit einem weißen Plastikbeutel, Aufschrift »Asie Rapide«, trat ein.

Er sah die Polizisten, vermutete zumindest aus vielfältiger Erfahrung heraus, es seien Polizisten. Er drehte sich um, knallte die Tür zu und warf die Frühlingsrollen mit Chopsuey und überbackener Banane dem gerade aus seiner Wohnung tretenden Nachbarn, Monsieur Dupont, an die Brust. Reaktionsschnell wehrte Dupont, ein ehemaliger Volleyballverteidiger der Ersten Liga, die heranfliegende Asienkost ab, und Antoine bekam die Packung volle Kanne ins Gesicht, verlor die Orientierung, krachte auf dem Flur gegen einen Mülleimer und polterte kopfüber in die Tür von Madame Racine. Ende der Vorstellung.

»Viens, mon cher. Komm mal mit, mein Lieber. Du bist doch Antoine.« Raymond nahm ihn in den Schwitzkasten, dankte Monsieur Dupont, zeigte ihm kurz seine Dienstmarke und führte den jungen Mann zurück in die Wohnung.

»Wen haben wir denn da? Bruderherz. Warum der Schock? Schade um die Frühlingsrollen. Die kann jetzt der Hund von Madame Racine mümmeln.«

»Lassen Sie mich, ich habe nichts getan«, brüllte Antoine.

»Non, rien de rien. Sing, Antoine, sing Edith Piaf.«

Fett und Rosenthal hielten sich im Hintergrund. Raymond tastete Antoine nach Waffen ab. Er fand ein Springmesser.

»Warum läufst du weg? Angst, Antoine? Wo warst du

am Sonntag? In Köln. Gib es zu. Du warst in Allemagne. Bisschen zocken beim Pferderennen.«

»Lassen Sie meinen Bruder. Antoine hat nichts getan. Hören Sie auf, Kommissar«, bettelte Flore.

»Wo ist denn Philippe, das andere Brüderlein?«

»Philippe ist am Samstag nach Brüssel gefahren«, stöhnte Antoine. »Rufen Sie an. Er ist in Brüssel. Seit Samstag.«

»Wie schön unser Antoine singen kann. Braver Antoine. Pass auf, du bekommst ganz neue Handschellen. Ohne Kratzer. Kein Unfug. Sonst schließe ich das nächste Paar um deine Füße. So, du braver Antoine. Flore, reißen Sie sich zusammen! Soll ich Sie beide auf das Revier mitschleppen? Mordverdacht. Merde!« Raymond wechselte seine Tonlage. Er kochte die beiden weich. »Scheiße auf l'Allemagne. Der Deutsche ist mausetot. Und ihr beide hängt voll in der Scheiße! Ist euch das klar? Ihr habt Verhülsten ausgenommen. Wen nimmst du noch aus, Flore? Pack aus. Was war am Samstag?« Über den Streitgrund bekamen sie wenig heraus. Geld, Eifersucht, der Bruder, der ein neues Auto wollte – von allem ein bisschen.

»Stur wie die Wasserbüffel«, bemerkte Fett, als sie das Apartment verließen.

»Hübsch, wie sich Brüderlein und Schwesterchen gegenseitig ein Alibi geben«, ärgerte sich Didier. »Keine Bange. Da bleiben wir dran. Wir klopfen noch mal bei den Nachbarn an und nehmen uns Flore morgen allein vor. Schaut ihr, ob Antoine auf dem Pferderennen gesehen wurde.«

»Stecknadel im Heuhaufen«, meinte Rosenthal resigniert.

»Comment?« Didier sah ratlos aus.

»Chercher une aiguille dans une botte de foin«, übersetzte Fett.

»Ah oui, je comprends!«

»Respekt, Herr Kollege«, bewunderte Rosenthal die Französischkenntnisse des Aachener Kommissars.

Sie saßen in Fetts Alfa, als Rosenthal den Kollegen daran erinnerte, dass sie der Kirche Saint-Pholien einen Besuch abstatten wollten. Sie stiegen wieder aus. Am Eingang der ursprünglich romanischen, später neugotisch überbauten Kirche begann Fett seine Führung. Er deutete nach oben: »An dieser Pforte endet Simenons Kriminalroman, besser gesagt, hier schwebte die Lösung. Maigret findet heraus, dass sich ein junger Maler namens Émile Klein an diesem dunklen Kirchenportal von Saint-Pholien erhängt hat. Ein Ereignis, das zehn Jahre später zu den Verwicklungen führt, in die Simenons Kommissar hineingerät. Heute hält sich die Kirche wie eine letzte Bastion der christlichen Glanzzeit in dem überwiegend muslimischen Viertel Outremeuse«, erklärte Fett.

Sie betraten das kühle Gotteshaus.

TAUSEND UND EINE NACHT

Nach dem Abstecher in die Kultur gingen sie in Lüttich essen, Rosenthal und Fett. Raymond Didier musste nach Hause. Fett führte die Kollegin in das algerische Restaurant »Chez Rabah«, oder verschleppte er sie kurzfristig in den Maghreb? Obststände wie in Marrakesch, Bäckereien wie in Tanger, Gewürzhändler wie in Tunis – lachende Männer, Frauen, Kinder. Arabische Wortfetzen, arabische Musik. Als seien sie mit einer Zeitmaschine über das Mittelmeer geflogen. Eine faszinierende Welt. Anders als in Köln-Nippes und Aachen-Soers. Und höchstens eine Stunde entfernt.

Sie betraten das »Chez Rabah«: Fleisch am offenen Feuer und ein herzliches »Salut«. Theresa tauchte freudig in die fremde Welt ein. Crémant gab es nicht, aber einen halbwegs trockenen Sekt. Mit Eiswürfeln ließ er sich trinken.

»Vertrauen Sie mir?«, fragte Fett. »Ich meine in Sachen Essen.«

Rosenthal nickte, während sie Baguette mit Oliven und Weißkäse verschlang. Sie war ausgehungert, und der Sekt auf leeren Magen brauchte eine Unterlage. Der Kollege sprach Französisch mit dem Kellner Ismail, der ihn wie einen alten Freund begrüßte. Rosenthal verstand irgendwas mit Couscous. Ismail servierte das zweite Glas Sekt. Als ob ich sie betrunken machen will, dachte Fett. Tut man das in meinem fortgeschrittenen Alter – Frauen mit Alkohol willig machen?

»Wollen Sie mich betrunken machen, Herr Fett?«, fragte Theresa Rosenthal, als habe sie seine Gedanken gelesen.

»Ja«, sagte er und prostete ihr zu. Vorwärtsverteidigung, überlegte er launig. Der Alkohol wirkte.

Bei ihr auch. »Ich würde gern Michel zu Ihnen sagen. Fett klingt, ja wie, so kurz und bündig.«

»Unpoetisch, meinen Sie. Michel, wie Piccoli, ist mir sowieso lieber, Theresa.« Ob sie »Michel, du« oder »Michel, Sie« meinte, überlegte Fett. Er würde vorsichtshalber mit »Sie, Theresa« anfangen.

»Lassen Sie uns ein bisschen über den Fall reden«, schlug Rosenthal vor. »Dann geht das hier als Dienstbesprechung durch. Was denken Sie über unsere schöne Blume?«

Also »Sie«, registrierte Fett. Sie erdet uns wieder, gut so, oder auch nicht. »Natürlich finanzierte Verhülsten sie. Ich hoffe, Flore hat ihn ordentlich ausgenommen, den alten Bock, der es noch mal wissen wollte.«

»Und Antoine?«

»Warum sollte er die Kuh, die sie gemolken haben, umbringen?«

»Affekt? Er ist aufbrausend, das haben wir mitbekommen.«

»Ach, ich kenne diese Jungs, wirken wild, aber sind meist harmlos«, wiegelte Fett ab. »Raymond wird ihm auf den Zahn fühlen. Guter Kollege, versteht seinen Job. Reicht das zum Thema Dienstbesprechung? Dann können wir zum gemütlichen Teil des Abends übergehen.« Ich bin zu forsch, ermahnte er sich, das ist der Sekt auf leeren Magen.

Für einen Besuch bei muslimischen Gastgebern waren sie reichlich angesäuselt, als sie das Lokal gut genährt verließen. Fett hatte über den Tisch Theresas Hand berührt. Sie hatte sie nicht zurückgezogen. Fett schlug vor, »un pour la route« in der Bar »Aux Olivettes« zu nehmen. Die war nicht weit. Den Alfa ließen sie stehen und gingen zu Fuß. Er legte den Arm um sie.

»Ich hoffe, du kannst singen«, sagte Fett. Sie waren sanft ins »Du« hinübergeglitten.

»Wie Edith Piaf. Wieso?«

»Weil wir in ein ›café chantant‹ gehen.«

Sie überquerten die Maas. Beleuchtete Frachtkähne fuhren flussaufwärts. Links blinkten rote Lichter in Schaufenstern. Abendstimmung beim horizontalen Gewerbe. Fett zeigte ihr rechts die Kirchtürme von Saint-Barthélemy.

»Die Heiligen und die Huren leben hier dicht beieinander«, schmunzelte Theresa.

»Sagen die Brüder Dardenne auch.«

»Wer kommt aus den Ardennen?« Theresa war verwirrt. Der Sekt und die Flasche Sidi Brahim wirkten nach.

»Die Regisseure Dardenne. Sie stammen aus Lüttich«, erklärte Fett. »Sozialkritische Filme. Danach muss man Cognac, Armagnac oder Absinth trinken, um die Traurigkeit des Seins zu vertreiben.«

»Hauptsache, es gibt viel zu lachen.«

Fett schaute sie erstaunt an. »Zu lachen gibt es da nichts. Aber gleich im ›Aux Olivettes‹.«

Der Verkehr auf der Brücke »Pont des Arches« ließ nach.

»Da unten, am Quai de la Batte, kannst du sonntags Kaninchen und antike Betten, Pistolen und Pelzmäntel russischer Großfürsten kaufen.«

»Und Doktor Schiwago?«

»Omar Sharif, der hat einen eigenen Stand. Dein Typ?«

»Ich mag Männer mit Moustache. Kitzelt so schön.«

Fett wurde nicht schlau aus ihr. Sie überquerten angeheitert die Brücke, gingen in die kleine Seitenstraße Rue Pied-du-Pont-des-Arches und standen vor »Aux Olivettes«.

»Hier soll ich rein?«

»Ecoutes, Thérèse, du wirst begeistert sein.«

»Du zuerst, Kommissar Fett. Du sollst die ersten Schüsse abbekommen. Ich sichere den Rückzug.«

Fett lachte, öffnete die Tür.

»Non, rien et rien, non je ne regrette rien.« Die tiefe Altstimme von Madame Yvette dröhnte ihnen entgegen. Serge, der farbige Klavierspieler, hing gebeugt über den Tasten und bearbeitete das Piano mit Zuneigung, Liebe und Gefühl. Es wurde geraucht – und das ohne Unterlass – gegen jede EU-Verordnung.

»Voilà. Ein Tisch für uns neben dem Klavier.«

Der Kellner nickte Fett zu. Der Commissaire war hier kein Unbekannter.

Madame Yvette hing an der Wand. Theresa erkannte sie auf zahlreichen Fotos. Neben ihr andere Sängerinnen und Sänger, alle ernst, inbrünstig, aufgehend in der Kunst. Im Hintergrund Serge am Klavier, stets mit Sonnenbrille.

»Serge ist blind, er spielt alle Lieder der Welt aus dem Kopf«, erklärte Fett, als Claude zwei Gläser Rotwein, eine Flasche Spa rouge und eine Schale mit Oliven und Nüssen auf den Tisch stellte. Neue Gäste drängten in die dunkle Bar. Applaus für Yvette. Monsieur Jacques küsste ihr die Hand, verzückt ging sie in den Hintergrund. Jacques, der kleine Monsieur Jacques in dem viel

zu großen Anzug, stand auf dem Podium neben Serge.
Die ersten Klaviertöne, dann sang er Georges Moustaki:

Avec ma gueule de métèque,
De Juif errant, de pâtre grec
Et mes cheveux aux quatre vents,
Avec mes yeux tout délavés
Qui me donnent l'air de rêver
Moi qui ne rêve plus souvent

Stille in der Bar. Ein wenig später: »Bravo, Jacques!
Encore une fois!« Rufe. Applaus. Sie waren in ihre Jugend
abgetaucht, die Männer und Frauen an den Tischen. Die
Stimme, das verhaltene Klavier, Serge, der sich zu Jacques
drehte und ihm Beifall spendete. »Bravo! Bravo, Jacques!«
Fett stieß mit Theresa an.
    »Auf die éternité d'amour, Theresa.«
    »Santé, Monsieur Michel. Merci für die Expedition ins
Herz von Liège. Mal eine andere Art, Oliven zu essen.«
Sie lächelte ihn an.
    Neue Sänger, neue Lieder. Chansons von Bécaud,
Dalida, Brassens und natürlich »Amsterdam« von Brel.
Claude brachte neue Gläser, neue Oliven. Theresa und
Fett sangen zusammen mit allen Gästen:

Dans le port d'Amsterdam
Y a des marins qui chantent
Les rêves qui les hantent
Au large d'Amsterdam

Zeitlosigkeit. Beide vergaßen Raum und Zeit und lebten
mit den Liedern, den Sängern. Italienische Lieder, spa-

nische Lieder. Serge spielte alles. Nie wurde er müde. Es war sein Leben. Und er schenkte den Sängern alles. Bis zum frühen Morgen. Eine Nacht voller Musik, Erinnerungen, Träume.

GENUSS UND/ODER REUE

Theresa erwachte als Erste. Sie schaute nach rechts und sah Michel vor sich hin schnorcheln. Wie waren sie da bloß hineingeraten? Falsch. Wie kämen sie da wieder raus, hieß die Frage. Manno, Theresa, stöhnte sie lautlos, du bist kein Teenie mehr. Oder Twen. Da war ihr das zuletzt passiert: zu viel Alkohol und dann mit dem falschen Mann ins Bett, na ja, falschem konnte man dieses Mal nicht sagen. Bei der Erinnerung an letzte Nacht kribbelte es im Bauch. Trotzdem. Ein Kollege – das war ihr bisher nicht passiert, sollte nicht passieren. Der Ehemann auf Lesereise, und sie nutzte die Gunst der Stunde, oder was? Wie kam sie hier weg? Ihr Auto parkte in Aachen, und sie waren in Lüttich, im Ibis-Hotel Opéra. Dort landeten sie nach dem Abstecher in die Bar »Aux Olivettes«, »café chantant«. Das Letzte, an was sie sich deutlich erinnerte, war eine Theresa, die mit dem Mikro auf dem Stuhl stand und aus vollem Hals schmetterte: »Te voglio bene assaje, ma tanto tanto bene sai«, frei nach Lucio Dalla. Mehr laut als schön. Sie konnte gar nicht singen, traf keinen Ton. Michels Bariton klang besser, als er »Mackie Messer« sang. Sie schielte erneut nach rechts hinüber. Er schlug die Augen auf, sah ihren Blick, lächelte unsicher. »Keine Reue – bitte.« Seine Hand strich zart über ihre Wange.

Rosenthal und Fett verließen das Hotel gegen 7 Uhr. Auf der Rückfahrt nach Aachen schwiegen sie überwiegend. Es war keine unangenehme Stille im Auto. Jeder hing seinen Gedanken nach. Fett legte Musik ein – »Who'll Stop The Rain« von Creedance Clearwater Revival. Rosenthal summte mit. »Ich kann wirklich nicht singen«, prustete sie los. Sie hörte nicht auf zu lachen. »Das war schrecklich gestern, kein gerader Ton. Hat aber Spaß gemacht.«

»Du warst grandios«, lachte Fett mit.

»Hätte ich mich bloß für ›Mackie Messer‹ entschieden. Das kann ich tanzen. Ich kann überhaupt sehr gut tanzen, singen nicht, aber tanzen.«

»Dann gehen wir nächstes Mal tanzen, ›café dansant‹«, schlug Fett vor.

Sie schwiegen wieder. Er hätte gern beim Fahren ihre Hand gehalten, traute sich aber nicht.

KEINE RACHE

Oliver Korte lieferte nach seinem Besuch bei den Sponsoren eine Liste von Namen ab. Mit einer Ausnahme hatten die Herren Voss und Felten alle Personen identifiziert, mit denen Verhülsten auf den Fotos im Gespräch zu sehen war. 30 Leute mussten sie abklappern. Abgelichtet waren übrigens auch Karl und Roger Friedmann, Sohn und Enkel des ursprünglichen Inhabers des Aachener Zeitungsverlags. Auf einem der Bilder standen sie in einem Pulk hinter Verhülsten. Da Korte nur nach den Gesprächspartnern gefragt hatte, war es zu keiner Identifizierung der beiden gekommen. Voss und Felten hätten in diesem Fall sowieso nicht helfen können. Sie kannten die Friedmanns nicht, und die beiden Herren standen nicht auf ihrer Einladungsliste. Paul Schnigge hatte seine Einlasskarte an die Friedmanns weitergegeben. Den Kommissaren verriet er das nicht. Er hielt die beiden Herren für harmlos und wollte ihnen Schwierigkeiten ersparen.

Vater und Sohn Friedmann hatten sich nach dem informativen Gespräch mit dem Chefredakteur, die Einladung in der Tasche, auf Deutschlandtour begeben. Sie waren auf einem Rheindampfer vorbei an Drachenfels, Loreley und dem Deutschen Eck mit dem monumentalen Reiterstandbild des ersten deutschen Kaisers geschippert, mit dem Auto entlang der Romantischen Straße gefahren, hatten Halt in München gemacht, Schloss Neuschwanstein im Allgäu besichtigt, auf der Rückreise Nürnberg und Würzburg besucht und Köln pünktlich zum Pferderennen erreicht. Sie wollten ein einziges Mal einen Blick auf Armin Verhülsten werfen, einmal dem Mann in die Augen schauen, der Joachim Friedmann, ihren Vater und Großvater, um sein ganzes Vermögen gebracht hatte. Sie wollten keine Rache, sie suchten nach Erkenntnis.

Im Hippodrom, mit dem Aachener Verleger ins Gespräch vertieft, sah man auf einem der Fotos den Ratsherrn Oliver Freese. Bär und Korte besuchten ihn in seinem netten Häuschen in Köln-Bayenthal, wo er Wohnung und Anwaltskanzlei unter einem Dach untergebracht hatte. Sie waren angemeldet, Freese deshalb vorbereitet. Die Kommissare fanden ihn erstaunlich nervös vor. Die Befragung reine Routine, warum stolperte der Anwalt durch seine Antworten?

Fett meldete sich telefonisch bei dem Landtagsabgeordneten Peter Pastor an. Auf einem der Fotos aus dem Hippodrom stand er an Verhülstens Seite, gemeinsam mit dem Ratsherrn Oliver Freese. Pastor regte sich nicht groß auf über den angekündigten Besuch. Was konnte die Polizei ihm anhaben? Klar, er hatte kurz mit Verhülsten im Hippodrom gesprochen, Freese hatte anschließend etwas Druck auf den Verleger ausgeübt mit der Friedmann-Geschichte, aber der Alte war ein harter Knochen gewesen. Unwahrscheinlich, dass Verhülsten danach vor lauter Aufregung hinter seinem Pferd zusammengebrochen war. Was hatte der überhaupt am Hintern des Gauls gesucht? Vielleicht war der gute Verhülsten an einem Pferdefurz gestorben. Sollte ruhig kommen, der Herr Kommissar.

SCHWEIGEMINUTE

Fett war verwirrt. Lüttich, Flore, »Chez Rabah«, Verhülsten, Köln, Rennbahn, Aachen, Medien, Macht, Politik, Bär. Rosenthal.

Rosenthal. Theresa. Aus einer anderen Welt. Groß-
bürgertum oder Adel, sie hatte sich mit der Familienge-
schichte bedeckt gehalten. Verheiratet. Tolle Frau. Toll.
Blödes Wort. Wie konnte man Theresa Rosenthal erfas-
sen? Wie beschreiben? Woher dieser Reiz? Gib dir Mühe,
Fett. Streng dich an. Keine Klischees. Keine Stereotype.

Fett parkte den Alfa am Templergraben. Café, Schnitzel, Gemüseauflauf, Salat? Appetitlosigkeit. Ihr Ausse-
hen, ihre Redeweise. Rosenthal, ob sie jüdische Wurzeln hatte? Belesen, klug, unnahbar. Was war das für eine
Nacht in Lüttich mit ihr gewesen? Fett war aufgewühlt.
»Unerreichbare Nähe«. Der Titel des Films von Dagmar
Hirtz aus Aachen schoss ihm durch den Kopf. Er war
verwundet. Die Seele blutete, und er fand kein Pflaster,
keinen Pressverband. War das kitschig? Vielleicht. Ein
Meteor. Passt. Theresa Rosenthal ist ein Meteor. Unsere
Flugbahnen nähern sich an. Das Fest der Nacht, der
Rausch, die Nähe, die Ferne, der Abschied. Leben. Ist
das Leben? Sind das die Gedanken eines Erwachsenen?
Theresa Rosenthal ist eine besondere Frau, anders, schö-
ner, klüger, erfahrener, leidenschaftlicher, geheimnisvol-
ler als …, er fürchtete den Vergleich. Als wer? Fett ver-

drängte den Namen. Kein Vergleich. Vergleich sie nicht! Michael, hör auf! Unprofessionell, ging ihm gerade durch den Kopf, als sein Handy sich meldete.

»Fett, seien Sie pünktlich.« Der Polizeipräsident.

»Bitte?«

»Benefizveranstaltung zugunsten der Bürgerstiftung, Fett. Sie begleiten mich. Schon vergessen? In zehn Minuten steht mein Dienstwagen vor der Tür. Bürgerfreunde Aquis Granum im Ballsaal des Alten Kurhauses. Hautevolee von Langerweh. Tout Aachen, Fett. Wir sind angemeldet.«

Fett hatte den Termin vergessen. Er sollte seinen Referatsleiter Kosslowski vertreten. Außerdem musste er Pastor befragen, den Landtagsabgeordneten.

»Bin pünktlich, Herr Offenhaus.«

Blauer Anzug, weißes Hemd, schwarze Schuhe, hellblaue Krawatte. Fett hatte bei Wienand eingekauft, dem Herrenausstatter an der Alexanderstraße. Schlussverkauf.

»Fett, nicht politisch werden.« Offenhaus saß neben dem Fahrer. Fett stieg hinten ein.

»Muss man nicht alles politisch sehen, Herr Präsident?«

»Fett. Wir sind die Exekutive. Wir exekutieren. Nicht standrechtlich. Sondern das Gesetz.«

»Verhülsten wird das Thema des Abends sein. Das ist Ihnen klar, Herr Polizeipräsident.«

»Natürlich. Hören Sie hin. Alle kannten Verhülsten. Sie kriegen heute einen Tsunami von Motiven. Schön nüchtern bleiben, Fett. Das ist Dienst. Klaro?«

»Das wird ein toller Abend. Danke für die Einladung.«

Alte Herren in noch älteren dunkelblauen Zweireihern mit goldenen Knöpfen, alten Einstecktüchern, breiten Krawatten und grauen Hosen. Mit Manschettenknöpfen aus dem Familienschatz, mit teuren Armbanduhren und von den Ehefrauen geschenktem Aftershave, mit Damasttaschentüchern und schnarrendem Tonfall. Manche mit Hemden, die er hasste: blau mit weißem Kragen. Die Nonchalance des alten Geldes. Blondierte Frauen, große Chanelbroschen, Hermès-Taschen, rote Kleider, Cartier-Armbanduhren, manche mit Diamanten besetzt, Designerschuhe. Die älteren Damen sahen Fett freundlich an. Ihm bereiteten die jüngeren Kopfweh. Sie waren unnahbar. Sah man ihm seine Herkunft an?

»Fett, Ehrentisch!«

Offenhaus segelte durch den Raum mit seiner Plauze. Er kannte sie alle. Die Rotarier, die Wirtschaftsgrößen, die Politiker. Verhülsten war das Thema des Abends. Verhülsten, der arme Verhülsten. Mord oder Unfall? Er hatte sich mit Pferden ausgekannt. Köln, so ein Pech. Tod in Köln. Kölner Tod. Der Nachruf. Verspätet trafen die Politiker ein. Immer kamen sie zu spät. Wer wichtig sein möchte, kommt zu spät. Hektisch: »Entschuldigung, wichtiger Termin bei der Ministerpräsidentin.«

»Herr Pastor, Landtagsabgeordneter. Kommissar Fett, mein bester Mann.« Offenhaus stellte vor und schlug Fett jovial auf die Schulter.

»Wir sitzen nebeneinander, Herr Pastor?«

»Freut mich, Herr Fett. Meine Frau lässt sich entschuldigen. Sonst hätten Sie mit ihr das Vergnügen. Nun mit mir.«

»Wäre mir eine große Freude gewesen«, versuchte sich Fett mit einer Plattitüde. »So hat es den Vorteil, dass ich Sie nicht in Ihrem Büro besuchen muss. Wenn es Ihnen nichts ausmacht, reden wir später kurz über den Nachmittag im Hippodrom.«

Der Vorsitzende der Bürgerfreunde Aquis Granum, Bernd Sondermann, erhob sich und klopfte ans Glas.

»Meine Damen und Herren, sehr geehrter Herr Oberbürgermeister, liebe Freunde aus Kirche, Wirtschaft, Wissenschaft und Politik, am Sonntag ist unser Ehrenvorsitzender Armin Verhülsten von uns gegangen. Ich bitte Sie, sich für eine Gedenkminute von Ihren Stühlen zu erheben.«

Als sie wieder Platz nahmen, flüsterte Pastor: »Man möchte manchmal wissen, was während so einer Schweigeminute in den Köpfen vorgeht.«

»Interessanter Gedanke«, flüsterte Fett zurück. »Schön wäre eine Denkblase, die über den Köpfen schwebt.«

Pastor war ein netter Typ, fand Fett. Sie hatten einen unterhaltsamen Abend. Der Kommissar quetschte den Landtagsabgeordneten über Verhülsten aus.

»Es gibt Gerüchte, dass Verhülsten in die Politik wollte. Ist da was dran?«, fragte Fett.

»Nicht für meine Partei. Können Sie sich denken«, wehrte Pastor ab. »Ich habe was läuten hören. Bundestag, aber in seinem Alter? Na ja, wer weiß, vielleicht hatte er es auf die Immunität abgesehen oder den Informationsvorsprung. Vielleicht alles aus der Gerüchteküche. Da köchelt in unserer Branche laufend was.«

»Und Freese?«, hakte Fett nach.

Pastor schien für einen Moment angespannt. »Was ist mit Freese?«

»Sie standen zusammen mit ihm und Verhülsten im Hippodrom.«

»Ah ja, Oliver Freese, SPD, Ratsmitglied in Köln. Ich stellte ihn Verhülsten vor.«

»Worüber sprachen Sie?«

»Belanglosigkeiten. Pferde. Verhülsten war jovial, laut und suchte nach wichtigeren Gästen. Merkte man ihm an. Lascher Händedruck und Blick an mir vorbei.«

»Sie mochten ihn nicht.«

»Unsympathisch. Verhülsten war mir unsympathisch.«

»Was passierte danach?«, fragte Fett interessiert.

»Wir gingen unserer Wege.«

»Sie und Freese und Verhülsten alleine?«

»Verhülsten habe ich aus den Augen verloren. Freese auch. Nach dem vierten oder fünften Rennen fuhr ich zurück nach Aachen. Das war's.«

»Wir haben Bilder, auf denen Freese und Verhülsten noch miteinander sprechen.«

»Kann sein. Es war ein Riesengedränge.«

»Haben Sie eine Idee, wer Verhülsten umgebracht haben könnte?«

»War es Mord? – Kommt mir sehr absurd vor.«

»Ist Mord nicht immer absurd?« Fett runzelte die Stirn und kehrte nach dem kurzen Schlenker in die Existenz-philosophie zurück zur Befragung. »Darf ich wissen, was Sie als gestandener Sozialdemokrat bei diesem Schicki-micki-Event zu suchen hatten?«

»Nur zu. Ein gesellschaftliches Ereignis. Landschafts-pflege. Punkt. Nicht meine Welt«, sagte Pastor.

»Was ist denn Ihre Welt?«

»Kleingärtner, Grundschulen, Kindergärten, Mieter-schutzverein, Müttercafé, Karnevalsvereine, Gewerk-schaften, Behindertenwerkstätten. Behinderte – darf man nicht mehr sagen. Menschen mit Handicap.«

Fett nahm einen Schluck Wasser. Kellner wieselten durch die Reihen des Ballsaals.

»Warum sind Sie Politiker geworden?«

»Warum sind Sie Kommissar geworden? Einfache Fragen, Herr Fett. Lange Antworten. Nach Abitur, Wehrdienst, Ausbildung als Bibliothekar habe ich Geschichte und Politik studiert. Mitarbeit bei einem Abgeordneten. Später Kandidatur.«

»Das war eine Antwort auf die Frage, wie Sie es wurden. Warum, Herr Pastor?«

»Die meisten Kollegen sagen, sie wollen etwas bewegen. Kann sein. Am Anfang. Irgendwann kommt die Droge. Einladungen, Presse, Lokalfernsehen, Interviews, Schlagzeilen, Bedeutung, Scheinwerfer. Sie werden überall angesprochen. Erste Reihe.« Pastor schaute an Fett vorbei auf die Wand des Ballsaals.

»Politik als Suchtmittel oder wie meinen Sie das?«

»Natürlich. Wird kaum drüber gesprochen. Sie haben lange Tage, Sitzungen, Arbeitskreise, Konferenzen. Nie weiß man genug. Überall Fallstricke. Heckenschützen, Intrigen. Meistens in der eigenen Partei. Muss man wissen. Kann man wissen. Befriedigung – die verschaffen mir die kleinen Erfolge. Verbesserungen für die Kindergärten, Bestandsschutz für Kleingärtner, Förderprogramm für den Stadtgarten, Ansiedlung einer neuer Firma, Hilfen für Behinderte, Unterstützung für die freie Kultur.«

»Warum Hippodrom, Herr Pastor?«

»Als regionaler Landtagsabgeordneter bekam ich die Einladung. Will ich Wahlen gewinnen, darf ich nicht allein auf meine potenziellen Wähler schauen. Ich brauche auch Stimmen aus anderen Lagern. Die müssen mir vertrauen. Wie gewinnt man Vertrauen? Durch Gespräche. Außerdem war es eine willkommene Abwechslung.«

»Sie waren alleine dort?«

»Ja.«

»Warum?«

»Meine Frau mag keine Pferde.«

»Danke, Herr Pastor. Widmen wir uns dem kulinarischen Teil des Abends.«

Fett fiel die Serviette zu Boden. Pastor bückte sich in dem Moment, als der Kellner die Suppe servierte. Fast hätte er sie im Nacken gehabt. Tomatensuppe an Sauerrahm oder Sauerrahm an Tomatensuppe, mit Tomaten aus biologischem Anbau. Wer's glaubt, wird selig, dachte Fett.

Die Kellner servierten danach Lammrücken an Königinkartöffelchen mit Heinsberger Brechbohnen. Eine Harfenspielerin versank im Klang ihres Saitenspiels und dem Gemurmel der Gäste. Die Komposition des Abends ging in die Hose. Printeneis an belgischem Reisfladen stand plötzlich vor ihnen. Links von Fett dämmerte eine ältere Dame vor sich hin. Ihr Tischnachbar sprach ohne Unterlass auf sie ein. Fett hörte was von Problemen mit dem Gärtner. Wieder die Rosen zu kurz geschnitten. Die Dame nickte dem Tischherrn zu und danach wieder ein.

Pastor wandte sich nach rechts zu einem Hofmarschall aus dem Prinzengefolge. Ein Ehrenposten auf Lebenszeit. Der Prinz wechselte jedes Jahr.

Um Mitternacht war Fett zurück in seiner Wohnung. »Aux Olivettes« war Leben. Heute war Stillstand. Die Heinsberger Brechbohnen arbeiteten. Er hatte einen unruhigen Schlaf.

DIE BOMBE SCHLÄGT EIN

In Aachen platzte die erste Bombe. Schnigge veröffentlichte tatsächlich sein Material. Ein gut recherchierter Bericht. Namen wurden genannt, Namen von Größen der Stadt. Der Chefredakteur saß lächelnd an seinem Schreibtisch. Die erste eigenmächtige Aktion nach dem Tod seines Verlegers befriedigte ihn. Kein Kontrolleur, der den Daumen senkte. Die Nachfolge hatte der alte Verhülsten nicht geklärt. Er hatte sich unsterblich gefühlt. Die Familienmitglieder würden sich nach der Beerdigung Monate, wenn nicht Jahre um eine Lösung streiten. Prozesse. Die Anwälte durften sich freuen. Satte Honorare winkten. Geld floss von einer Tasche in die andere. Warum nicht? Die Inhaber des Verlags brauchten Schnigge, um Kontinuität zu sichern. Ihm war das recht. Die Verwicklung Verhülstens in den Skandal erwähnte Schnigge nicht. In der Trauerwoche ein solcher Angriff, das hätte Ärger auf breiter Front gegeben. Aber die Wahrheit drängt ans Licht, wusste der Chefredakteur. War eine Erfahrung aus langjähriger journalistischer Arbeit. Die Kollegen von Spiegel, Bild, Express würden nachhaken, weiterwühlen. Sie würden früher oder später auf Verhülsten stoßen.

PETER PASTOR UND DIE »ZICKE«

Willi Fritzen rief Peter Pastor unter seiner Festnetznummer im Landtag an.

»Willi, das gibt's nicht. Nach all den Jahren.« Pastor freute sich aufrichtig. Er und Fritzen hatten zusammen Abitur gemacht. Lange her.

»Hast du Zeit für einen Kaffee? Ich bin ganz in der Nähe«, fragte Fritzen.

»Klar. Plenum ist beendet. Wo sollen wir uns treffen?«

»Im Bistro ›Zicke‹, kennst du das?«, fragte der alte Klassenkamerad. »An der Ecke zur Citadellstraße. In 30 Minuten, geht das bei dir?«

Peter Pastor und Willi Fritzen hatten in der Oberstufe zusammen in einigen Kursen gesessen. Willi war naturwissenschaftlich begabt. Pastor hatte die Philosophische Fakultät gewählt. Beide hatten in Aachen studiert, sich mal in der Mensa oder einer Kneipe getroffen. Willi Fritzen war nach dem Studium ins Bauministerium nach Düsseldorf gegangen und hatte später in den Bau- und Liegenschaftsbetrieb des Landes gewechselt. Von Zeit zu Zeit hatten sie sich gesehen. Fritzen wusste von Pastors Weg in die Politik.

Peter Pastor verzichtete auf die Kaffeeklappe im Landtag, das Abgeordnetencafé, in dem die Strippenzieher Kontakte pflegten. Er ging auf der Uferpromenade am Rhein entlang. Schwer mit Kohle beladene Schubverbände kämpften sich in Richtung Köln flussaufwärts. Leere Binnenschiffe rauschten in Richtung Duisburg, Hemden flatterten an den Wäscheleinen auf den Frachtern, Autos standen hinter der Kabine des Kapitäns, der Bordhund bellte selbstbewusst die Spaziergänger auf der Uferpromenade an. Binnenschiffer, auch eine Lebensform, dachte Pastor. Immer auf Achse. Die Promenade war voller Menschen. Peter Pastor hatte zunehmend den Blick auf die Umgebung verloren. Der Tunnelblick des Landtagsabgeordneten. Es gab kein Privatleben. Stets ein Diener der Partei – es fraß ihn auf. Er empfand das Treffen als eine willkommene Abwechslung des öden Sitzungstages. Im Bistro ›Zicke‹ aß er, wenn er in Düsseldorf übernachtete, abends ein kleines Gericht. Mal raus aus dem Landtag, andere Gesichter sehen. Manchmal lud er eine Kollegin ein oder Hanne Bröhler, die Assistentin des Fraktionssprechers im Umweltausschuss, eine Aachenerin wie er. Ihr Lachen war herzerfrischend. Manchmal machte er einen Abstecher zum Heinrich-Heine-Antiquariat in der Citadellstraße. Beim Stöbern hatte er einmal sogar das Plenum vergessen. Erstausgabe »Deutschland. Ein Wintermärchen«. Er hatte die Sitzung verpasst und einen Anschiss der Fraktionsgeschäftsführerin bekommen.

»Mensch, Willi. Lange her. Zuletzt in der Eintopfmensa in Aachen.« Sie klopften sich aufmunternd auf die Schulter. Beide dachten: Mann, ist der alt geworden.

Sie schwelgten ein bisschen in den guten Zeiten. Weißt du noch, »Café Kittel« und »Labyrinth«, »Molkerei« und »Hauptquartier«. Erinnerungen an eine Zeit der Freiheit, des Feierns, des Ausprobierens. Circle Training, genannt Kontakthüpfen, im Hochschulsportzentrum stand damals hoch im Kurs. Für Frauen ein Eldorado. Sie lachten kurz.

Aber Willi Fritzen wirkte bedrückt und unfrisch.

Wieder ein Fall von Frühveralterung, erkannte Pastor und war froh, dass es keine Wandspiegel im Restaurant gab, in denen er sich selbst betrachten musste. Sie bestellten Kaffee. Willi Fritzen kam auf sein Anliegen.

»Wenn jemand von unserem Gespräch erfährt, kostet mich das den Job. Ich rede trotzdem mit dir, weil ich nicht mehr kann. Der BLB ist ein Sauladen. Ich habe im Auftrag des Landesrechnungshofes mehrere Großprojekte intern geprüft. Um es kurz zu machen: Sobald wir Interesse an einem Objekt signalisieren, schnellt der Preis ins Astronomische. Ich bin sicher, dass im Vorfeld etwas durchgestochen wird. Da halten einige Kollegen die Hand auf. Wenn der Preis richtig in die Höhe geschossen ist, kauft der BLB. Wir zahlen völlig überhöhte Preise. Das Landesarchiv in Duisburg ist nur die Spitze des Eisbergs. Unsere Immobilienabteilung ist aus dem Ruder gelaufen. Der Vorstand kennt das Problem, ach was, der Vorstand ist das Problem. Das Ministerium will den Deckel draufhalten. Nimm das Dossier. Bitte nicht für die Fraktion. Der BLB ist mit den Fraktionen eng verbunden. Das muss an die Öffentlichkeit. Druck von den Medien, dadurch ändert sich vielleicht etwas. Ich schätze dich, Peter. Mach was draus.«

Er gab Pastor einen braunen Umschlag.

»Mann, Willi, das ist ziemlich viel für die erste Tasse Kaffee.« Pastor rieb sich die Augen. »Warum ich?«

»Ich kenne dich und vertraue dir. Das ist alles. Und ich kann es nicht mehr ertragen.«

»Werde Kronzeuge.«

»Um alles zu verlieren? Haus, Familie, Rente, Unterstützung für die kranke Mutter. Nein. Das ist mir dieser Sauladen nicht wert. Ich werde der Sündenbock sein, nicht die Alphatiere, die den Laden gegen die Wand fahren.«

Peter Pastor blickte sich um. Junge Frauen, ein paar Studenten; es war nicht viel los in der »Zicke«. Keine Mitarbeiterinnen der Abgeordneten, keine Journalisten.

»Ich schau mal, was ich machen kann«, sagte Pastor nachdenklich.

»Leite es anonym weiter oder gib es einem Journalisten, dem du vertraust. Reicht aus. Ich muss los. Danke. Mach's gut, Peter.«

Willi Fritzen verabschiedete sich. Ein kurzes Treffen, nach so vielen Jahren, die sie sich nicht gesehen hatten. Peter Pastor ging zurück in sein Abgeordnetenbüro. Die Schiffe bemerkte er nicht mehr. Es rauschte in seinem Kopf. Es bewegte sich etwas im Land. Es gärte überall. Die, die mitmachten und sich selbst bedienten, saßen in allen Winkeln der Verwaltungen und der Politik. Und die Leute, die die Schnauze voll hatten. Die Mitglieder des »Skatclubs« waren nicht allein. Sie hatten Unterstützer.

LOBE DEN HERREN

Am liebsten wäre Verhülsten im Aachener Dom begraben worden. Nah beim Thron Karls des Großen. Er hätte das für angemessen gehalten. Immerhin fand die Trauerfeier für ihn im Hohen Dom zu Aachen statt, am Dienstag, neun Tage nach seinem Tod. Wegen des zu erwartenden Andrangs waren Einlasskarten vergeben worden. Viele Enttäuschte zogen wieder ab. Man verpasste ungern ein Spektakel, bei der die rheinische Hautevolee in voller Montur aufschlug. Fotografen drängten sich am Eingang. Bettler hockten in den Nischen des Domhofes. Sie wussten, woher auch immer, vom Andrang der Schönen und Reichen.

Mitten in der Wolfstür, dem Haupteingang, begrüßte der Dompropst persönlich. Politik, Altadel, Neureiche, Unternehmer und Medienmogule, Regierungspräsidentin, ARD- und ZDF-Intendant. Eine schwarze Limousine hielt mit Blaulicht am Fischpüddelchen, dem nackten Knaben vorne an der Taufkapelle. Danach die gepanzerte Limousine der Ministerpräsidentin. Bärtige Männer mit Knopf im Ohr und ausgebeulten Sakkos observierten das Domlädchen und den Eingang zur Gästetoilette, wo eine zugereiste Klofrau gerade ein Kreuzworträtsel löste. Russischer Fluss mit drei Buchstaben?

Die Ministerpräsidentin stakste über das Kopfsteinpflaster. Dompropst und Oberbürgermeister, in der Wolfstür stehend, wandten sich ihr zu. Fett und Rosenthal beobachteten diesen Jahrmarkt der Eitelkeiten, diese Trauerfeier für einen der Großen aus den Reihen der vierten Gewalt. Sie präsentierten ihre Dienstausweise.

»Reicht das als Eintrittskarte?« Fett starrte den grauhaarigen Domschweizer, der eine Brille von der Größe einer Teetasse trug, streng an. Als der zögerte und Hilfe suchend zu seinem Kollegen Oberdomschweizer hinüberschaute, knurrte der Kommissar: »Der Bischof kennt uns persönlich vom Karlspreis!« Beinahe salutierte der gute Mann oder war es ein Kreuzzeichen? Sie gingen, ohne weiter zu diskutieren, durch die Vorhalle am bronzenen Pinienzapfen und seelenlosen Bronze-Wolf, eigentlich eine Bärin, vorbei in das Innere des Münsters. Alle Kerzen des Barbarossaleuchters brannten, Stühle klapperten, »Chanel N° 5« vermengte sich mit Weihrauch. Erste Orgeltöne, ein verspäteter Domchorschüler huschte mit schlechtem Gewissen hoch zur Empore, dienstbeflissene Platzanweiser in viel zu engen schwarzen Anzügen verbeugten sich servil vor den Spitzen der Gesellschaft. Alle Sitzplätze waren belegt.

»Lobe den Herren, den mächtigen König der Ehren« – der Organist ging in die Vollen. Ob das Lied Verhülsten gewidmet war? Fett grinste in sich hinein. Das Flüstern verstummte, und eine Ehrengarde der Messdiener zog mit Bischof, Propst, Weihbischof, Lektoren und weiteren Priestern aus dem Vorbau durch den Mittelgang zum goldenen Ambo.

Die Kommissare standen an einer der Säulen des Oktogons, nahe der Ungarnkapelle. Fett dachte an seine Zeit als Messdiener. Sollte er es Theresa ins Ohr flüstern? Später vielleicht. Konzentriert beobachtete sie die Witwe, die Kinder, die Prominenz.

»Die zwei kenne ich irgendwoher«, raunte Theresa dem Kollegen zu und deutete auf einen älteren Herrn in Begleitung eines jüngeren, der ihm deutlich ähnlich sah.

»Sagen mir nichts«, murmelte Fett zurück. Die Nähe zu Theresa machte ihn nervös. Sie trug einen dunkelgrauen Hosenanzug, einen schwarzen Tuchmantel und schwarze Schuhe mit hohen Absätzen, wodurch sie so groß wie er selbst war. Sie sah sehr elegant aus.

»Komme gleich drauf«, beharrte sie.

Vor der Verwandlung flüsterten bereits viele Gäste miteinander. Direkt nach dem Segen brachen die Ersten auf. Vielleicht fehlte ihnen ein kleiner Schluck oder eine Zigarette. Draußen standen bereits Nikotinsüchtige. Sie spendeten den Bettlern ein paar Marlboros und warteten auf das Geläut aus dem Glockenturm.

Fett und Theresa gingen an der Ungarnkapelle vorbei nach draußen, nickten dem Kollegen Domschweizer mit der Panzerglasbrille zu. Der hob die Hand zum Gruß, machte dann doch ein Kreuzzeichen.

»Ich brauche einen Kaffee«, sagte Fett kurzatmig. »Zu viele Erinnerungen an die Zeit als Messdiener.«

»Mit oder ohne Missbrauch?« Theresa war sehr direkt.

»Ohrfeigen und Brüllereien. An die Kutte ging mir keiner.«

»Die beiden Männer da vorne«, platzte Theresa plötzlich heraus. »Sie müssten hier gleich rauskommen.«

»Wie bitte?« Fett konnte nicht folgen.

»Na, die beiden im Dom eben. Ich kenne sie von einem der Hippodrom-Fotos.«

Sie warteten. Ein älterer und ein jüngerer Herr in dunklem Anzug tauchten tatsächlich zwischen den Hinausdrängenden auf. Theresa Rosenthal ging auf sie zu. Sie zeigte ihren Dienstausweis.

»Auf ein Wort«, bat sie. »Das ist mein Kollege Herr Fett. Wir ermitteln im Fall Verhülsten. Sie waren am Sonntag beim Pferderennen im Hippodrom.«

Es stellte sich heraus, dass die Kommissare es mit Karl Friedmann und seinem Sohn Roger zu tun hatten. Fett und Rosenthal erfuhren, dass die beiden Chefredakteur Schnigge kannten und von ihm die Einladungen für das Pferderennen und die Trauerfeier erhalten hatten.

»Worum geht es?«, fragte der ältere Friedmann in mit englischem Akzent gefärbter Aussprache.

»Sie wissen, dass Herr Verhülsten eines – sagen wir mal – unnatürlichen Todes gestorben ist.«

»Und jetzt sind wir verdächtig?«

»Nein, aber Sie können uns vielleicht helfen«, besänftigte Rosenthal. »Was machen Sie übrigens auf der Trauerfeier? Waren Sie befreundet mit Verhülsten?«

Friedmann senior schaute nachdenklich. »Sicher nicht«, antwortete er.

»Warum sind Sie dann hier?«, hakte Fett nach.

»Vielleicht ein Kapitel abschließen.«

»Was für ein Kapitel?« Fett wurde neugierig.

»Ist eine komplizierte Geschichte«, seufzte Friedmann.

»Erzählen Sie uns die Geschichte«, forderte Fett ihn auf.

»Nicht hier«, sagte Friedmann. »Es ist eine lange Geschichte.«

»Sollen wir ins Café gehen? Haben Sie Zeit?«, mischte sich Rosenthal ein.

DIE GESCHICHTE DER FRIEDMANNS

Sie gingen ins Restaurant »Elisenbrunnen«. Es wurde tatsächlich eine lange Geschichte. Karl Friedmann erzählte von seinem Vater Joachim, der das geerbte Verlagshaus zu einem kleinen Imperium ausbaute. Die täglich erscheinende Aachener Allgemeine gehörte dazu, eine eigene Druckerei, die außer der Zeitung Groschenhefte en gros druckte, später kamen aufwendig gestaltete Kunstbücher hinzu. Joachim war ein Kunstliebhaber, sammelte moderne Malerei, die von den Nazis bald aus den Sammlungen und Museen entfernt, beschlagnahmt und 1937 als Entartete Kunst auf der Münchner Propagandaausstellung gezeigt wurde. Joachim Friedmann liebte die Malerei und brachte eine Serie von üppig aufgemachten Büchern heraus, mit denen er die europäische Avantgarde vorstellte, ein Zusatzgeschäft, das er sich leistete. Mäzenatentum, das viele jüdische Unternehmer betrieben. Januar 1933, im »Angriff«, einem Kampfblatt der NSDAP, erschien ein Artikel mit dem Titel »Die Geißel der Arbeitslosigkeit«, Untertitel: »Die Elendsflut schwillt weiter an – Schleicher versagt völlig – Nur Hitler schafft Arbeit und Brot«. Die Ereignisse überschlugen sich, Hindenburg machte Hitler zum Reichskanzler. 5. März 1933, die letzte freie Wahl. Karl Friedmann erzählte das alles in sachlichem Ton, kenntnisreich, als ob er deutsche Geschichte studiert habe.

»Die Nazis verbieten den ›Vorwärts‹ und viele andere

Blätter. Gleich ab dem 1. April 33 wird es schwierig für jüdische Unternehmer«, berichtete Karl Friedmann. »Geschäfte werden boykottiert, Nazi-Horden randalieren, werfen Scheiben ein, beschmieren Wände, bedrohen jüdische Geschäftsinhaber. Publikationen in jüdischer Hand sind den neuen Herren ein besonderer Dorn im Auge. Sie wollen die Presseorgane schnell unter ihre Kontrolle bringen. Zum politischen Druck von oben kommt der Druck durch die Nationalsozialistische Betriebszellenorganisation. Parteimitglieder in den Betrieben erzwingen Betriebsratswahlen.« Friedmann machte eine Pause. Er wusste, wie man ein Publikum in Spannung hält.

»Ich ahne es – jetzt kommt Verhülsten ins Spiel«, dachte Rosenthal laut.

»Ja, Theodor Verhülsten, der Vater von Armin Verhülsten«, bestätigte Friedmann, und für einen Moment sah man Abneigung in seinem Gesicht. Er fasste sich schnell und fuhr in ruhigem Ton fort: »Verhülsten organisierte die Betriebsratswahlen in unserem Verlag und der Druckerei, in der er angestellt war. Er war Parteimitglied und gehörte der NSBO, der Nationalsozialistischen Betriebszellenorganisation an, die nach den Wahlen die Oberhand gewann. Verhülsten fungierte als Verbindungsmann zur NSDAP und als Spitzel der Partei. Der Chefredakteur der Aachener Allgemeinen wurde sofort suspendiert wegen aufwieglerischer Propaganda, jüdische Redakteure wurden entlassen, ihre Stellen mit Parteigenossen besetzt. Verhülsten kolportierte eine Information über angebliche Steuerhinterziehung. Wahrscheinlich nutzte er die Verbindung zu einer Buchhalterin, die – wie sich hinterher herausstellte – ebenfalls frühe Nazi-Anhängerin war. Der Fall der Steuerhinterziehung war lächerlich und konstruiert. Es ging um eine Spende für den Ankauf eines Kunstwerkes für das Suermondt-Museum. Wie ich bereits sagte, mein Vater war ein großer Mäzen. Er war ein kluger Mann und erkannte, dass es keinen Zweck hatte, sich mit dieser aufkommenden Macht anzulegen. Sie wissen selbst, wie schnell die Nazis alle wichtigen Schaltstellen besetzten – in der Verwaltung, in den Gerichten, jüdische Richter verloren ihre Jobs, jüdische Anwälte waren nicht mehr bei Gericht zugelassen. Wie sollte er auf Gerechtigkeit hoffen? Er versuchte zu retten, was zu retten war. Die Nazis bemühten sich anfangs um den Anschein der Legalität, womöglich wegen des Eindrucks im Ausland. Sie rechneten in unserem Fall vielleicht mit einem langwierigen Prozess. Verhülsten erhielt den Auftrag, meinem Vater einen Deal anzubieten – den Verkauf seines Unternehmens zum ›marktüblichen Preis‹. Dass ich nicht lache. Der marktübliche Preis für ein jüdisches Unternehmen lag in diesem Fall etwa bei einem Zehntel des Werts. Das Ganze eine Farce. Trotzdem schlug mein Vater ein. Er hatte nur einen Gedanken: sich und seine Familie in Sicherheit bringen, seine Frau, meinen Bruder und meine Schwester. Ich war noch nicht geboren. Wir besaßen einige Immobilien, die mit weiteren angeblichen Steuerschulden verrechnet wurden. Unsere 600 Quadratmeter große Villa wurde ebenfalls zum sogenannten marktüblichen Preis verscherbelt.« Friedmann lachte verschmitzt. »Raten Sie mal, an wen?«

»Verhülsten?«, fragte Fett.

»Richtig«, bestätigte der alte Herr. »Keine Ahnung, wo der Herr Buchdrucker das Geld hernahm. Wir waren froh, dass wir das Land verlassen konnten und fragten nicht lange. Wir schafften es sogar, einen Teil der Kunstsammlung nach Amerika zu verfrachten. Das Entartete stieß den Nazi-Pöbel ab. Erst später entdeckten die neuen Machthaber, dass sich Geld damit machen ließ. Ein Teil der Sammlung lagerte, wie mein Vater mir erzählte, in Brüssel. Die Bilder waren Anfang der 30er im Königlichen Museum ausgestellt. Mein Vater ließ sie danach in Brüssel, ich glaube, er verfrachtete weitere in das belgische Depot. Eine kleine Rückversicherung, falls es in Deutschland schiefgehen sollte. Er hatte so ein Gefühl. Für unsere Familie war das die Rettung. Mein Vater eröffnete mit den Beständen eine Galerie in New York.«

»He was a genius«, fügte Roger Friedmann hinzu, der zwar kaum Deutsch sprach, aber offensichtlich gut verstand.

Die Kommissare hörten gebannt zu und hatten Friedmann bis dahin nicht unterbrochen. Erst an dieser Stelle hakte Rosenthal nach. »Wie ich von Herrn Schnigge hörte, war Verhülsten ein ganz schlaues Bürschchen. Sicherte er sich für den Fall ab, dass das Experiment Tausendjähriges Reich nicht klappen sollte?«

»Ja, Verhülsten, der war ein ausgeschlafener Typ. Als neuer Herr auftrumpfend, als ehemaliger Angestellter halb devot, bat er meinen Vater kurz vor dessen Abreise um eine Unterredung. Die Zeichen der Zeit ständen nun mal, wie sie ständen, aber der Wind könne sich drehen. Er halte die Stellung, würde sich um das Gedeihen des Verlags kümmern und verlange als Einziges, dass bei einer eventuellen Rückkehr zu demokratischen Verhältnissen, er, Verhülsten, einen Anteil an dem Unternehmen erhalte. Es wurde sogar ein – heute würde man sagen – ›letter of intent‹ entworfen. So zog mein Vater mit einem Rest von Hoffnung aus Aachen davon und übersiedelte nach Amerika, wo Verwandtschaft und der gerettete Vermögensteil ihm einen Neubeginn ermöglichten.« Friedmann verstummte. Sein Sohn hatte die Erzählung des Vaters, die er wahrscheinlich unzählige Male gehört hatte, aufmerksam verfolgt.

»Ende der Geschichte«, erklärte Roger Friedmann.

»Nicht ganz«, mischte sich Fett ein. Ihn hatte die schlichte Berichterstattung beeindruckt.

»Ja, die ist der Geschichte zweiter Teil«, bestätigte Vater Friedmann. »Sie setzt nach dem Krieg ein. Erste Korrespondenz gab es bereits 1947 auf eine Anfrage meines Vaters. Alles zerstört, kam die Rückmeldung von Verhülsten. Ich kümmere mich, schrieb er. Wir erfuhren, dass er eine Zeitungslizenz von den Amerikanern erhalten hatte, dass es bergauf ging in Deutschland. Erneuter Schriftwechsel. Mein Vater scheute die lange Überseereise, traute vielleicht dem Frieden nicht. Verwandte waren in Konzentrationslagern gestorben. Wir hatten eine neue Existenz in Amerika, aber man korrespondierte. Versprechen von Theodor Verhülsten, er habe die Restitution im Blick. Plötzlich Schweigen. Briefe wurden nicht beantwortet, kamen zurück – Empfänger verzogen. Anfang der 60er die Meldung: Empfänger verstorben. Mein Vater beauftragte einen befreundeten Anwalt, der geschäftlich in Deutschland zu tun hatte. Dessen Rückmeldung: Theodor Verhülsten tatsächlich tot, bei einem Unfall ums Leben gekommen, Sohn Armin zu jung, um das Unternehmen zu führen, ein Geschäftsführer eingesetzt, der von Absprachen nichts wusste. Ende der 60er trat Armin in die Fußstapfen des Vaters, übernahm bald die Führung. Wieder Briefwechsel und die klare Ansage von Armin: Er wisse von keinen Vereinbarungen. Punktum. Mein Vater sagte mir, er wolle die verbleibenden Jahre seines Lebens nicht mit Rechtsstreitigkeiten verbringen. Das ist nun wirklich das Ende der Geschichte.«

»Nicht ganz«, korrigierte Rosenthal. »Sie und Ihr Sohn sind hier, waren heute auf der Trauerfeier von Armin Verhülsten, haben ihn am Sonntag auf dem Pferderennen gestellt.« Rosenthal pokerte ein wenig. Ganz sicher war sie sich nicht, was das Stellen anging. »Was ist am Sonntag passiert?«

Friedmann schaute aus traurigen Augen auf die Kommissare. »Wie gesagt, ich wollte einen Blick auf den Mann werfen, der uns eiskalt und ohne Schuldgefühl abwies.« Er blickte zu Roger hinüber. »Mein Sohn hat mir abgeraten. Hätte ich auf ihn hören sollen? Mein Vater hatte einen Strich unter das Kapitel Deutschland gezogen, warum nicht ich? Vielleicht weil ich in den Tagen in Aachen mehrfach ein Foto von Verhülsten in seiner eigenen Zeitung sah. Verhülsten bei einem IHK-Treffen, Verhülsten bei einer Wohltätigkeitsveranstaltung, bei der Eröffnung einer Ausstellung. Ein eitler, selbstgefälliger Mann. Er machte mich wütend.«

»Und dann«, fragte Rosenthal, »gab Ihnen Herr Schnigge seine Einladung zum Pferderennen?«

»Ja.«

»Haben Sie Verhülsten im Hippodrom angesprochen?«

»Nein, nicht im Hippodrom, ich wollte ihm nur einmal in die Augen schauen. Ich beobachtete ihn, wollte ein Gefühl für den Menschen bekommen, der uns betrog. Wir sind ihm gefolgt, als er die Veranstaltung mit einem älteren Herrn verließ. Es war wie ein Sog.«

»Zu den Pferdeställen.« Fett war angespannt. Er hatte

das Gefühl, dass sie sich der Aufklärung des Falles näherten.

»Ja«, bestätigte Karl Friedmann. »Die beiden verschwanden tatsächlich im Stall. Wir warteten unentschlossen draußen. Als sie nach einiger Zeit auftauchten, sprach ich Verhülsten doch an, stellte mich vor.« Karl Friedmann hatte Tränen in den Augen.

»It's okay, Dad«, beruhigte Roger den Vater. »Calm down. It's over.«

Die Kommissare ließen dem alten Herrn Zeit, sich zu fassen.

»Verhülsten sagte: ›Gebt ihr Juden denn nie Ruhe?‹ – Ich sah das Entsetzen in den Augen seines Begleiters. Wir haben uns wortlos umgedreht und sind gegangen.«

»That's it«, bestätigte Roger.

»Haben Sie gesehen, was die beiden anderen Herren danach machten?« Fett ließ nicht locker.

»Nein!« und »No!«, versicherten Friedmann senior und Friedmann junior unisono.

»Bleiben Sie noch ein bisschen in Aachen?«, wollte Rosenthal wissen.

»Ich glaube nicht. Unser Flug geht nächste Woche. Wir werden nach Lüttich fahren, Brüssel, Amsterdam. Vielleicht verstehen Sie das«, versuchte er zu erklären, »nach dieser Begegnung brauchen wir ein bisschen Abstand von Deutschland. Ich erzähle Ihnen zum Abschied eine Anekdote: Ein Jude bekommt von Petrus eine Führung durch den Himmel. Vor einer hohen Mauer bleibt Petrus stehen und bedeutet dem Juden, leise zu sein. ›Warum?‹, will der wissen. Sagt Petrus: ›Hinter der Mauer sind die Christen, und die glauben, sie seien alleine hier!‹«

Rosenthal und Fett schmunzelten.

»Mit den Deutschen ist es ein bisschen so«, fuhr Friedmann fort. »Natürlich ist Deutschland heute nicht das Land, das mein Vater verließ, aber wir sind auf unserer Reise viel Selbstgerechtigkeit begegnet, den Wohlgesinnten, die Israel erzählen wollen, wie es sich zu verhalten hat im Konflikt mit den Palästinensern. Verstehen Sie mich richtig, ich unterstütze die israelische Regierung nicht in vollem Umfang, aber die Situation im Nahen Osten ist kompliziert. In Deutschland scheinen einige genau zu wissen, wie man sie lösen sollte. Es gibt wieder Antisemitismus hier, von Linken, die propalästinensisch und proislamisch sind. Wir haben viel gelesen und uns gewundert. Im Europaparlament redete der Palästinenserchef Abbas von den Israelis als Brunnenvergiftern und bekam Standing Ovations.«

Fett kommentierte die Aussage nicht. Er stimmte Friedmann in vielem zu, aber wollte sich in keine politische Diskussion verstricken. »Hinterlassen Sie uns bitte eine Telefonnummer – falls wir Nachfragen haben«, bat er.

Friedmann übergab seine Visitenkarte. Rosenthal tauschte im Gegenzug ihre. »Falls Ihnen noch etwas einfällt.« Sie verabschiedeten sich.

Die Kommissare schlenderten nachdenklich zur Parkgarage, wo Fetts Alfa Romeo Giulia stand.

»Wieso hat Herr von Malchow uns nichts von dieser Begegnung erzählt?«, überlegte Fett. Er nannte ihn nicht mehr »Onkel Bodo«. Er wollte Theresa nicht aufbringen.

»Das werden wir ihn fragen«, sagte sie. »Ich schicke Bär, der ist unvoreingenommen«, fügte sie hinzu.

»Gehst du einen Kaffee mit mir trinken?«, bat Fett und legte seine Hand vorsichtig auf Theresas Arm. Sie standen im Stau der Trauergäste vor der Ausfahrtsschranke. »Scheißorganisation«, raunzte Fett, verärgert über das Chaos, anderseits froh, dass er dadurch ein bisschen Zeit mit Theresa verbrachte. Sehr romantisch – bleiverseuchte Parkhausidylle, dachte er.

»Wir hätten die Friedmanns fragen sollen, ob sie im Hippodrom etwas von Verhülstens Gesprächen aufgeschnappt haben«, überlegte Rosenthal, ohne auf Fetts Bitte einzugehen. »Karl und Roger standen mindestens auf einem Foto direkt hinter dem guten Armin, vielleicht auf mehreren. Ich schaue nach.«

»Also kein Kaffee«, hakte Fett nach.

Theresa lächelte ihn an. »Es gibt Arbeit«, sagte sie nicht unfreundlich. Trotzdem deprimierte ihn die Situation. Sie hatten nicht über ihr merkwürdiges Verhältnis gesprochen. Quatsch, sie hatten kein Verhältnis. Es war nur eine Nacht gewesen – eine sehr schöne Nacht.

KALTER KRIEG

Johannes Trompeter traf Peter Pastor in der Tiefgarage der Carolus-Thermen. Das heiße Wasser sprudelt in Aachen

Tag und Nacht. Lange dauerten die Grabenkämpfe, bis der Stadtrat die Entscheidung für den Bau der Thermenlandschaft fällte. Ein Badetempel im Stadtpark, die Quellen fließen, die Menschen baden mit ihren Tattoos und Piercings am Körper, gehen in eine der zahlreichen Saunalandschaften oder treffen sich in der Tiefgarage zum Gedanken- und Materialaustausch.

Die beiden Männer setzten sich in Pastors Toyota-Kombi. Sie kannten sich seit Jahrzehnten, hatten gemeinsam Koalitionsverhandlungen für einen rot-grünen Stadtrat geführt, in den Fußballmannschaften der Fraktionen als Verteidiger gekämpft, meist erfolglos. Der Skatclub hatte sie enger zusammengeführt.

»Johannes, das sind geheime Unterlagen aus dem Landesrechnungshof«, begann Pastor. »Sie betreffen den Bau- und Liegenschaftsbetrieb. Die kaufen zu überhöhten Preisen Liegenschaften für das Land. Das stinkt zum Himmel. Wenn dieses Material nicht ans Tageslicht kommt, werden weitere Millionen Steuergelder in völlig üb erteuerte Immobilien gesteckt. Du kennst aus deinen alten Journalisten-Zeiten die Redakteure der Rheinischen Post.«

»Und ich soll in die Redaktion spazieren und das auf den Tisch knallen? Postbote Trompeter bringt ein Skandalpäckchen, oder wie?«

»Quatsch. Mach es anonym. Adressiere es an einen Polit- oder Wirtschaftsredakteur, dem du traust. Wenn die es nicht bringen, geht es an den Spiegel.«

»Warum nicht direkt an den Spiegel?«, fragte Trompeter halsstarrig.

»Mensch, Johannes. Die Rheinische Post ist näher dran. Die kennen alle Akteure.«

»Ist gut. Bin halt nicht zum Spion geboren. Blödes Gefühl. Ich mach das. Habe einen ehemaligen Kommilitonen im Kopf, Politikredakteur. Der schreibt gut, sauber, unabhängig. Das Material ist wasserdicht?«

»Vertrauliches Papier. Sehr explosiv. Ich kann natürlich nicht sagen, woher ich es habe«, fügte Pastor hinzu.

»Will ich gar nicht wissen. Wir sitzen hier wie im Kalten Krieg an der Glienicker Brücke und tauschen brisantes Material aus. Das darf nicht wahr sein. Dafür sind wir nicht in die Politik gegangen.«

»Dafür nicht. Und doch dafür.« Pastor sprach zu sich selbst. »Etwas läuft aus dem Ruder. Gewaltig läuft etwas aus dem Ruder. Unter unseren Wählern brodelt es. Die kriegen den Alltag so gerade geregelt, und unsere Alphatiere jagen täglich eine neue Sau durch das Land: Inklusion, Sekundarschule, Ampelkennzeichen für Gastrobetriebe.«

»Und – nicht vergessen – Ampelfrauen statt Ampelmännchen«, versuchte Trompeter den Kollegen zu erheitern.

»Das auch noch, aber zu wenig Lehrer, zu wenig Polizisten, Verkehr bricht zusammen, Steuererklärungen versteht kein Mensch, Schlaglöcher wie in Sibirien, explodierende Mieten, befristete Arbeitsplätze, Kriminalität. Hauptsache, bewachte Fußballspiele, Volksfeste ohne Ende, Mega-Events und verkaufsoffene Sonntage. Mensch, Johannes, die Leute kommen nicht zur Ruhe. Und nebenbei gibt es Selbstbediener der classe politique, die ganz wichtigen Häuptlinge. In deiner Partei und in meiner. Die Dauertwitterer, die Talkshowgesichter, die lieben Kollegen, die um 5.30 Uhr morgens auf den Anruf vom Radiojournalisten warten, um sich in Szene zu setzen. Substanzlose Sender, davon haben wir genug. Wo ist die bessere Welt, für die wir angetreten sind?«

»Die existiert in den Parteizentralen, nicht bemerkt?«, fragte Trompeter verbittert.

»Du Sonnenblume, klar, die Grünen retten die Welt. Die Sozis die Arbeiter. Die Linken die Sozialhilfeempfänger.«

»Und jeder Unternehmer ist ein Verbrecher. Wie im Tatort am Sonntagabend. Stimmt's?«, schob Trompeter resigniert nach.

Peter Pastor schaute nachdenklich auf das Armaturenbrett: »Verhülstens Tod macht mir Sorgen. Freese und Malchow, wir beide. Etwas stimmt da nicht. Wir dürfen nicht die Mittel von denen anwenden, gegen die wir kämpfen.«

»Nun mach mal halblang. Was haben wir damit zu tun? Verhülsten war ein Schweinehund. Mehr Feinde als Cäsar und Karl der Große zusammen. Das Pferd hat den großen Preis von Aachen verdient. Was immer in dem Pferdekopf vorging und den Gaul auf die Idee brachte, mal saftig auszutreten, er hat den Richtigen getroffen.« Trompeter hatte sich in Rage geredet. »Verhülsten steckte in den Skandalen drin. Und wenn es nur das Schweigen der Redakteure war, das er anordnete. Schnigge ist früher ein kritischer Zeitgenosse gewesen. Den hat Verhülsten kastriert. Peter, keine Zweifel! Wir ziehen das durch. Unsere Demokratie ist angefault. Von oben bis unten und umgekehrt. Wenn es noch Journalisten gibt, die etwas auf sich halten, packen sie die heißen Eisen an. Wer weiß, was der gute Armin in der Pferdebox gemacht hat. Dem traue ich alles zu. Schnelle Nummer im Stall mit einer Pferdepflegerin oder einem Stallburschen, was weiß ich.«

»Merkwürdig, eben hattest du noch Bedenken, das Dossier an die Rheinische Post zu schicken.« Pastor schaute kritisch auf Trompeter.

»Die Bedenken sind weg. Auch Grüne können Blumen schneiden, wenn es sein muss. Und manchmal sogar blutige Steaks.«

Sie lächelten mit dem guten Gefühl, dass endlich etwas passierte. Trompeter schwang sich auf sein Rad. Pastor schob sein Ticket in den Parkautomaten – vier Euro. Scheiße, das Parken seiner alten Kiste kostete beinahe so viel, wie ein Mindeststundenlohn einbrachte. Wie lebte die Masse der Leute bloß? Pastor hielt sich existenziell in der Komfortzone auf, das war ihm klar. Parktickets konnte er meist absetzen. Dieses hier besser nicht.

Am Nachmittag ging ein Einschreiben an die Rheinische Post: persönlich und vertraulich an Herrn Konrad Hebebaum, Politikredaktion. Absender unbekannt.

Als besagter Konrad Hebebaum am folgenden Tag das Einschreiben öffnete, erkannte er sofort die Sprengkraft der Unterlagen. Vorsichtshalber zog er eine Kopie. Danach ging er zu Chefredakteur Baummüller. Baummüller, eher konservativ, hörte ihn an, stellte ein paar Fragen und gab grünes Licht. Die Rheinische Post setzte den Skandal auf die Titelseite. Sie waren die Ersten, andere Medien nahmen das heiße Thema auf. Einen Tag später zitterten die Hände an so manchen Kaffeetassen. Und das nicht nur im Bau- und Liegenschaftsbetrieb.

LECK IM SYSTEM

Der Artikel der Rheinischen Post schlug ein wie die sprichwörtliche Bombe. Staatssekretär Wagner, Staatskanzlei, rief die Präsidentin des Landesrechnungshofes an. Was das denn für eine Schweinerei sei. Vertrauliche Papiere in der RP. Wörter wie »Nachspiel«, »Untersuchungsausschuss«, »Konsequenzen« rauschten durch den Äther.

Präsidentin Schneider-Rappmann fertigte einen Vermerk über das Gespräch. Wagner, dieser Wadenbeißer, der würde sich wundern. Lecks gab es überall.

In der Zentrale des BLB herrschte Fassungslosigkeit. Die leitenden Herren wurden ins Finanzministerium zitiert, die Aufsichtsbehörde für den BLB. Die Medien bombardierten die Pressestelle des Finanzministeriums, des BLB und der Staatskanzlei mit Anfragen. Kurz vor Mittag meldete sich die Staatsanwaltschaft Düsseldorf, Abteilung Wirtschaftskriminalität. Ein Anfangsverdacht sei gegeben. Sie forderte Unterlagen über die Objekte an, die im Artikel als »Skandalobjekte« benannt wurden.

Die Fraktionsvorsitzenden der Mehrheit im Düsseldorfer Landtag telefonierten miteinander.

»Schöne Bescherung in eurem BLB«, maunzte Friedhelm Vonhelden, Fraktionsvorsitzender der Grünen.

»Unser BLB. Den haben wir gemeinsam aufs Gleis gesetzt, mein Lieber. Schon vergessen?«, erwiderte Erwin

Schmitz, SPD-Fraktionsvorsitzender. »Die Chose löffeln wir gemeinsam aus.«

»Was steckt dahinter? Wie kommt die RP an die Infos? Warum haben wir von der Schweinerei nichts gewusst? Und wie gehen wir damit um? Das sind die Fragen. Wir müssen es politisch sehen.« Vonhelden sah alles politisch. »Für Straftatbestände ist die Staatsanwaltschaft zuständig. Der Imageschaden für unsere Koalition ist das Problem.«

»Wir müssen aufräumen. Wir sind die Chefaufklärer. Ganz klar. Dieser BLB mit seinen über 2.000 Mitarbeitern – vielleicht haben wir da ein Monster geschaffen, überleg mal, was für Summen die bewegen. Es müssen Köpfe rollen, wenn an den Skandalen was dran ist. Die Ministerpräsidentin hatte ich vorhin an der Strippe. Volle Rückendeckung.« Schmitz, unter Bluthochdruck leidend, schmiss sich während des Telefonats eine Handvoll Pillen ein.

»Wer will uns schaden? Der politische Gegner natürlich. Die werden einen Untersuchungsausschuss fordern. Die Aufsichtspflicht des Finanzministeriums kommt ins Spiel. Das ist euer Finanzminister, mein lieber Erwin. Mach deinen Minister mal zur Schnecke. Bei dem sitzen die Staatssekretäre, die dem BLB auf die Finger schauen müssen. Ich habe die Schlagzeilen vor Augen: Rot-grüne Regierung kann nicht mit Geld umgehen.« Vonhelden sah bereits die besorgten Mienen in seiner Fraktion, hörte die Kritik an den Sozis. Dieser Skandal würde alle guten Taten der letzten Monate zunichtemachen: Krötenschutz am Niederrhein, Obstwiesenschutz in der Eifel, Windradaufstellung im Sauerland, Ansiedlung von Bibern an der Urft, drei neue Beratungsstellen für transsexuelle

Jugendliche in Bochum, Bonn und Bielefeld. Und nun dieser Mist mit dem BLB. Können wir nicht brauchen, dachte Vonhelden.

»Wir sprechen uns morgen, Erwin.« Er legte auf und widmete sich seinem Müsli und der neuen Ausgabe der »Landlust«.

NICHTS MIT NEUEM SKATEBOARD

Am Tag nach der Beerdigung nahm sich Kommissarin Rosenthal erneut die Hippodrom-Fotos vor. Korte hatte alle Bilder an die Pinnwand geheftet und beschriftet. Die Personen, die er identifizieren konnte, waren mit einer Nummer versehen, daneben eine Liste mit den Zahlen und den dazugehörigen Namen. Die Friedmanns standen tatsächlich auf einem Foto direkt hinter Verhülsten, der mit Oliver Freese ins Gespräch vertieft schien. Da keiner die Friedmanns kannte, hatten sie keine Nummer verpasst bekommen. Die Lücke konnte Rosenthal schließen.

»Hast du das gelesen?«, platzte Kollege Bär in ihr Büro. »Dieser Bauliegenschaftsbetrieb. Ein einziger Sumpf.« Der Kölner Stadt-Anzeiger war in die Berichterstattung eingestiegen und hatte nachgelegt, Kölner Verwicklungen aufgedeckt. Wahrscheinlich hatte etwas in der Schublade gelegen, was auf den rechten Moment wartete. Jetzt war er gekommen. Bär wedelte wütend mit der Zeitung. »Die verbraten meine schwer verdienten Steuergroschen.«

»Oh, dann wird's nichts mit dem neuen Skateboard«, neckte Rosenthal den Kollegen.

»Vor allem wird's nix mit der neuen Wohnung. – Junggeselle, keine Kinder, da schlägt der Staat voll zu. Es bleibt bei der Zweizimmerbude. Scheiße.« Bär stöhnte.

»Werd' erwachsen, Bub, leg dir zwei, drei Kinder zu, am besten mit einer süßen Ehefrau, und steuerlich läuft es gleich besser für dich«, schlug Rosenthal vor.

»Können wir über etwas anderes reden?«, ächzte Bär genervt.

»Klar. Ruf mal Onkel Bodo an und frag ihn, wieso er das Zusammentreffen mit den Friedmanns vorm Pferdestall verschwiegen hat«, schlug die Kommissarin vor. »Ich versuche es derweil bei Karl Friedmann. Mal hören, ob er im Hippodrom etwas von dem Gespräch Verhülsten/Freese mitbekommen hat. Wär schön zu wissen, ob es Ärger gab.«

Zehn Minuten später brachten sich die Kommissare auf den neuesten Stand.

»Onkel Bodo wollte die Friedmanns nicht in Schwierigkeiten bringen«, berichtete Bär. »Es gab eine unschöne Szene bei den Ställen. Verhülsten hat sich unmöglich benommen, erzählte Malchow mir. Die Friedmanns seien danach wortlos abgezogen und Verhülsten auch. Und bei dir?«

»Etwas mehr«, informierte Rosenthal den Kollegen. »Klang nach Streit, meinte Karl Friedmann. Es ging um einen Skandal und eine Veröffentlichung in der Aachener Allgemeinen. Mehr hat er in dem Trubel nicht mitbekommen.«

»Skandal? Nachtigall, ick hör dir trapsen.«

»Du hast recht.« Rosenthal dachte laut nach. »Plötzlich diese vielen Berichte über Skandale in allen umliegenden Städten. Anscheinend bekommen die Zeitungen Informationen zugespielt. Schnigge und sein Informant. Freese bekommt Krach mit Verhülsten, dem Verhinderer. Pastor, der – laut Fett – im Gespräch irritiert war.«

»Und ein toter Verleger. Vielleicht müssen wir das alles zusammenbringen«, schlug Bär vor.

»Sollen wir uns mit den Aachenern treffen?«, fragte die Kommissarin.

»Mit Michi?« Bär grinste unverschämt, und Rosenthal fürchtete, man könne ihr das Unbehagen ansehen.

»Idiot!«, rettete sie sich aus der Situation. »Er ist kompetent und nett.«

»Herr Fett ist nett«, skandierte Bär gerade, als Korte das Büro betrat und ihnen einen neuen Todesfall meldete.

»Archivloch«, sagte Korte trocken.

Sie wussten alle, was damit gemeint war. Seit 2009 trug die Stadt dieses Schandmal.

GRÜNER ÄRGER, ROTES STEAK

Johannes Trompeter las in der Aachener Allgemeinen über den BLB-Skandal. Wieder erst Fraktionsvorstandssitzung, danach Fraktionssitzung der Grünen im Aachener Stadtrat. Wieder stieß er sich den Kopf gegen den Querträger, als er das Hollandrad aus dem Keller wuchtete. Er fluchte leise vor sich hin, als er losfuhr. Chaotische Radwege, verstopfte Straßen, überfüllte Busse; warum kriegen die Kollegen vom Verkehrsausschuss das nicht in den Griff? Den Neubau der Straßenbahn lehnten die Bürger ab. Nun stöhnten sie unter den Verspätungen der Busse. Johannes umkreiste einen Gelenkbus mit Überlänge. Drei Rollatoren und zwei Kinderwagen begehrten Einlass. Der Streit war vorprogrammiert. Neue Verspätung mindestens 15 Minuten. Er kurvte durch die Kleinmarschierstraße, vorbei an den Restaurants, Domhof rechts und Dominfo links, Domschatzkammer rechts. Mit dem Fahrrad war er schneller als mit dem Elektroauto, zu Fuß oder mit dem Bus. Er dachte an Kopenhagen, dieses Eldorado für Radfahrer. Bereits in Maastricht rollten sie ruhiger, weniger hektisch, keine grunzenden Kampfradler und Speichenideologen, die täglich in abgewetzten Fahrradklamotten schimpfend auf jeden verschreckten Autofahrer losgingen. Ideologiefreies Fahrradfahren, kurz IF. Vielleicht gründe ich eine neue Partei mit dem Namen IF, dachte Johannes Trompeter, als er sein Rad mit einem teuren Schloss an das Geländer am Katschhof kettete. Fraktionsvorstand um 17 Uhr.

Silvy mit »y«, die Fraktionsvorsitzende, klingelte mit der Glocke in Form einer Sonnenblume.

»Liebe Leute, setzt euch. Willkommen zur heutigen Fraktionsvorstandssitzung. Die Tagesordnung sieht neben den Ergebnissen der Arbeitskreise unter Verschiedenes das Thema Verhülsten vor. Gibt es sonst Wünsche zur Tagesordnung? Das ist nicht ...« Johannes hielt die Hand hoch. »Ja, Johannes, einen Punkt?«

»BLB-Skandal und die Auswirkungen auf Aachen melde ich an.«

»Du, Johannes, das ist ein Landesthema. Das muss die Fraktion in Düsseldorf im Landtag bespielen.« Silvy mit »y« sah ihm in die Augen wie seine Psychotherapeutin kurz vor der zweiten Scheidung.

Johannes schob die Begründung nach: »Wir haben eine große BLB-Niederlassung in Aachen. Die baut, was das Zeug hält. Hochschule, Gewerbe, Justizzentrum, Finanzzentrum, neues Fußballstadion, ach nein, das nicht. Wenn ein Bruchteil von dem stimmt, worüber die Rheinische Post berichtet, haben wir bald Stillstand. Ich möchte, dass wir darüber sprechen.«

»Bitte, bitte, Johannes. Ich meine nur. Mit Blick auf die Tagesordnung. Uns sollte die Freiluftschneise im Gillesbach wichtiger sein. Aber gut, wenn du möchtest.«

Leicht eingeschnappt fuhr Silvy mit »y« fort in der Tagesordnung. Die Stimmung war gereizt. Alle wussten, dass mit dem BLB eine Mehrgenerationensiedlung in Aachen gebaut werden sollte. Ein Vorzeigeprojekt der Fraktion und der Partei. Grüne Architekten hatten den Zuschlag bekommen.

Das Thema Verhülsten wurde kurz abgehandelt. Die Fraktion hatte den Kontakt zu ihm sporadisch gepflegt, lange Zeit eine problematische Beziehung. Verhülsten war nicht gerade ein Öko. Mit dem wachsenden Einfluss der grünen Partei hatte sich das Verhältnis entspannt. Der Verleger betrieb seine Landschaftspflege großflächig.

»Natürlich waren wir auf der Trauerfeier im Dom vertreten durch unseren Bürgermeister. Das muss sein. Vermutlich wird der Sohn Verhülsten die Nachfolge antreten. Nach einer Anstandsfrist machen wir einen Antrittsbesuch bei ihm. Verhülsten ist eine Macht, an der wir nicht vorbeikommen.« Silvy hatte, wie sie es als Sonderpädagogin gewohnt war, ohne Ende geredet. Müdigkeit machte sich breit.

»Kommen wir nun zum Thema BLB auf Wunsch von Johannes. Bitte, du hast das Wort.«

»Wir brauchen eine Haltung zu dem Problem mit dem BLB. Wenn es zutrifft, dass der BLB völlig überteuerte Grundstücke und Immobilien mit Steuergeld kaufte, müssen wir uns positionieren. Verdient haben die Verkäufer und vielleicht BLB-Mitarbeiter. Wir haben hier in Aachen das Bauprojekt ›Zwei A – Achtsames Alter‹, das wir mit dem BLB entwickeln möchten. Ich bin nicht im Wohn- und Liegenschaftsausschuss. Ich meine, Arthur, korrigiere mich bitte, dass der größte Teil des Siedlungsgrundstücks Verhülsten gehörte.«

Arthur, Sprecher der Grünen im Liegenschaftsausschuss, nickte. »Der BLB hat von Verhülsten gekauft.« Eine knappe Reaktion. Normalerweise antwortete Arthur lang und komplex.

»Wer hat das damals eingefädelt?« Johannes schaute Arthur an. Arthur schaute zu Silvy.

Johannes fasste nach: »Komm, Arthur, hast du nicht damals den Kontakt zu Verhülsten aufgenommen, bevor die Verwaltung des BLB eingeschaltet wurde? Ist nicht der Preis in die Höhe geschossen, bevor der BLB sein Interesse bekundete?«

»Das ist alles korrekt gelaufen, Johannes. Das weißt du. Natürlich gibt es Wertsteigerungen, wenn aus einem Viertel mit sozialen Problemen ein Zukunftsprojekt wird.« Arthur zögerte. »Es gab allerdings die Bedingung, dass unsere Architekten das gestalten und nicht ein anonymes Büro aus Berlin-Mitte.« Mit hochrotem Kopf verriet Arthur mehr, als er beabsichtigt hatte.

»Das wird ein schöner Stillstand. Wenn der BLB bei uns auch überteuert angekauft hat, wird alles erst einmal ruhen. Gab es sonst einen Deal mit Verhülsten, wenn ich fragen darf?« Johannes schaute Arthur an.

Silvy mit »y« kam Arthur zuvor.

»Bevor du das nachher in der gesamten Fraktion thematisiert, solltest du dich erinnern, dass wir seit zwei Jahren aus der Schusslinie der Aachener Allgemeinen sind. Und das haben wir im Vorstand kommuniziert, lieber Johannes. Nun spiel mal nicht den Moralapostel. Mir kommen die Tränen.«

»Danke, Frau Vorsitzende, für die Belehrung und Erinnerung. Wir haben sonst doch gern die weißen Handschuhe an und belehren Gott und die Welt. Stimmt, hatte ich vergessen. Alle haben verdient. Nur der Steuerzahler, der Dummi, der hat ein paar Millionen verloren.«

Der grüne Bürgermeister Norbert meldete sich zu Wort, Vorsitzender der Paartherapeuten-Vereinigung NRW.

»Liebe Freunde, übt mehr Achtsamkeit im Umgang. Wir wollen bewusst anders sein als die anderen. Deshalb sind wir zusammen. Uns eint der Blick auf das ganzheitlich Ganze und nicht auf die Partei. Ich sehe es so, dass wir für ein nachhaltiges und zukunftsweisendes Projekt eine Kröte schlucken mussten. Wir wollen, dass hier grüne Kommunalgeschichte geschrieben wird. Dafür werden Generationen nach uns unendlich dankbar sein. Es kann nicht sein, dass durch Privatbesitz die Zukunftsfähigkeit der Gesellschaft blockiert wird. Lieber Johannes, du musst das langfristig politisch sehen. Wir brauchen nicht weniger Projekte, sondern mehr, das musst du verstehen. Sonst mache ich mir Sorgen um dich.«

»Danke, Norbert, für die erhellenden Worte von der Sorgencouch. Bekomme bestimmt Kollegenrabatt für eine Sitzung mit Hypnose bei dir. Wenn ich es richtig verstehe, sind wir keinen Deut besser als die anderen, von denen hier geschwafelt wird. Die Staatsanwaltschaft wird anklopfen, da bin ich mir sicher. Noch könnt ihr eure Fondsanteile verkaufen. Sonst kommen für die Mehrgenerationenanlage demnächst Stillstand und Strafanzeige.«

»Johannes, was ist los mit dir?« Aufgeregt schaute ihn Silvy an. »So kennen wir dich gar nicht. Das war nicht nett von dir zu Norbert. Achte auf deine Umgangsformen. Wir alle sind Ehrenamtler.«

Johannes stand auf, packte seine Tasche.

»Ich bin es satt, alles unter den umweltfreundlichen Flokati zu kehren. Dafür habe ich die Grünen in Aachen nicht mit anderen gegründet. Denkt mal drüber nach. Besser ich geh, sonst werde ich in der großen Fraktion das Thema aufrufen. Und belehre mich nie wieder, Silvy mit »y«, zu meinen Umgangsformen. Nie mehr. Verstanden? Achte mal lieber auf deine Redezeit. Und deinen Couch-Sermon, lieber Norbert, den kannst du dir irgendwo hinstecken. Für heute reicht es.«

Er knallte die Tür zu, schob sein Fahrrad zum Restaurant »Palladion« und bestellte ein Steak, blutig, dazu schweren Rotwein. Danach rief er Peter Pastor an. Der saß im Zug von Düsseldorf nach Aachen in einem Funkloch bei Herzogenrath.

WACHSENDE UNRUHE

Nach dem Startschuss in Aachen und dem Aufmacher in der Rheinischen Post ging es Schlag auf Schlag: »Skandal um Archiveinsturz«, titelte der Kölner Express; »Skandal um das Kongresszentrum«, las man auf der ersten Seite des Bonner General-Anzeigers; »Skandal um die Oper in Köln« – legte der Stadt-Anzeiger nach. Die Rheinische Post zog hinterher: »Skandal um das Schauspielhaus in Düsseldorf«.

Das Wort »Skandal« beherrschte die Titelseiten der Zeitungen in Aachen, Bonn, Köln und Düsseldorf. Die Republik schaute auf die vier Städte und rieb sich verwundert die Augen, was bei den Rheinländern los war.

ANTOINE MIT VOLLEN HOSEN

Schmelzer nahm den Anruf von Raymond Didier an. Raymond hatte Antoine, dem Bruder von Flore, auf den Zahn gefühlt. Heraus kam, dass Verhülsten auch mit ihm seine Spielchen getrieben hatte. Ein todsicherer Tipp: Elvis im dritten Rennen auf Sieg, das habe Verhülsten dem guten Antoine empfohlen. Er solle 10.000 Euro darauf setzen, genauso viel wie Verhülsten selbst. Verhülsten würde die Hälfte seines Gewinns dem guten Antoine schenken. Aussteuer für Flore und so ein Käse. Der Tölpel habe das geglaubt, sich bei seinen Kumpels die 10.000 zusammengepumpt und sei dann siegesgewiss ab nach Köln. Er sei am Sonntag auf der Pferderennbahn gewesen, aber nicht im VIP-Bereich, da hatte man ihn nicht reingelassen, selbst nicht, als er sich auf Verhülsten bezog. Von Antoine gab es entsprechend keine Fotos. Elvis wurde Vorletzter. Verhülsten habe auf Dreamer gewettet. Als Antoine ihn kurz am Telefon erwischte, habe Verhülsten gelacht: »Dreamer habe ich dir gesagt. Dreamer!« Jetzt sitze der arme Antoine tief in der Scheiße. Schulden bei den Kumpels, Verhülsten als der gute Onkel von Flore sieht die Radieschen von unten. Da komme kein Geld in die Kasse. Im Gegenteil. Die Kumpels stehen ihm auf den Füßen, und Antoine habe die Hosen voll bis zur Gürtellinie.

Ob es einen Grund für den falschen Tipp von Verhülsten gebe, wollte Schmelzer wissen.

»Antoine glaubt, der Alte wollte weg von Flore«, berichtete Didier. »Er suchte einen Grund, um sie zu verlassen. Die beiden Choleriker Antoine und Philippe sind ihm mächtig auf den Keks gegangen. Es gab beaucoup de bruit. Streit. Geschrei. Wahrscheinlich hat Verhülsten ihn in eine Falle gelockt, um Ärger zu provozieren. Oder einfach verarscht, zum Spaß. War ein ziemlicher Fiesling, der Alte.«

»Antoine hätte ein Motiv«, murmelte Schmelzer. »Schade, dass niemand Antoine an der Pferdebox gesehen hat.«

»Nach dem Rennen und dem grandiosen Erfolg ist er nach Lüttich zurückgefahren. Im Bahnhofsviertel hat er sich volllaufen lassen. Der Wirt aus dem ›Terminus‹ bestätigt das. Alors, Antoine scheidet aus. Flore war im Haus, das sagen die Nachbarn, und Philippe in Brüssel. Die drei werden wir nun öfter zu Gast auf dem Revier haben. So ganz ohne Knete vom Allemand, puh, das wird jolie.«

Schmelzer dankte Raymond. Wieder eine Sackgasse für Fett. Da musste er intensiver mit Frau Rosenthal ermitteln. Schmelzer biss in die Fleischwurststulle und tippte einen Vermerk mit den Informationen von Raymond, bis ihm Brötchenkrümel die Tastatur blockierten und der schöne Vermerk abstürzte. Hätte er bloß die Biobanane von Anne gegessen.

JAMES IST UNGEHALTEN

Das Gespräch mit den Friedmanns hing Fett nach. Er versuchte, Emotionen von Informationen zu trennen. Da ging zurzeit etwas durcheinander bei ihm, besonders, wenn er Theresas Stimme am Telefon hörte. Sie hatte ihn gebeten, Schnigge aufzusuchen. Der trockene Chefredakteur wisse mehr, als er zugebe. Fett sah es genauso. Er fuhr freudlos in Richtung Büro. Theresa fehlte ihm. Ihr Bild tauchte vor seinen Augen auf, ihre Aussprache, Bewegungen und ihr Lachen. Er presste seine Lippen aufeinander. Ein sicheres Zeichen für Entzug. Alles wie ein Traum. Lüttich ein großes Geschenk. Zu wertvoll, um blöde Sprüche zu klopfen. Die Nacht in Lüttich gehört allein uns beiden, dachte er trotzig. Er fuhr in eine Parklücke, nahm das Smartphone, suchte die Handynummer von Theresa. »Merci. Couscous. Michel«, schrieb er in eine SMS. Ein Signal, ein Lebenszeichen, ein Liebeszeichen? Was wollte er ihr sagen? Du bedeutest mir viel. Ich mag dich. Gut, dass es dich gibt. Er zögerte mit dem Drücken der Sendetaste, schaute auf die Fußgänger: Übergewichtige Männer, Frauen und Kinder wackelten wie Hippos über den Bürgersteig. Alle im unteren Viertel der Armutsstatistik, aber Geld für Pizza, Bier, Tattoos, die neuesten Smartphones, Fitness- und Nagelstudios. Was stimmte nicht im Land? Zack. Senden. Fett steckte das Handy in die Tasche und fuhr los. Das Leben ist zu kurz, um zu verschweigen, dass ich sie mag. Mag, mögen, gemocht. Mag. Verdammt, es kribbelte. Blödes

Wort: »mag«. Früher, als er jung und schüchtern war, vergingen Wochen, bevor er sich traute, einem Mädchen ein Kompliment zu machen. Meist zu spät, die Angebetete war weg, bei einem anderen, der die Liebesbezeugungen schneller über die Lippen brachte. Nun spürte er den Herbst des Lebens. Schönes Bild, wie aus einem Julia-Roman, der Herbst des Lebens. Herbstgefühle, wenn morgens beim Joggen Studenten an ihm vorbeizischten, wenn er im Spiegel graue Strähnen entdeckte. Haare wuchsen an den Ohrläppchen, in der Nase, nur nicht auf dem Kopf. Verstohlen kaufte er im Elektronikmarkt einen Nasentrimmer. Lag im Regal direkt bei den Dingern zur Beinhaarentfernung für Frauen. Fett lächelte über sich, seine Macken, seine frühere Abneigung gegen die Zusammenarbeit mit Köln und nun diese Überraschung. Theresa Rosenthal. Jetzt mal Ruhe. Er sprach mit sich selbst, fuhr langsam mit seinem roten Alfa los, öffnete das Fenster und wurde durch den Fahrtwind lebendiger.

Der Büromuff erdete ihn wieder. Schmelzer saß kauend am Schreibtisch und wirkte angesäuert.

»James Bond kehrt heim zu Moneypenny«, jammerte der Kollege beleidigt. »Das ist nett. Klar, bei all den Bond Girls, da kann man die Zentrale ruhig schmoren lassen.«

»Kann ich momentan nicht brauchen, Kollege Schmelzer: Ironie, Sarkasmus – sind das Ihre Spezialitäten neben Aufschnitt und Fettgehalt im Leberkäs?«

»James ist ungehalten. War das Bond Girl nicht willig oder eine Doppelagentin?«

»Schmelzer, hätten Sie Ahnung, wüssten Sie, dass Bond Doppelagentinnen besonders mag. Bleiben Sie bei Derrick, Schimanski und Columbo. Aber lassen Sie James in Ruhe.«

»Bravo, James!« Schmelzer lachte, und die anfängliche Spannung verflog.

Am nächsten Tag tauchten sie unangemeldet in der Chefredaktion der Aachener Allgemeinen auf. Termin mit Schnigge. Dringend. Mord.

»Paul, wir müssen mit dir über Verhülsten reden.« Fett und Schmelzer setzten sich auf die Ikea-Stühle vor dem Schreibtisch, während Schnigge lässig in einem Designerstuhl wippte.

»Ist jetzt schlecht«, brummte Paul Schnigge, schraubte seinen Montblanc-Füller zu und rückte die locker um den Hals gebundene Krawatte zurecht.

»Immer schlecht, Paul. Erzähl mal. Wie war das mit Verhülsten und dir?«

»Ohne Einleitung. So einen Einstieg würde ich jedem Redakteur rot ankreuzen.«

»Wie sehr hast du Verhülsten gehasst?«

»Oh, der Chefredakteur ist immer der Mörder.« Schnigge drehte sich in seinem Stuhl zum Fenster mit Aussicht und schaute gelangweilt auf seine Tissot-Armbanduhr.

»Paul, zur Hubert-Wienen-Straße sind es fünf Minuten mit Blaulicht. Rede mit uns, sonst …«

»Sonst was?« Schnigge drehte sich zurück und sah Fett an.

»LKA aus Düsseldorf. Die stehen bereit zur Übernahme. Keine Mätzchen. Viel Presse. Innenminister jeden Tag im Fernsehen und Paul Schnigge unter Rechtfertigungsdruck.«

»Na, die haben in Düsseldorf gerade andere Sorgen. Lesen die Herren der Polizei überhaupt Zeitung? Schon mal von BLB gehört? Ist eine andere Nummer als so ein Kioskmörder im Ostviertel, der für fünf Euro einen behinderten Verkäufer absticht.«

»Du willst es nicht anders«, schnauzte Fett. »Schmelzer, Abflug. LKA und Innenministerium kontaktieren, dazu die Staatsanwaltschaft. Wir geben den Fall ab. Dieser Journalistensarkasmus geht mir auf den Sack. Immer überbietend, immer vorne am Wind, immer auf der richtigen Seite. Selbstkritik kennst du nicht. Im Duden unter ›S‹, mal nachsehen. Wir haben Gesetze, wir haben einen Toten, egal ob er ein Arschloch war oder ein Heiliger. Mord ist Mord. Und du drehst dich in deinem beknackten Designersessel um die eigene Achse und erklärst mir, dass ein abgestochener Kioskverkäufer weniger wert ist als dieser Scheiß-BLB-Skandal. Du spinnst völlig! Mein Abo kannst du dir in den Arsch stecken. Was wollt ihr sein? Sturmgeschütz der Demokratie mit Hang zur Yellow Press? Jeden Tag Thomas Gottschalk, Lady Gaga, Fußball bis zum Brechreiz, Hofberichterstattung aus Berlin und Tipps für Strickmuster und Seniorenausflüge nach Kallerbend. Geh mal ins Univiertel. Da siehst du keine Zeitung mehr. Die nächste Generation braucht keine Papierzeitung, keinen Schnigge, keinen Verhülsten. Eure Arroganz geht den Lesern auf den Senkel. ›www‹ ist bei denen angesagt, nicht eure Bevormundung. Keine Trennung von Nachricht und Kommentar. Sogar die Aufgabe der Kontrolle an den Grenzen habt ihr beklatscht. Keiner von euch fragt die Bundespolizisten, was da los war. Deine Selbstgefälligkeit springt aus der Druckerschwärze. Lass deine besten Leute den Mord im Ostviertel recherchieren. Da erfährst du mehr über Deutschland als bei diesem BLB-Kram und bewachten Fußballspielen.« Fetts

Ausbruch kam kalkuliert. Er lenkte vom Mord auf die Lage der Medien. Seine Rechnung ging auf.

»Wäre ich nicht trocken, würde ich dir an die Gurgel gehen«, wehrte sich Schnigge mit giftigem Ton.

»Mach voran. Angriff auf einen Beamten. Handschellen haben wir dabei.«

»Schieß los, was willst du wissen?«, kooperierte der Chefredakteur widerwillig. »Alles etwas viel im Moment.«

»Was ist zu viel?«, lenkte Fett ein.

»Wir haben einige Skandale in Stadt und Region. Stadionneubau ist die größte Nummer, Puffstraße, Erweiterung Reitturniergelände, Neubau am Bahnhof, Umnutzung der Luftschutzbunker.«

»Nicht vergessen«, ergänzte Schmelzer im gemütlichen Öcher Platt. »Wir kriegen bald die Sixtinische Kapelle ins Kurhaus reingebaut. Wird wahrscheinlich vom Papst persönlich geweiht.«

»Auch so eine Schnapsidee. Und immer verdient jemand an diesem Käse«, legte Fett nach.

»Bereits an der Planung«, bestätigte Schnigge. »Grüne oder was weiß ich für Architekten, die mit niedlichen Modellen im Rat antanzen, und die Ratsmitglieder klatschen Beifall. Alles mit viel Geld verbunden, mit Industrieimmobilien, mit Häusern, manchmal mit ganzen Straßenzügen. Ich bekam brisantes Material über den Stadionskandal und wollte es publizieren. Verhülsten hat den Daumen gesenkt. Rien. Ohne Begründung. Den Stress hatte ich seit Wochen mit ihm. Neben dem normalen Wahnsinn.«

»Woher hast du das Material?«

»Michael. Informantenschutz. Frag die Rheinische Post, woher die vertraulichen Unterlagen zum BLB-Skandal stammen. Informantenschutz.«

Fett fasste zusammen: »Verhülsten unterdrückte seit Wochen die Veröffentlichung mindestens eines Skandals. Warum? Er hing selbst mit drin? Er schützte andere? Er hatte andere Absichten? Hatte er Angst? Dann wird er unter merkwürdigen Umständen in Köln totgetrampelt. Du warst eingeladen zu dem Pferderennen. Hast deine Karten an die Friedmanns weitergegeben. Die Friedmanns hätten allen Grund, Verhülsten den Tod zu wünschen. Aus Aachen war außerdem dieser Pastor da. Pastor, kennst du ihn näher?«

»Klar kenne ich Peter Pastor. Hab seinen Aufstieg verfolgt. Zenit überschritten. Der wirkt verbittert, enttäuscht, desillusioniert. Kein Wunder bei der Partei. Er kam zu Gesprächen in die Redaktion. Verhülsten kannte ihn. Pastor ist ein frustrierter Landtagsabgeordneter, den die Partei nicht mehr nominieren wird. Warum sollte der Hass auf Verhülsten haben?«

»Wollte Verhülsten in die Politik?«

»Kandidieren? Schon möglich. Die Christdemokraten und die Liberalen gaben sich hier die Klinke in die Hand. Gesprochen hat Verhülsten nicht darüber. Ich vermute Bundestag. Vielleicht hat er gepokert, wie gewöhnlich. Wer ihm am meisten bietet, der bekommt ihn.«

»Was meinst du damit?«

»Michael, ein Verhülsten wäre nicht einfacher MdB geworden. Mindestens ein Ausschussvorsitz, besser Fraktionsvorstand und medienpolitischer Sprecher.«

»Wen hätte Verhülsten denn bei den Christdemokraten beerbt oder bei den Liberalen?«

»Gute Frage. Bei der CDU will Hönniges aufhören. Bei den Liberalen Frau von Puttwitz. Die hätten dann eine Quotenfrau weniger. Darüber musst du die Parteivorsitzenden ausquetschen. Vielleicht kam Verhülsten einem Senkrechtstarter in die Quere. Oder Starterin.«

»Werden Sie die Skandalgeschichte übers Stadion fortsetzen?« Schmelzer überraschte Schnigge mit der Frage.

»Vermutlich. Hab meine besten Leute drangesetzt.«

»Paul, dein Informant, der hat ein Motiv. Hast du ihm gesagt, dass Verhülsten die Veröffentlichung stoppte?«

»Hab ich gemacht. An mir lag es nicht. Die Artikel waren druckfertig.«

»Du deckst womöglich einen Mörder. Dein Informant hatte ein Motiv«, drohte Fett erneut.

»Mein Informant ist kein Pferd. Klingt zynisch, ist aber so.« Er drehte sich zum Fenster, als er diesen Satz sagte. Die Sonne schien durch die großen Scheiben. Schnigge wusste nicht, wie es weitergehen würde. Der junge Verhülsten: eine Null. Witwe Verhülsten: abgedreht und von einem halbseidenen Rechtsverdreher beraten. Alle drei nur an Geld interessiert. Die Töchter – na ja, man würde sehen. Der Verlag in schwerem Wasser. Der Alte jonglierte zu Lebzeiten mit Grundstücken, war in verschiedenen Gremien. Die Knete lief am Verlag vorbei. Gewinne flossen in eine Holding. Das Gespräch mit den Verhülstens war terminiert. Vielleicht feuern sie mich, dachte Schnigge. Wäre blöd von ihnen. So rasch finden sie keinen, der ins Haus passt.

»Wir sind weg. Wenn dir was einfällt, ruf an. Mord verjährt nicht.« Fett und Schmelzer ließen den nachdenklichen Schnigge in seinem Drehstuhl zurück.

In regelmäßigen Abständen kamen finanzstarke Probleme auf die Titelseite der Aachener Allgemeinen, des Kölner Stadt-Anzeigers, der Rheinischen Post und des Bonner General-Anzeigers. Mediale Erschütterungen im Rheinland. Dabei berichteten die Medien nur über die Erschütterungen, ausgelöst hatten sie andere. Männer und Frauen, denen morgens bei der Zeitungslektüre die Tasse aus der Hand fiel, lokale Großpolitiker, Geschäftsleute und höhere Verwaltungsangestellte. Irgendwer versorgte die Medien mit Informationen, die nicht für die Öffentlichkeit gedacht waren. So sahen es zumindest die Akteure, die ihr unermüdliches Schaffen als gute Taten für die Allgemeinheit ansahen. Sie glaubten es wirklich. Was die Medien als Korruption beschimpften, umschrieben sie mit der Floskel: Man muss manchmal ungewöhnliche und neue Wege gehen, um für die Kommunen etwas zu erreichen. Nun deckten Journalisten ihr Wirken als Kungelei und Klüngel auf. Früh um 8 Uhr klingelten Handys, und parteiübergreifend schossen Brandreden, Beschimpfungen, Wut, Ärger und Herzschmerzen durch den Äther. Eine solche Skandalisierung, so einen städteübergreifenden Riesen-GAU gab es in Jahrzehnten nicht. An einem Montagmorgen knallte den Lesern auf der Titelseite der »Bild« die Schlagzeile entgegen:

»ABCD-Skandal. Aachen, Bonn, Colonia und Düsseldorf versinken im Sumpf der Korruption«

Die Regierungspräsidenten verschluckten sich am morgendlichen Früchtetee, der Ministerpräsidentin verging der Appetit, der Innenminister, bereits früh im Büro, sackte im schicken Designerstuhl zusammen. Die Oberbürgermeister der vier Städte baten um eine Dringlichkeitssitzung. Das Ansehen des Landes stand auf dem Spiel.

PAPA RUDI'S

Ulrike Braun kettete ihr Rad an den Bauzaun. Gleißendes Licht, wummernde Generatoren, Kräne. Im Inneren des Archiveinsturzlochs sah es aus wie nach der Landung eines intergalaktischen Raumschiffs. Die Grube wurde seit 2009 bewacht wie der Klingelpütz. Keine Ruhe. Am Eingang saß Wachmann Jossip Lovric, der angespannt auf den Computer starrte und mit irgendeinem Total-War-Game gerade die Welt dem Untergang weihte. Daneben die Bilder der Überwachungskameras.

»N'Abend, Frau Braun. Noch auf den Bau?«

»Eine Messung.«

Die Männer kannten Ulrike Braun, die Bauingenieurin, die regelmäßig Messungen durchführte.

»Helm nicht vergessen!«

»Klar, Helm. Geben Sie einen her.«

Der Wachmann reichte ihr Schutzhelm und Weste und widmete sich wieder den Kampfrobotern auf seinem Bildschirm.

Ulrike Braun hielt ihren Baustellenausweis an das Lesegerät für Ein- und Ausgang der Mitarbeiter. Das Drehkreuz gab nach, und die Ingenieurin bewegte sich in Richtung Stahlkonstruktion. Jossip Lovric hätte ihren unsicheren Gang bemerken können, aber er hatte nur Augen für den Zombie, den er killen musste.

Ulrike Braun kannte den Weg. Aber nachts und in dieser Verfassung achtete sie auf jeden Schritt. Überall spitze Eisenstangen, Dreck, Feuchtigkeit. Sie gelangte zu der Stelle über dem Wasserloch, das von Beton eingeschlossen war. Fast wie ein Pool, dachte Ulrike Braun und schaute in die trübe Brühe.

Karl-Heinz Zischka ging wie jeden Abend mit seinem Hund um den Block. 22 Uhr – damit Tine die Nacht überstand. Die alte Labradorhündin hatte eine schwache Blase, genau wie ihr Herrchen. Mit leicht arthritischem Gang wackelten Herr und Hund die Severinstraße hinunter. Sie waren etwa gleichaltrig, fast 80, und wurden sich immer ähnlicher, kommentierte Zischkas Ehefrau die seltsame Anverwandlung. Zischka liebte diesen abendlichen Gang in seinem Viertel. Er war in der Severinstraße geboren und groß geworden. Seinem Vater hatte eine kleine Schlosserei mit Lädchen zur Straße gehört, wo er Nägel verkaufte, Zangen, Schlösser und Schrauben. Und wenn Not am Mann war, jemand seinen Schlüssel in der Wohnung vergessen hatte, öffnete er Türschlösser, sauber und ohne die Geschädigten zu neppen. Karl-Heinz hatte das Lädchen weitergeführt und irgendwann genug gespart, um das kleine Mietshaus zu kaufen. Das Severinsviertel war seine Heimat. Mit den Jahren hatte es Veränderungen erlebt. Erst siedelten sich italienische Kneipen an und spanische Tapasläden, später Dönerbuden und asiatische Restaurants. Zischka selbst hatte sich zur Ruhe gesetzt und sein Geschäftslokal an einen Türken vermietet, der ein Kaffeehaus mit Imbiss im Eckladen einrichtete. Mit jeder Kölsch-Kneipe, die verschwand, übernahm ein Kebab-Haus oder ein Thai-Imbiss. Zischka hatte mit Multikulti kein Problem. Manchmal war er allerdings traurig, dass er kaum noch mit jemandem reden konnte. Viele der alteingesessenen Familien waren weggezogen, und viele der neu Zugezogenen sprachen kaum Deutsch. Herr und Hund schlurften an Telefonshops und Spielhallen vorbei, die sich anstelle von kleinen Gemischtwarenhändlern und Schreibwarenläden eingenistet hatten. Alle 50 Meter ein Nagelstudio, uninteressant für Tine. Sie vergaß plötzlich ihr fortgeschrittenes Alter, strebte zur nächsten Ecke und schnupperte an der Fassade des Schlachterladens Stürmer entlang. Zischka zog an der Leine, um sie weiter Richtung Archivloch zu zerren. Der Hund war mit den Jahren etwas träge geworden. Sie kamen am Sünner-Kölsch vorbei. Zischka widerstand der Versuchung, dort einen Schlaftrunk zu kippen. Vielleicht bei »Papa Rudi's«, in der Kneipe fühlte er sich zu Hause. Sie lag in einem Eckhaus an der Einsturzstelle und war wie durch ein Wunder nicht in das Loch weggesackt. Seitdem trafen sich ein paar Aufrechte in der Kneipe und unterstützten die Wirtin Anja, die das Unglück 2009 hautnah miterlebt hatte. Sie sah an jenem 3. März Risse an der Wand der gegenüberliegenden Spielhalle, hörte es knacken, sah Putz bröckeln und Scheiben zerspringen. Dann rannte sie. Bis heute plagten sie Albträume. »Angst habe ich nicht«, sagte sie trotzig. »Diese Kneipe ist die sicherste der Stadt.« Tatsächlich prüften Infrarotmessungen alle 30 Sekunden, ob es Erdbewegungen gab. Bodensensoren maßen Erschütterungen. Da konnte man in aller Ruhe sein Kölsch trinken.

Zischka selbst hatte den Einsturz des Stadtarchivs am eigenen Leib erfahren, die Erschütterung im Wohnzimmer unter seinen Füßen gespürt. Das Chaos danach. Er war jeden Abend an die Unglücksstelle gegangen, hatte kopfschüttelnd auf 1.000 Jahre Geschichte gestarrt, die in Sekundenschnelle in ein 20 Meter tiefes Loch gestürzt waren. Der Schutt des zusammengefallenen Archivs und der zwei daneben stehenden Wohnhäuser hatte sich zehn Meter hoch getürmt. Zischka begutachtete in den Monaten danach die Aufräumarbeiten, die Umsiedlung des gegenüberliegenden Friedrich-Wilhelm-Gymnasiums. Später starrte er bei jedem seiner Spaziergänge in das gigantische Loch, fasziniert, was sich dort unten tat. Er verfolgte die Berichterstattung in den Medien. Am Anfang veröffentlichte der Stadt-Anzeiger täglich neue Fakten oder Vermutungen. Dieses Unglück werde das Denken in der Stadt verändern, schrieb einer der Redakteure. Schauen wir mal, hatte Zischka gedacht. Er hatte recht gehabt mit seinem Misstrauen. Gar nichts hatte sich geändert. Bald wurde es ruhiger um das Thema Einsturz, eine andere Sau lief durchs Dorf. So war das immer. Nur noch zum Jahrestag wurde etwas geschrieben. Alle Anwohner warteten darauf, dass die Untersuchungskommissionen endlich einen Schuldigen identifizierten. Es tat sich nichts. Zwei Tote und 1,2 Milliarden Euro Schaden. Mitarbeiter der Baufirma hatten Messprotokolle gefälscht, damit der Baupfusch nicht auffiel. Keine Verurteilungen, die Faktenlage so kompliziert, dass erst 2018 der Prozess begann. Sollten die Verantwortlichen wirklich, wie so oft in dieser Stadt, davonkommen? Watt fott es, es fott. Kölsches Grundgesetz.

Sie erreichten das Loch. »Braves Mädchen. Komm schon. Gleich gibt es Leckerli.« Zischka zog an der Qualitätsleine aus dem Hause »Fressnapf«, um den Hund wenigstens bis zu »Papa Rudi's« zu locken. Tine bockte. Sie jaulte und steckte die Schnauze durch den Baustellenzaun. »Tinchen, komm. Der Papa braucht ein Kölsch.«

Flutscheinwerfer bestrahlten die Monstergrube, diese Höhle des Grauens. Überall Rohre, Kanäle, Werkzeuge, haufenweise Armierungseisen, Absperrgitter, Container, Kräne, Pumpen. Die Generatoren brummten dumpf seit Jahren rund um die Uhr und brachten die Anwohner um Schlaf und Verstand.

»Tinchen, du Räuber. Herrchen wird gleich bös.«

Tinchen jaulte, schnupperte und stand wie mit Schnellkleber befestigt vor dem Gitter.

»Wat is dat denn?« Karl-Heinz Zischka stellte sich mit gehörigem Blasendruck hinter seinen vierbeinigen Begleiter. Herr und Hund starrten in die Grube. Gegenüber sahen sie eine Frau mit gelbem Helm und Warnweste auf einem der Gerüste. Die arbeiten Tag und Nacht, dachte Zischka. Plötzlich sprang die Frau. Sie klatschte in die dunkle Brühe, der gelbe Helm trennte sich vom Kopf und flog hinter ihr her.

»Ach du leeve Jott!«, entfuhr es Zischka. »Tinchen, dat jibbet jarnich.« Ich hab doch noch nichts getrunken, nur Kaffee, dachte Zischka. Er rieb sich die Augen. Das Wasser schwappte, der Helm schwamm oben.

Karl-Heinz Zischka wedelte wild mit beiden Armen, um einen der vorbeirasenden Radfahrer anzuhalten. Es dauerte, bis einer der Kampfradler sich erbarmte. Endlich stoppte eine aparte Sportsfrau, die vom Museum Ludwig kam und sah, dass dem alten Mann geholfen werden musste.

»Jute Frau. Da unten ist eine ins Wasser gesprungen, da, genau da. Dat Wasser kräuselt sich noch. Da, da!«

Marlene Lange, die Radlerin, beruhigte Zischka, sah mit einem Blick, dass tatsächlich ein gelber Arbeitshelm in der Grube schaukelte. Sie rannte zum Container am

Eingang, wo Jossip Lovric im Kampfmodus die Tasten seines Spiels bearbeitete.

»Da ist eine Frau in die Grube gesprungen!«

Jossip schreckte hoch, drückte aus Versehen die Reset-Taste und vergaß, den Spielstand zu speichern.

»Scheiße, Frau Braun.«

Der Rest war Routine.

ROTWEIN IN RODENKIRCHEN

Parallelarbeit, so nannte es Kriminalrat Dr. Hehemann, der Chef von Rosenthal und Bär. Weil Parallelarbeit erkenntnisfördernd sei, bekamen sie zum Fall Verhülsten den Fall »Severinstraße« aufs Auge gedrückt. Die beiden Kommissare sprachen noch in der Nacht mit Zischka. Ob er eine zweite Person auf dem Gerüst gesehen habe, wollten sie wissen.

»Nein.« Zischka war sich ganz sicher – beim ersten Mal. Je länger sie ihn verhörten, desto unbestimmter wurden seine Antworten.

»Nein, doch ja, kann sein«, stotterte er. »Man ist so aufgeregt.«

Der Wachmann Jossip Lovric gab zu Protokoll, dass keine weitere Person am späten Abend seine Schranke passiert habe. Was sagte das schon, ein halbwegs körperlich fitter Mensch konnte den Bauzaun schnell unbeobachtet überwinden. Dafür gab es genügend Möglichkeiten.

Ein anderer Zeuge fand sich nicht, außer Tine, die wenig auskunftsfreudig war, sich aber erkennbar in der großen Aufmerksamkeit sonnte, die ihr eine Extraportion Chappi Vollkostbrocken und eine Schlagzeile auf der Titelseite des Kölner Express einbrachte: »Holmes und Watson heißen in Köln Zischka und Tine«.

Polizeitaucher holten die Tote aus der Grube. Die Leiche war frisch, ungefähr eine Stunde vor dem Fund ins Wasser geraten. Jedenfalls lag sie nicht seit dem Archiveinsturz in der Brühe, sonst wäre sie kaum zu identifizieren gewesen. Die Tote: eine Frau von 45 Jahren, Ulrike Braun. Sie war so hilfsbereit gewesen, mit allen Papieren in der Jackentasche in den Tod zu stürzen. Die Obduktion brachte vorerst keinen Nachweis von Fremdeinwirkung. Fußabdrücke ihrer Schuhe wurden an einer Stelle gefunden, von der aus sie vermutlich auf das Gerüst geklettert war. Der ständige Sog in den Tiefen des überfluteten Lochs hatte sie unter Wasser gerissen. Sie war in der Einsturzgrube ertrunken und, den Angaben des Rechtsmediziners zufolge, nicht vorher getötet worden.

Nachforschungen ergaben: Ulrike Braun, unverheiratet, wohnhaft in Rodenkirchen, Bauingenieurin, hatte beim BLB in Köln als stellvertretende Objektleiterin für den Umbau der Luftwaffenkaserne in Köln-Wahn gearbeitet. Eine angezeigte Nebentätigkeit als beratende Bauingenieurin führte zu der Firma, die das Los für den

Neubau der U-Bahnstrecke unter der Severinstraße erhalten hatte. Trotz der beiden Jobs hatte sie in chaotischen Vermögensverhältnissen gelebt. Sie war bei mehreren Therapeuten in privater Behandlung gewesen, die Pflegeresidenz ihrer 83-jährigen Mutter kostete Unsummen, enorme Barabhebungen blieben ungeklärt. Die Nachbarn schilderten sie als unsichtbar, scheu, introvertiert. In ihrem Keller zahlreiche Kisten mit Rotwein.

Kollegen und Mitarbeiter beschrieben sie als überfordert, gereizt, nahe am Nervenzusammenbruch. In letzter Zeit sei sie unausstehlich gewesen. Der Chef habe ihr zu Urlaub geraten.

Mord oder Selbstmord? Rosenthal und Bär fanden in der Wohnung Kopien von Baumängelanzeigen der Baustelle Severinstraße, die Ulrike Braun entdeckt und gemeldet hatte. Bereits vor Jahren, kurz vor dem Einsturz der Grube, hatte sie Unregelmäßigkeiten angezeigt. Nichts war passiert. Im privaten E-Mail-Account entdeckten sie Mails an eine Freundin in Bayern. Ulrike Braun beklagte die Geldverschwendung beim BLB. Sie schien über die Unfähigkeit, Ignoranz und das Versenken von Steuergeldern im Bausektor verzweifelt gewesen zu sein. Von ihr gesammelte Zeitungsartikel zum BLB-Skandal und mehrere Ordner zum Archiveinsturz zeugten von erstaunlicher Akribie und, so Rosenthal, von einem Leidensdruck bei der Arbeit. Dass Ulrike Braun Hilfe brauchte, war keinem Kollegen in den Sinn gekommen. Ein Mörder war nicht in Sicht. Keine Spuren, nirgends.

»Als ob sie mit ihrem Tod ein Zeichen setzen wollte, ein Ausrufezeichen. Warum sonst stürzte sie sich in das Drecksloch? Kein schöner Tod.« Theresa Rosenthal sprach mehr zu sich als zu Bär.

»Suizid. Klarer Fall. Akte zu«, meinte Bär in seiner unnachahmlich kurzatmigen Art.

Theresa Rosenthal wartete mit dem Urteil. All die Skandale der letzten Wochen. Nun die Tote mit Verbindungen zum Skandal um den Archiveinsturz und den BLB – sie wurde stutzig. Das Wort »Skandal« ging ihr nicht aus dem Kopf. Bei einer Vernehmung fiel der Begriff im Zusammenhang mit Verhülsten auf der Pferderennbahn. Sie nahm die Protokolle zur Hand.

In den Kölner Medien ging es hauptsächlich um Zischka und Tine. Eine Fortsetzungsgeschichte über das Leben am Rande der Grube. Seitdem überhäuften Tierfreunde Tine mit Leckerli. Mustafa vom Ali-Baba-Imbiss spendierte ihr einen Döner komplett, doch Tine nahm nur das Fleisch. Zischka führte allabendlich interessierte Senioren an die Grube, um ihnen die Entdeckung des denkwürdigen Abends farbenreich zu schildern. Danach lotste er sie zu »Papa Rudi's«, wo er bei mehreren Kölsch von dem Tag des Einsturzes erzählte. Tine beschnupperte derweil vorsichtig die französische Bulldogge namens Rudi, die der Wirtin Anja gehörte. Rudi war sich seiner herausragenden Rolle als Namensgeber der Kneipe bewusst und verhielt sich zurückhaltend. »Köln Tourist« nahm mit Zischka Kontakt auf. Ein Original mehr in der Stadt der Tausend Originale.

DER SKATCLUB MUSS TAGEN

Johannes Trompeter überflog die Zeitung und blieb bei dem Artikel über die Tote vom Einsturzloch hängen. »BLB-Skandal fordert Todesopfer«, lautete die Schlagzeile. Ein Stich fuhr ihm durchs Herz, es krampfte sich zusammen, sein Puls raste. Wie betäubt saß er am Küchentisch. Er rief Pastor an.

»Peter, hast du die Schlagzeilen gelesen? Ist das unsere Schuld, der Tod dieser Frau?«

Pastor packte verschlafen seine Aktentasche. Aspirin löste sich im Magen auf.

»Das kommt bei jedem Skandal vor. Bitter. Aber es muss nicht direkt mit dem BLB-Skandal zu tun haben«, beruhigte Pastor. »Vielleicht hatte sie Depressionen und die BLB-Bombe brachte das Fass zum Überlaufen.« Pastor nahm einen Schluck Kaffee.

»Hast du keine Skrupel? Wir haben das ausgelöst.« Trompeter schien aufgebracht.

»Wir wissen nichts. Wir wissen nur, dass der Laden stinkt. Da hängen viele drin. Natürlich tut mir die Frau leid. Klar. So spektakulär. Die wollte ein Zeichen setzen. Vielleicht. Weiß man alles nicht. Hinter all den Skandalen stecken Schicksale. Treiber und Getriebene. Schuldige und unschuldig Schuldige. Die Häuptlinge, die Chefs, die treiben Mitarbeiter in die Verzweiflung. Die krummen Dinger kann niemand allein durchziehen: Stadionskandal, Opernfiasko, Kongresszentrum, Pfusch beim U-Bahnbau. Es gibt Mitwisser, die zum Schweigen verdammt sind. Manche halten es nicht aus. Ich vermute, bei der Ingenieurin war das so.«

»Wir sollten den Skatclub einberufen. Ich will das nicht. Das muss anders gehen. Erst Verhülsten und jetzt die Frau. Die Polizei hat schon mit dir, Oliver und Malchow gesprochen.«

»Beruhige dich. Nicht wir sind der Grund, sondern die Skandale. Die von Menschen gemachten Skandale. Das fällt nicht vom Himmel. Und die Skandale sind allenfalls die Anzeichen, dass wir eine Systemkrise haben. Mensch, unsere Kommunen, unser Land kackt ab! Willst du, dass extreme Rechte hochkommen, dass sich mehr und mehr Menschen abwenden? Gerade du? Wir haben bald wieder eine Außerparlamentarische Opposition. Eine APO, vor der wir uns fürchten müssen. Das kapieren einige in unseren Parteien nicht. Die tanzen auf dem Vulkan rund um das goldene Kalb der Political Correctness und der eigenen Pfründe. Wenn die so weitertanzen, gibt es bald mehr Opfer. Auf vielen Seiten. Sag das mal deinen Leuten. Die nerven mit ihrer Besserwisserei, mit ihrer Betroffenheitsmiene, mit der Flüchtlingsromantik, mit der ›Wir sind die guten Menschen‹-Haltung. Meine Pfeifen sind nicht besser. Minderheitenthemen ganz oben. Realitätsblindheit, Tunnelblick, Aussitzen. Das Land ist entpolitisiert worden. Seit Jahren. Wann diskutieren wir denn die wichtigen Themen? Im Bundestag nicht. Nicht in meinem Landtag. Fukushima, Wehrpflicht, Grenzöffnung, Zukunft des Landes, Bildungsdilemma, Innere Sicherheit. Wo bleibt die harte politische Auseinandersetzung? In den Talkshows sitzen die Herren Politiker und schwurbeln. Und kommunal? Wir sprechen länger über die Friedhofssatzung als offen über die Umsetzung der Inklusion in den Schulen. War übrigens euer Thema: Inklusion im Hauruck-verfahren.«

»Lenk nicht ab. Der Zweck heiligt nicht die Mittel, Peter.«

»Verdammt! Welche Mittel? Wir haben das gemacht, was Aufgabe des Landesrechnungshofes ist. Öffentliche Kritik, einen Skandal aufklären!« Pastor ging die Betroffenheitsnummer auf den Nerv. »Lies mal in den Geschichtsbüchern nach, Johannes. Reformen kommen selten von den Herrschern. Reformen kommen von außen, von den Jungen, von neuen Kräften. Die alten Kumpels kennen nur ein ›Weiter so‹. Bleib ruhig, Johannes. Du bist an dem Tod der Frau nicht schuld. Wir sollten keinen Rückzieher machen. Skatclub ist eine gute Idee. Oliver soll mit Malchow sprechen.«

Pastor legte auf, nahm zwei weitere Aspirin und machte sich schlecht gelaunt auf den Weg nach Düsseldorf.

GEWISSENSBISSE AN ROASTBEEF

Georg hatte seine Rückkehr von der Lesereise für den Abend angekündigt. Theresa wollte sich gern freuen, freute sich auch, bereitete sein Lieblingsessen vor: Roastbeef mit Rosmarinkartoffeln und Ratatouille. Männer brachten Blumen, Frauen kochten das Lieblingsessen für den Betrogenen, wenn sie ein schlechtes Gewissen hatten. Aber ein schlechtes Gewissen kam ihr kleinmütig und unpassend vor. Einen so bitteren Nachgeschmack verdiente die Nacht in Lüttich nicht. Das Verhältnis zu Michael Fett war seither angespannt, aber sie kamen einigermaßen zurecht, hatten bei ihren gemeinsamen Terminen so getan, als sei nichts gewesen. Blöde Situation. »Couscous«, hatte er gesimst. Süß. Georg würde sie nichts erzählen, das war klar. Wer glaubte, dass Offenheit in so einer Sache der Beziehung guttäte, irrte gewaltig. Sie würde es nicht wissen wollen, wenn Georg auf seiner Lesereise eine andere beglückt hatte. Wehe ihm! Scheiß. Sie schmiss das Kartoffelmesser in die Spüle, drehte die Herdplatte ab. Golf. Es war 17.30 Uhr, mindestens zwei Stunden Zeit für die Driving Range oder ein paar Löcher auf dem Platz. Golf war gut, wenn man den Kopf freibekommen wollte.

Als sie mit ihrem Golftrolley das Caddiehaus verließ, rannte sie in Paul Rasmussen hinein. Dr. Rasmussen war einer der Verdächtigen gewesen, als die Kommissarin zwei Todesfälle auf dem Golfplatzgelände aufklären musste. Er hatte heftig mit der Kommissarin geflirtet und war ihr von Anfang an sympathisch gewesen. Als sich seine Unschuld herausgestellt hatte, war Theresa froh gewesen. Mordlust bei ihm hätte sie überrascht. Mittlerweile duzten sie sich und hatten sogar ein Turnier miteinander bestritten. Er war ein exzellenter Spieler, und sie lernte viel von ihm, vor allem taktisch und psychologisch.

»Meine Lieblingsgolfpartnerin«, strahlte Rasmussen,

umarmte und küsste Theresa herzlich. »Wenn du ein paar Löcher mit mir spielst, hole ich meine Sachen sofort wieder aus dem Schrank, und der Braten zu Hause kann noch etwas im Ofen schmoren.« Rasmussen war nicht nur ein hervorragender Arzt und Golfspieler, er kochte zudem wie ein französischer Chef mit drei Sternen.

»Wieder Filet auf Niedrigtemperatur?«, fragte Theresa lachend, weil er das beim letzten Verhör in seinem Haus im Ofen gehabt hatte.

»Diesmal Lamm auf Niedrigtemperatur. Das wird ein Traum. Du bist eingeladen.«

»Ich könnte sogar ein Ratatouille beitragen, aber Georg kommt heute von einer Lesereise zurück, deshalb Heimspiel.«

»Beneidenswert, dieser Georg.« Rasmussen konnte das Flirten nicht lassen, beneidete Georg aber wohl tatsächlich, da er selbst seit Jahren in einer trostlosen Ehe dahindümpelte. »Ich bin glücklich, wenn du mir zwei Stunden auf dem Platz schenkst«, fügte er hinzu.

Nach dem ersten Abschlag war der Neid auf Theresas Seite. Pauls Ball landete circa 240 Meter entfernt, Mitte Fairway.

»Streber«, kommentierte sie den gelungenen Schlag und ging vor zum Damen-Tee. Loch eins war für einen Anfänger eine Herausforderung, weil andere Spieler von der Terrasse aus den Abschlag begutachteten. Das erhöhte den Druck. Peinlich, wenn der Ball 30 Meter am Boden nach links ins Rough kullerte. Rasmussen ahnte, was in ihr vorging.

»Nur du und der Ball«, ermunterte er sie. »Konzentrier dich auf das kleine weiße Ding and hit it!«

Das Ding flog.

»Na bitte, geht doch«, lobte Rasmussen. »Ein Natur-talent.«

»Sagt Padraig auch, aber ihn bezahle ich dafür«, schmunzelte Theresa, glücklich über Pauls Kompli-ment. Ihre Golfwagen schiebend, schlenderten sie das Fairway hinunter. Zeit für Small Talk. »Sag mal, du bist doch irgendwie im Freundeskreis der Oper engagiert?«, fragte Theresa ihren Spielpartner.

»Ja, Vorsitzender.«

»Du weißt, ich recherchiere im Todesfall Verhülsten«, erklärte die Kommissarin.

»Habe ich mitgekriegt.«

»Vielleicht gibt es eine Verbindung zu den Bauskan-dalen im Rheinland.«

»Und jetzt fürchtest du, dass ich umgebracht werden könnte«, spottete Rasmussen. »Ich habe die Opernsache aber nicht vermasselt.«

»Wer denn?«

»Gute Frage«, überlegte ihr Mitspieler. »Und lange Geschichte. Die Ursachen liegen im System. Ein paar Ratsherren, die naturgemäß nicht den Durchblick haben, entscheiden über Millionen-, manchmal Milliardenpro-jekte. Es wird ihnen ein hübsches Modell präsentiert, so war es bei der Oper, sah klasse aus. Die Bauplaner nen-nen die Kosten, genauso gut könnten sie das lassen. Die stimmen sowieso nie. Selbst die Dödel im Baudezernat lassen sich foppen oder bestechen oder was weiß ich.«

Sie erreichten Rasmussens Ball. Er schätzte die Ent-fernung zur Fahne, zog ein Eisen sieben aus seinem Bag, machte einen Probeschwung und schlug zu. Der Ball lan-dete mit einem Slice 20 Meter rechts vom Grün.

»Mist«, fluchte er.

»Hab ich dich mit dem Thema Oper geärgert?«, fragte Theresa schuldbewusst.

»Ein bisschen, nein, sehr«, gab Rasmussen zu. »Mir geht der Hut hoch, wenn ich darüber nachdenke. Wir wissen noch immer nicht, wann wir wieder in der Oper am Offenbachplatz spielen werden – 2022 heißt es, genauso könnten sie sagen 2030. Wenn du bedenkst, dass wir im November 2015 glanzvoll eröffnen wollten. ›Benvenuto Cellini‹ von Berlioz. Arrivederci, Cellini, sag ich nur. Und was die Kosten angeht, wage ich mal eine Prognose – wir erreichen die Milliarde.«

»Wie bitte?« Theresa war entsetzt. »Waren die Kosten nicht mal bei ungefähr 250 Millionen gedeckelt?«

»Auf den Deckel waren sie ganz stolz im Rat. Die Grünen vorneweg. Getrieben von ihren Freunden bei der Bürgerbewegung ›Mut zur Kultur‹ ging das Gezerre los – Neubau oder Sanierung. Das Operngebäude sollte sowieso erhalten bleiben, aber das Schauspiel abgerissen und daneben neu errichtet werden.«

»Haben die ›Mut zur Kultur‹-Leute nicht ein Bürgerbegehren organisiert?«, erinnerte sich Theresa.

»Ja, und damit den Neubau des Schauspielhauses verhindert. Da saßen ein paar ganz schlaue grüne Architekten beieinander, die sonst Reihenhäuser sanieren und Gewächshäuser bauen. Die wussten alles besser. Ich höre die Herren posaunen. Wird alles billiger und geht schneller, wenn wir sanieren. Heute heißt es: Man kann die Technik eines Audi A8 nicht in einen Käfer hineinbauen. In der Tat. Schau dir das Chaos im Keller der Oper an. Du kriegst moderne Belüftung, Brandschutz und Elektrik eben nicht hinein in die Schächte aus den 50er-Jahren. Es ist zum Heulen.«

»Sorry, ich wusste nicht, wie engagiert du in der Sache bist«, entschuldigte sich Theresa. »Ich wollte dir die Golfrunde nicht vermasseln.«

Rasmussen war nicht mehr zu bremsen. »Schau mal in dieses Schauspiel rein. Eine neue Drehbühne, Millionenobjekt, die muss ständig bewegt werden, sonst rostet sie oder was weiß ich. Bei der Eröffnung ist das gute Stück wahrscheinlich veraltet und abgenutzt, macht nix, der Steuerzahler spendiert eine andere. Wenn wir neu gebaut hätten wie geplant, würden wir längst wieder am Offenbachplatz spielen und raus aus der Interimsstätte sein. Die Ersatzspielstätten kosten ein Heidengeld, Oper im Staatenhaus, Schauspiel im Depot, Millionenmieten im Jahr. Dein Verhülsten hat übrigens ordentlich mitgemischt, die Bürgerinitiative unterstützt.«

»Was ging den denn die Kölner Oper an?«, wollte Rosenthal wissen. »Die haben doch ihre eigene in Aachen.«

»Leg mal deinen Ball ans Loch, danach erzähle ich dir weiter«, forderte Paul Rasmussen sie auf. »Chip and run. Ist eine ganz kleine Bewegung.«

Theresas Ball kam tot an der Fahne zur Ruhe. »Wenn du mein Gegner beim nächsten Wettspiel bist, weiß ich, wie ich dich aus der Fassung bringe. Stichwort ›Oper‹ reicht. Erzähl mal von Verhülsten.«

»Arschloch. Mischte hier im Freundeskreis mit. Aachen war ihm zu piefig. Hat in seinem Käseblatt alle zwei Tage im Sinne der Bürgerbewegung argumentiert. Von nichts eine Ahnung, aber ordentlich Stimmung gemacht gegen den Neubau. Du erinnerst dich, zum Bürgerentscheid ist es gar nicht mehr gekommen. Der Rat knickte ein und beschloss die Sanierung, mit den bekannten Folgen.«

»Und heute, was sagen diese ›Mut zur Kultur‹-Leute zu dem Chaos?«

»Abgetaucht. Von denen hörst du nichts. Vielleicht retten sie gerade den Gendergap oder das Gendersternchen. Oder pflücken ihr Bio-Obst in der Toskana.«

»Du bist echt sauer.«

»Ja, und diesen Verhülsten hätte ich gern umgebracht. Leider habe ich Schiss vor Pferden, deshalb komme ich als Mörder nicht infrage.«

»Das muss ich recherchieren. Vielleicht hast du den Gaul vorher sediert«, lachte Theresa. »Die Mittel stehen doch bei dir im Schrank. Warst du übrigens bei dem Pferderennen?«

»Theresa!« Rasmussen spielte den Entsetzten. »Bitte nicht schon wieder unter Verdacht. Deine letzte Inquisition sitzt mir noch in den Knochen. Ich bin ganz schön ins Schwitzen gekommen bei deinen Verhören.«

»Das hast du gut verborgen.«

»In der Tat. Und nun sitzt der arme Caddiemaster im Knast, und ich laufe frei auf dem Golfplatz herum.« Rasmussen schüttelte den Kopf. »Und auch noch mit der ermittelnden Kommissarin. Wie konntest du dich so von mir täuschen lassen? Gib zu, du hast eine Schwäche für mich.«

Theresa lachte. »Schlag mal ab. Es wird Zeit, dass ich nach Hause komme.« Es machte Spaß mit Rasmussen, aber eine weitere Affäre würde ihre Ehe nicht überleben.

Den Rest der Runde widmeten sie entspannten Themen. Theresa dachte erst auf der Heimfahrt nach über die von Rasmussen erhaltenen Informationen. Bausteine in dem Mordfall. Ob sie bei der Lösung weiterhelfen würden, wusste sie nicht. Vielleicht hatte einer dieser Skandale tatsächlich das Fass zum Überlaufen gebracht. Gab es irgendwo jemanden, der bereit war, dafür zu morden, und wenn ja, wofür? Was war das Motiv? Hass auf dieses Land, auf den Verfall der Moral? Oder ging es um eine persönliche Geschichte? Wie bei den Friedmanns?

AUCH NICHT MEHR DAS, WAS ES MAL WAR

Bodo von Malchow traf sich mit drei befreundeten Exzies auf dem Petersberg. Sie nannten sich eigentlich »Ex-Exzies«, weil sie alle dem diplomatischen Corps angehört hatten, weshalb ihnen der Titel »Exzellenz« zustand. Tempi passati. Es blieb ihnen das Schwelgen in alten Zeiten und das Schimpfen auf die gegenwärtige, was sie engagiert und mit einer guten Portion Humor gewürzt taten. Alle vier waren Männer von Welt. Sie hatten zuletzt in den Städten der A-Kategorie gedient: New York, Tokio, Moskau, Paris, am Anfang ihrer Karrieren aber auch Posten mit Zitterzulage nicht gemieden, in denen ihnen die Geschosse um die Ohren flogen. Nach wechselvollen Jahren brachte sie nichts wirklich aus der Ruhe – außer der Zustand des Landes, dem sie jahrzehntelang gedient hatten. Ansonsten waren sie trinkfest und souverän in allen Lebenslagen. Viele ihrer Kollegen waren als Pensionäre nach Berlin übergewechselt, besaßen dort zumindest ein Pied-à-terre, um das Gefühl zu pflegen, sie seien noch von Bedeutung. Schickimicki, hatten Malchow und seine drei Freunde gemeint und harrten trotzig in Bonn aus.

Sie saßen auf der Terrasse des Hotel-Restaurants Petersberg und schauten hinunter in das Rheintal. Die bewegte Geschichte dieses Ortes war allen bewusst. Sie hatten in den Räumlichkeiten an Konferenzen und Empfängen teilgenommen, als die Bundesregierung den Petersberg ab 1954 als Gästehaus für hohen Staatsbesuch nutzte. Es waren über die Jahrzehnte viele Millionen in die Renovierung des alten Gebäudes investiert worden, und dann wurde Berlin Hauptstadt. Der Petersberg führte seither ein Stiefkinddasein.

Exbotschafter Volker Raschdorf bestellte eine Flasche Chablis und wusste, dass seine Crewkollegen das goutieren würden. Sie tranken auf die guten alten Zeiten.

»In unseren aktiven Jahren wuchsen großartige Leute heran für große Aufgaben. Adenauer stand für die Integration des Nachkriegsdeutschlands in das westliche Wertebündnis«, sagte Holtenstein.

»Willy Brandt und die Ostverträge«, ergänzte Malchow, den Kollegen zuprostend.

»Kalter Krieg, Nato-Doppelbeschluss, Wiedervereinigung«, fuhr Berendorf fort. »Da fielen uns in den Botschaften wichtige Aufgaben zu, wir waren direkt beteiligt, sondierten und bereiteten Verhandlungen vor. Heute wird Foreign Policy hauptsächlich im Kanzleramt geschmiedet. Selbst der Außenminister ist zum Grußonkel degradiert.«

»Hätte Genscher nicht mit sich machen lassen«, erinnerte sich Malchow. »Aber so ein Westerwelle war froh, wenn die Großen der Welt ihn ein bisschen mitspielen ließen.«

»Kinkel war nicht viel besser«, bemerkte Raschdorf. »Ich sag es ungern, der grüne Turnschuh-Fischer hat da einen besseren Job gemacht.«

»Herrgott! Wenn wir so reden, klingen wir wie der Club der Meckergreise«, schimpfte Hans-Heinrich Holtenstein. »Hört uns bloß an. Die Kanzler sind nicht mehr das, was sie mal waren, die Minister sind nicht mehr das, was sie mal waren.«

»Und die Frauen sind auch nicht mehr das, was sie mal waren«, lachte Reinhold von Berendorf. »Apropos Frauen: Was ist der Unterschied zwischen einem Diplomaten und einer Dame? Wenn ein Diplomat ›Ja‹ sagt, meint er ›Vielleicht‹. Wenn er ›Vielleicht‹ sagt, meint er ›Nein‹ und wenn er ›Nein‹ sagt, ist er kein Diplomat. Wenn eine Dame ›Nein‹ sagt, meint sie ›Vielleicht‹, wenn sie ›Vielleicht‹ sagt, meint sie ›Ja‹ und wenn sie ›Ja‹ sagt, ist sie keine Dame.«

Die anderen drei lachten lauthals, obwohl sie den Witz kannten, aber über manche Dinge amüsierte man sich gern zwei- oder dreimal.

»Erzähl den Witz von dem Dinner bei der Queen«, forderte Raschdorf seinen Freund Malchow auf.

»Ach, den kennt ihr doch«, sträubte sich Malchow.

»Ich nicht«, meinte Holtenstein mit Unschuldsmiene.

»Na gut. Großes Dinner bei der englischen Queen Victoria, die wegen hohen Alters ihre Verdauung nicht ganz im Griff hat, es entfährt ihr also ein leiser Ton aus den Gedärmen.«

»Sie furzte schlichtweg«, mischte Raschdorf sich lachend ein.

»So kann man das sagen, wenn man ein ungehobelter Bursche ist wie du«, erwiderte Malchow. »Gut, gut, sie furzte. Der französische Botschafter steht auf, verbeugt sich, sagt ›pardon‹ und verlässt den Raum. Beim nächsten ›royal fart‹ gleiches Spiel, nur erhebt sich diesmal der spanische Botschafter, entschuldigt sich und verlässt den Raum. Der dritte Furz lässt nicht lange auf sich warten. Es springt der deutsche Botschafter auf, knallt zackig die Hacken zusammen und brüllt: ›Diesen und die nächsten drei übernimmt das deutsche Kaiserreich.‹«

»Das zum Thema deutsche Diplomatenkunst«, amüsierte sich Holtenstein. »Zurück zur Politik«, forderte er. »Eigentlich ist es Zeit, dass unser alter Kollege Dräcker mal wieder eingreift.«

Sie alle kannten die Geschichten und Legenden, die sich um die Person Dräcker rankten, Edmund Friedemann Dräcker. Ein umtriebiger Diplomat, der bereits unter den Nazis rege Aktivität entfaltet hatte, obwohl seine Rolle in dieser dunklen Zeit nie ganz aufgeklärt worden war. Mit dem Aufstieg seiner Freunde im Bonner Staat machte der Ostpreuße eine, allerdings kurze, Karriere. Am 15. Dezember 1952 wurde er laut Personalakte als Ministerialdirigent z. W. im Auswärtigen Amt eingestuft, vier Wochen später aber in den Ruhestand geschickt. Von da an setzen seine Freunde im AA ihn als diplomatischen Spezialagenten an allen Krisenplätzen der Welt ein. Von einer Geheimmission in Beirut kehrte er 1959 nicht zurück. Trotzdem finden sich Spuren seiner Tätigkeit bis in die späten 6oer-Jahre. Sogar eine Personalakte Dräcker gab es, obwohl der Mann tatsächlich nie gelebt hatte. Er war eine Erfindung, die in einem exklusiven Kreis von Botschaftern gehegt und gehätschelt wurde.

»Wisst ihr eigentlich, wann Dräcker zum ersten Mal in Erscheinung trat?«, fragte Berendorf, der zum ganz engen Kreis der Dräcker-Freunde gehörte.

»Die Legende lebt. Wo sie ihren Anfang nahm, weiß ich nicht genau«, meinte Holtenstein.

»Edmund F. Dräcker trat 1936 zum ersten Mal in Rom in Erscheinung«, erzählte Berendorf. »Legationssekretär Hasso von Etzdorf saß in einer langweiligen Konferenz beim Botschafter von Hassell. Da tauchte der Amtsgehilfe Möller auf und meldete einen Ministerialrat Dräcker aus Berlin vom Reichsfinanzministerium. Der Herr wünsche dringend Herrn von Etzdorf zu sprechen. Etzdorf verließ die Sitzung und stürmte an dem grinsenden Möller vorbei, direkt zur Piazza del Santissimi Apostoli. Dort schenkte eine Braustube kühles Dreher-Bier aus. Den Ministerialrat Dräcker, der angeblich soeben eingetroffen war, gab es nicht, aber er entfaltete seither eine rege Diplomatentätigkeit. Der Amtsgehilfe wurde immer häufiger beauftragt, Dräckers Ankunft zu melden. Daraufhin stürzten die Eingeweihten in die Taverne. Der Freundeskreis wuchs und Dräcker bekam fast täglich tollere Eigenschaften zugeschrieben.«

»Wie erhielt Dräcker eine richtige Personalakte?«, wollte Malchow wissen.

»Der damalige Archivar im Auswärtigen Amt an der Berliner Wilhelmstraße, Johann Ullrich, machte unseren Ministerialkollegen aktenkundig. Ullrich sammelte alle Zeugnisse und Verlautbarungen, die Dräckers Freunde über dessen Leben und Wirken in Umlauf brachten, auch später zu Bonner Zeiten. Da wurde Ullrich Archivleiter im neuen Auswärtigen Amt. So entstand eine dicke Dräcker-Akte mit Geburtsdaten und allen Schikanen: Edmund Friedemann Dräcker, geboren am 1. April 1888 in Suleyken, Ostpreußen, als ältester Sohn des Ortspfarrers Gotthilf Emmanuel Dräcker.«

»Meine erste Begegnung mit Dräcker hatte ich 1962«, berichtete Raschdorf. »Die ›Welt‹ druckte damals ahnungslos eine Meldung ab, der vermisste Ministerialdirigent im Ruhestand Dräcker sei im Dorf Mehrauli bei Neu-Delhi als Wanderastrologe wieder aufgetaucht, nachdem er seit einer Geheimmission in Beirut als vermisst gelte. Damals gehörte ich gerade erst zu dem Kreis der Eingeweihten, die Staatsdepeschen über den wiedergefundenen Freund und seine neuesten Abenteuer erhielten.«

»Ein Hoch auf Dräcker«, rief Berendorf, und die anderen stimmten ein und ließen die Gläser klingen. Sie aßen mittlerweile ein leichtes Schollenfilet und verzichteten auf den Nachtisch zugunsten einer dritten Flasche Chablis.

Dräcker, überlegte Malchow, Dräcker ist die Idee. Von diesem Gedanken und dem reichlichen Chablis-Genuss beschwingt, stieg er in seinen Land Rover und fuhr nach Hause mit dem festen Vorsatz, Dräcker auferstehen zu lassen.

DAS PHANTOM

Malchow tauchte in sein Kellerarchiv ab. Nach einigem Stöbern fand er die Handakte Dräcker. Dräcker, der Berufsdiplomat, hatte Malchows Karriere immer wieder gekreuzt. Dräcker, für viele ein Phantom, war der Undercover-Diplomat der Bonner Republik gewesen. Lassen Sie das Dräcker machen, hatte es in der politischen Abteilung des Auswärtigen Amtes bei heiklen Missionen geheißen. Malchow versenkte sich in die Personalakte. Dräcker erlebte gefährliche Einsätze vor dem Fall der Mauer. In der Ständigen Vertretung in Ostberlin bearbeitete er die geheimsten Fälle. Obwohl Jahrgang 1888, setzte sich Dräcker nicht zur Ruhe. Er lebte ein ewiges Phantomleben. Plötzlich erinnerte sich Malchow: Es existierte ein von Dräcker angelegtes Merkel-Dossier. Als ob er damals bereits die Entwicklung des Landes klar vor Augen gehabt hätte. Dräcker hatte sehr früh auf die zukünftige Kanzlerin hingewiesen. Sie werde Kohl beerben. Die eingeweihten Botschafter lachten sich damals kaputt über die hin und her wechselnden Staatsdossiers. Merkel Kanzlerin, eher wird Buddy Bundespräsident, hatte Malchow zurückgeschrieben. Buddy war sein Beagle. Er wurde nicht Präsident, aber Merkel Kanzlerin. Wer bloß hatte im Namen Dräckers das Merkel-Dossier angelegt? Malchow zerbrach sich den Kopf, kam aber nicht drauf, obwohl er versuchte, die Gehirnzellen mit einem Grappa auf Trab zu bringen. Hatte er es überhaupt je gewusst?

Das Merkel-Dossier – irgendwo hatte er es archiviert. Kaum jemand wusste etwas über das Leben der Kanzlerin in der DDR. Wurde sie danach gefragt, antwortete sie in der Rhetorik des Plattenbaus. Der Fragesteller wusste danach weniger als vorher. Der biografische Teil der mächtigsten Frau Europas verschwand im Wortnebel. Manche Politiker fragten sich, ob sie überhaupt in der DDR gelebt hatte. Dräcker wusste alles. Das stand für Malchow fest. Er würde die Akte durcharbeiten. Dräcker hatte sich geheimnisvoll ausgedrückt, kryptisch, wie es seine Art war. Malchow holte sich ein Jever Pils aus dem Kühlschrank und dachte an Adenauer, Erhard, Kiesinger, Brandt, Schmidt, Kohl und Schröder mit ihren Biografien, die zu Deutschland passten. Bei jedem gab es Schweinereien, die dunklen Seiten des politischen Geschäfts. Aber ihre Biografien legten Zeugnis ab von Männern, denen es zuerst um das Land ging.

»Die Kanzlerin hat Deutschland entpolitisiert«, sagte Malchow und merkte, dass er laut sprach. Alte-Leute-Eigenschaft, dachte er. Wird Zeit, dass ich abtrete. – All die Skandale sind das Zeichen eines Funktionsversagens. Scheindemokratie. Im Sozialismus erkannten die Bürger Schein und Sein. Die hölzerne Sprache der Apparatschiks konnte jedes Kind entziffern. Mit dem zweiten Bier lief sein Gehirn auf Hochtouren. Alkohol war der Schmierstoff für seine Synapsen. Alte Diplomatenroutine. Trinkfestigkeit gehörte zu den Bewerbungsqualifikationen. Deutschland war in eine Lage geraten, in der die Chefin mit nichtssagender Rhetorik Regierungspolitik ohne parlamentarische Diskussionen beschloss. Keine Visionen. Wäre doch wichtig zu wissen, wie sie die prägende Zeit der Kindheit, Jugend und des Studiums in der

DDR erlebt hatte. Malchow nahm die Handakte Dräcker mit ins Arbeitszimmer und plante die Aktion »Merkel-Dossier«. Auftritt von Dräcker vor Bundespressekonferenz. Vielleicht etwas hochgegriffen, aber eine Auferstehung sollte es geben. Die alte Garde der Journaille würde komplett auftauchen, vielleicht sogar sein alter Freund, der ehemalige ›Bild‹-Kolumnist Maini Nayhauß. Der kannte Dräcker, hatte oft über ihn geschrieben. Nayhauß würde kommen, da war sich Malchow sicher. Er nahm einen Cognac und prostete seinem Konterfei auf dem Schreibtisch zu: er mit Bundeskanzler Willy Brandt – das waren Zeiten. Er kippte den Cognac hinunter und lächelte zufrieden. Malchow und Dräcker – ein Fanfarensignal, eine Abschiedsvorstellung.

DIE RAMADAN-ERPRESSUNG

»Schmelzer, wo stehen wir?«

Sackgasse, dachte Schmelzer. Wenn er so fragt, steckt er in der Sackgasse.

»Auf dem Boden der Tatsachen und das mit leerem Magen.«

»Der Magen bleibt leer, den Boden schauen wir uns an. Sie tragen vor.« Fett versuchte sich zu konzentrieren.

»Sie wissen viel mehr«, protestierte Schmelzer. »Ich war nicht mit Rosenthal unterwegs, sondern Sie.«

»Schmelzer. Ich will Ihre Version hören. Fangen Sie an, sonst befehle ich Ramadan!«

»Das ist Erpressung, Paragraf … Okay. Medienmogul Verhülsten fährt nach Köln zum Pferderennen. Er hat ein Verhältnis mit dieser Flore, will in die Politik, hat seine Finger in Immobilienprojekten. Auf der Rennbahn trifft er zig Leute. Gespräch mit Pastor, Stress mit Freese und den Friedmanns, Unterhaltung mit Malchow am Stall und im Stall. Rein in die Pferdebox. Pferd tritt aus. Tot. Pferd ist sonst lieb. Verhülsten kennt sich mit Pferden aus. Merkwürdig. Es erben Ehefrau, Töchter und unterdrückter Sohn. In der Redaktion knallen die Korken, der Tyrann ist tot. Flore in Lüttich geht leer aus. Antoine, ihr Bruder, war auch auf der Rennbahn. Hat ein Alibi. Genau wie Schnigge. Bleiben Malchow, Freese, Pastor, die Friedmanns. Und direkt an der Box Malchow und der Stallknecht. Kurz nach dem Tod ploppen Skandale hoch. Verhülsten hat vorher den Daumen draufgehalten. Einer davon der BLB-Skandal. Ein anderer der um das Fußballstadion unserer Aachener Gurkentruppe. Zuerst in Zeitungen. Fernsehen kommt einen Tag später. Wir waren bei Schnigge, dem trockenen Zyniker. Sie trafen Pastor auf der Benefizgala. Keine verwertbaren Ergebnisse. Abteilung Motive: Aus meiner Sicht kommen die Friedmanns in Betracht: Rache, Gerechtigkeit, Spontanreaktion. Dann Schnigge, Flore und ihre Brüder, die Witwe, der Sohn, dieser Tunichtgut, und alle, die wir nicht kennen aus der Motivwelt Neid, Eifersucht, Gier wegen Immobilien, Politik, Geld. Gibt leider ein Problem. Diese Miss-Marple-Ansammlung besitzt ein Alibi. Bleiben wir auf der Pferderennbahn: Malchow, dieser Freese, Pastor, die Friedmanns. Sie haben ihn zuletzt gesehen. Der Stallknecht, bezahlt von der Witwe?« Schmelzer schüttelte den Kopf. »Sehe ich nicht. Auch nicht vom Junkie-Sohnemann. Zu kompliziert. Mitwisser. Zudem können die nicht ahnen, dass Verhülsten in den Stall gehen wird. Die Stallburschen haben ein Alibi, sie rannten gemeinsam zum Turf, um das nächste Rennen zu sehen. Nein. Kommt nicht infrage. – Ich hab Hunger. Nicht auf Sauerbraten vom Pferd, sondern auf Schinken und Spargel. Ist der letzte der Saison.«

»Danke, Spargeltarzan. War nicht schlecht. Wir sollten Pastor und Schnigge besuchen. Nach dem Spargel.«

Schmelzer verschwand strahlend in der Kantine. Fett ging an die Pinnwand und schrieb die Namen auf das karierte Blatt. Daneben die Skandale: BLB, Fußballstadion, Archiveinsturz, Opernsanierung. Die Skandalwelle schwappte nach Verhülstens Tod durch die Region. Der hatte die Veröffentlichung unterdrückt. Schnigge war gefüttert worden. Schnigge kannte Pastor. Pastor war auf der Rennbahn. Pastor stellte Freese vor. Pastor, Freese und Onkel Bodo. Ob die sich kannten? Fett zog einen roten Kreis um die Namen. Blieb die Frage, warum das Pferd verrücktgespielt und Verhülsten ins Grab getrampelt hatte. War ein Pferdeflüsterer im Stall gewesen? Wer kannte sich mit Pferden aus? Onkel Bodo. Mal sehen, ob Schnigge und Pastor doch Ahnung von Pferden hatten. Friedmanns und Freese würde Theresa übernehmen.

Fett erschien eine Viertelstunde später in der Kantine. Spargel ausverkauft. Nur Bockwurst und Pommes.

Kommt davon, dachte Schmelzer und löffelte lächelnd den Fertigpudding mit Geschmacksverstärker, als Fett sich neben ihn setzte.

ÜBERALL GEHEIMNISSE

Ulrike Braun hatte sich mit an Sicherheit grenzender Wahrscheinlichkeit selbst das Leben genommen. Zischka verhedderte sich bei jeder weiteren Befragung, was die Präsenz einer zweiten Person auf dem Gerüst anging. Am Ende kam ein »eher nein« heraus. Die Gerichtsmedizin erkannte keine Fremdeinwirkung. Auf Ulrike Brauns Laptop fanden die Techniker eine Mail, die auf Selbstmord schließen ließ. Die Mail war an eine gute Freundin gerichtet, aber nicht abgeschickt worden. Sie entdeckten sie im Ordner »Entwürfe«. Wenn nicht neue Verdachtsmomente auftauchten, könnten sie die Akte Ulrike Braun schließen. Ein tragischer Tod. Mit ihrem Fall hatte er nichts zu tun oder nur indirekt.

Rosenthal informierte Fett telefonisch. »Malchow müssen wir uns vornehmen«, schlug sie vor. »Können wir zusammen machen, damit kein Nepotismusverdacht hochkommt.«

»Kleiner Ausflug nach Bonn?«, fragte Fett. Die Aussicht auf eine gemeinsame Fahrt mit Theresa freute ihn. Vielleicht hatten sie Glück und es gab Stau. Ziemlich wahrscheinlich auf der A 555. »Theresa?« Fett war sich nicht sicher, was er eigentlich sagen wollte.

»Ja?«

»Ich wollte nur ... Alles gut, wir sehen uns morgen.« Fett legte auf. Verdammt: Ich wollte nur, ich wollte nur ... »Blödmann«, brüllte er die Bürowand an.

Theresa Rosenthal versteckte ihre Unsicherheit hinter einem forschen Tonfall. Sie war sich über ihre Gefühle für Fett nicht im Klaren. »Schluss, drei Ehen sind genug«, ermahnte sie sich und blickte fragend auf ihren verstorbenen Gemahl, dessen gerahmtes Bild auf ihrem Schreibtisch stand. »Sag doch was«, forderte sie ihn auf. Keine Antwort. Also ran an die Arbeit. Oder Golf? Es war 16 Uhr, sie könnte vielleicht eine von ihren gefühlt 500 angehäuften Überstunden abstottern. Golf spielen machte den Kopf frei, weil der kleine weiße Ball die ganze Konzentration forderte. Müsste es eigentlich auf Krankenschein geben. Vielleicht rannte sie in Paul Rasmussen hinein, ganz zufällig. Rasmussen mit seinen intensiven Flirtversuchen. Sie genoss seine Aufmerksamkeiten. Vielleicht Anzeichen von Midlife-Crisis. Noch ein Mann, der ihr Avancen machte. Sie war Ende 40 und überall Abenteuer. Da sollte mal jemand sagen, im Alter werde das Leben langweiliger. Rosenthal überlegte manchmal, ob ihre beiden Söhne oder Bär ein vergleichbar bewegtes Liebesleben hatten wie sie. Die jungen Leute heute hegten, – ja was, eine gewisse Selbstverliebtheit. War da überhaupt Platz für eine Beziehung, Hingabe an einen Partner? Wenn man so ausgiebig mit seinem eigenen Seelenleben und der Pflege seines Körpers beschäftigt war. Die Regale im Badezimmer ihrer Jungs standen proppenvoll mit Mittelchen, von der Haarspitzenpflege bis zur Beinrasur, Hautglättungs- und Epiliergeräten. Irgendwie unheimlich, wenn man, wie Theresa Rosenthal selbst, seine Unijahre zwischen Hippies und Punks verbracht hatte.

Ein Versuch bei Freese und dann Golf. Das Haus des Kölner Ratsherrn lag auf dem Weg zum Club. Auf ihr Klingeln öffnete er selbst. Sie stellte ihre Frage an der Tür.

»Herr Freese, worum ging es in der Auseinandersetzung, die Sie mit Armin Verhülsten beim Pferderennen hatten?«

Schweigen. Rosenthal konnte seine Gehirnzellen bei der Arbeit beobachten.

»Herr Freese, das war kurz vor Verhülstens Tod.« Die Kommissarin zog die Daumenschrauben an. »Ich brauche eine Antwort von Ihnen.«

»Es ging um die Unabhängigkeit der Presse«, kam Freeses zögerliche Antwort.

»So im Allgemeinen?«

»Wollen Sie nicht hereinkommen?« Die Fragerei zwischen Tür und Angel wurde Freese unangenehm. »Ich erinnere mich nicht genau, ja, wohl eher allgemein.«

»Oder eher speziell? Es gibt Zeugen des Streits, Herr Freese. Ging es nicht um einen Bauskandal? Sie wollten eine Veröffentlichung in der Aachener Allgemeinen. Herr Verhülsten hatte das abgelehnt. War es nicht so? Ich werde Sie vorladen und Ihre Aussage zu Protokoll nehmen. Und ich erinnere Sie, dass wir in einem möglichen Mordfall ermitteln.«

Freese kannte zwar Tricksereien aus dem politischen Geschäft, aber er war kein hartgesottener Lügner. Er gab den Streit zu, bei den Pferdeställen sei er jedoch nicht gewesen.

»Die Häufung der Veröffentlichungen, all diese politischen Skandale, wo ist die Verbindung? Sie, Pastor, Schnigge – wer gehört noch dazu?« Rosenthal stocherte ein wenig im Nebel. »Sie haben ein gemeinsames Süppchen gekocht, und das brodelt gerade über. Stimmt's? Nun wieder eine Tote. Ulrike Braun, sie hat mit dem BLB-Skandal zu tun. Die Nummer ist für Sie zu groß, wächst Ihnen über den Kopf, Herr Freese.«

Freese erleichterte sein Gewissen.

PASTOR RASTET AUS

»Nein, ich bin nicht so ein grüner Moralapostel, so ein Salatesser, der gute Mensch mit Biosocken und handgebasteltem Fahrrad! Ich bin Peter Pastor von den Roten, und mir reicht es langsam. Reden Sie Klartext, Herr Fett!

Was wollen Sie? Logo kenne ich Freese, Schnigge, und Verhülsten kannte ich auch. Wissen Sie alles. Was noch?«

»Ruhig, Brauner. Sagen doch die Reiter immer. Reiten Sie?« Fett schaute ihn gelangweilt an, lehnte sich demonstrativ nach hinten. Pastor war immun. Landtagsabgeordneter. Er hatte eingewilligt, ins Präsidium zu kommen, und saß nun in Fetts Büro. War eine Gratwanderung. Die Staatsanwältin wusste nichts davon. Schmelzer stand am Regal und hörte zu, während Pastor sich echauffierte. »Heiß ich Paul Schockemöhle? Nein. Ich reite mit der Bundesbahn. Wenn sie fährt. Ihnen ist klar, dass ich Immunität genieße? Oder waren Sie krank, als das Thema in Holte-Stukenbrock auf der Polizeiakademie drankam?«

Pastor redete sich in Rage. Sie wollten ihm was anhängen. Warte, Bursche. 30 Jahre Politik, vom ASTA bis zum Landtag. Das war nicht umsonst.

»Herr Pastor. Nichts für ungut. Sie haben als einer der letzten Menschen Verhülsten lebendig gesehen.«

»Na und? Einer der letzten. Bitte. Sonst noch was? Suchen Sie den Letzten. Oder fragen Sie das Pferd. Ich werde das Polizeipräsidium verlassen und Ihrem Präsidenten einen informativen Brief schreiben. Von wegen Hilfe bei der Aufklärung – Sie verdächtigen mich. Es wird immer absurder. Wissen Sie, Herr Fett und Sie auch, Sie schweigsamer Steher an der Wand«, er meinte Schmelzer, der dem Gespräch unbewegt lauschte, »ich bin einer der wenigen, die in der SPD-Fraktion ständig für mehr Beamte und mehr Geld kämpfen. Dabei bin ich nicht mal im Innenausschuss. Wenn Sie bald in ein neues Präsidium einziehen, wo man die Fenster öffnen kann, wo es funktionsfähige Toiletten gibt, wo kein Asbest von

der Decke rieselt, fragen Sie mal, wer sich dafür eingesetzt hat. Das hat nichts mit dem Tod von Verhülsten zu
tun. Weiß ich. Sie wissen aber nicht, wer Sie unterstützt
und wer Sie für überflüssig hält. Hören Sie sich mal um
unter den Linken und den Hardcore-Grünen. Wer redet
ständig verharmlosend von ›Aktivisten‹ im Hambacher
Forst? Ich sag Ihnen mal was: Wenn es nach mir ginge,
hätte die Polizei längst diese autonomen Widerstands-
zellen aufgelöst. Autonome – niedliches Wort. Das sind
ganz harte Jungs – und Mädels. Auflösen, rein mit drei
Mannschaftswagen und aufräumen. Stattdessen löst sich
das System auf, wenn Sie verstehen, was ich meine.«

»Herr Pastor, schade, dass wir nach unserem netten
Gespräch auf der Benefizgala heute aneinandergeraten.
Wenn es erforderlich ist, werden wir auf dem vorge-
schriebenen Weg die Aufhebung der Immunität bean-
tragen. Seien Sie vorerst unbesorgt. Wir sehen noch keinen Anlass. Ach, Freese. Der Ratsherr aus Köln. Der ist
nicht immun. Wie gut kennen Sie ihn?«

»Letzte Antwort: Er ist Sozialdemokrat. Ich bin Sozialdemokrat. Wenn wir beide die Zuneigung der Gremien
haben, werden wir als Delegierte gewählt. Zum Beispiel
für Landesparteitage. Da kann man sich treffen.«

»Oder beim Pferderennen«, schob Schmelzer nach.

»Weiß Ihr Sherlock Fett bereits. Danke, meine Herren.
Viel Erfolg bei der Suche. Am Ende war es eine Mücke,
die den Gaul gestochen hat. Der trat aus und Citizen
Kane aus Aachen stand dummerweise hinter dem Viech
herum.«

»Interessante Theorie. Wiedersehen, Herr Pastor.«

Fett schaute Schmelzer an. »Und?«

»Und was? Wer ist denn Citizen Kane?«

»Was bemerkt, Herr Schmelzer, oder geistert irgendein Kassler Rippchen mit Sauerkraut durchs Großhirn? ›Citizen Kane‹ schauen Sie gleich mal im PC nach. Bildungslücke.«

»Kane hin, Kane her. Die Partei wird den Pastor nicht mehr aufstellen. Der ist total frustriert. Er weiß, dass er nicht mehr aufgestellt wird. Das ist nicht alles. Der kommt mit dem System nicht mehr klar. Steht alleine da. Es sei denn, anderen geht es ebenso.«

»Gut, Schmelzer. Weitermachen, und ich spendiere den Nachtisch.«

»Rufen Sie die nette Frau Rosenthal an«, stichelte Schmelzer. »Ob der Freese auch so ein sozialdemokratischer Frustbolzen ist. Und mit wem der verkehrt. Könnte interessant sein.«

»Glauben Sie an eine Verschwörung? Einen Club der frustrierten Politiker?«

»Chef, ich hab genug mit frustrierten Eltern in der Grundschule zu tun. Die Verdrossenheit steigt. Da klappt nichts. Die Lehrer kriegen keine Ruhe in die Schule. Wie soll ich sagen: Angenommen, mehrere Politiker merken, dass die Karre gegen die Wand fährt. Was würden die machen?«

»Öffentlichkeit herstellen. Skandale publik machen. Schmelzer, ich lade zum Essen ein.«

»Firma dankt. Ich google mal diesen Citizen. Oder Sie erzählen es beim Nachtisch.«

WAS VOM HOFFEN ÜBRIG BLIEB

Am Nachmittag traf Fett seinen alten Kumpan Paul Schnigge im »Café zum Mohren«. Es sei wichtig, ein kurzes Gespräch nur. Schnigge willigte ein. Fett parkte vor dem Hotel Aquis Grana, ging durch die Körbergasse zum Hof und blieb einen Moment an der Kneipe »Domkeller« stehen. Draußen waren alle Tische besetzt. Aus Richtung Dom kam Schnigge mit einem hellen Sommermantel. Sie trafen sich am Eingang des Cafés. Fett kannte den Wirt. Er öffnete für ihn die zweite Etage. Dort seien sie ungestört.

»Kaffee oder Tee?« Fett schaute Paul Schnigge fragend an.

»Kaffee um die Uhrzeit. Wir arbeiten bis in die Nacht. Du kannst gleich mit dem Hund spazieren gehen.«

»Paul Schnigge, stets im Angriffsmodus. Wir sind auf neutralem Terrain. Vielleicht geht es mal ohne Stress.«

»Polizei ohne Stress. Ich lache mich schlapp.«

»Nennen wir es ein informelles Treffen. Ich möchte ein paar Sachen verstehen. Dafür brauche ich deine Hilfe.«

»Die Polizei braucht meine Hilfe. Hört, hört!« Schnigge konnte nicht anders: ironischer Unterton, leichter Spott, Überbietungshaltung.

»Kann sein.« Fett hielt sich bedeckt. »Die Skandale, die du zuletzt erwähnt hast, kommen die alle in deine Zeitung? War Verhülsten tatsächlich der Verhinderer?«

»Yep! Ich habe für den Moment ein bisschen Bewegungsfreiheit. Durch die ungeklärte Nachfolge. Ganz schmaler Slot. Den nutze ich.«

»Das Landeskriminalamt fragt ständig an. Die Politik drängt. Sogar der Staatsschutz ist eingeschaltet. Ich sag dir das, denn irgendwann steht eine Durchsuchung an. Fehlt nicht viel. Staatsgefährdung und so. Muss ich dir nicht erzählen.«

Schnigge verdrehte die Augen. Eine Durchsuchung der Redaktionsräume war keine Katastrophe, brachte aber Ärger. Er nahm einen Schluck Kaffee und schaute aus dem Fenster auf die Kirchturmspitze von St. Foillan, direkt vor dem Dom gelegen.

»Schöner Skandal. Durchsuchung einer Redaktion. Gefährdung der Pressefreiheit, da habt ihr die gesamte deutsche Medienlandschaft am Arsch. Vielleicht kommen wir trotzdem ins Geschäft. Du hast sicher ein paar Informationen, die ich gebrauchen kann. Was willst du wissen?«

»Aus welcher Richtung erreichen euch die Informationen zu den Skandalen?«

»Aus dem politischen Umfeld.« Schnigge grinste. »Sozusagen aus den Tiefen des politischen Raums. Anonym. Wir prüfen es. Alles bisher wasserdicht. Sonst würden wir es nicht bringen. Stadionskandal ist die größte Nummer. Keine Kontrolle in den Gremien, keine Finanzkontrolle, Baukontrolle lasch, Bauausführung bescheiden, das Stadion ist ausschließlich für König Fußball nutzbar. Nix mit Open-Air-Konzerten von Grönemeyer und Toten Hosen. Sogar der Abriss wird diskutiert.«

»Die Gleichzeitigkeit der Berichte macht uns stutzig. In Köln und Düsseldorf sind die Zeitungen genauso voll von Skandalen. Siehst du Zusammenhänge?«

Schnigge überlegte einen Moment.

»Kann sein. Klar. Wir lesen darüber. Meinst du, das sei gesteuert?«

»Ich frage dich, Paul. Einen der besten Chefredakteure des Landes.«

»Alter Schwede, willst du, dass ich die Rechnung bezahle? Zurück zur Sache. Ich weiß aus sicherer Quelle, dass in Bonn zum Thema Kongresszentrum nachgelegt wird. Kommt morgen raus. Skandale in Aachen, Bonn, Köln und Düsseldorf. Alle betreffen die Politik. Ist was dran.«

»Das kann niemand alleine auslösen«, vermutete Fett.

»Eine Gruppe? Glaubt ihr, dass mehrere Personen gezielt die Skandale veröffentlichen?«

»Eine Arbeitshypothese. Nenn mir eine andere, Herr Chefredakteur.«

Die Bedienung fragte, ob alles recht sei.

»Manches ja, manches nein. Noch zwei Kaffee und für mich bitte ein Stück Mohrentorte ohne Sahne. Ist nicht politisch korrekt. Was soll's. Kirschen auf Reis kann ich empfehlen, Paul.«

Schnigge winkte ab. »Kaffee reicht. – Demnach ein Komplott?« Der Chefredakteur wirkte nachdenklich. »Verhülsten hätte all die Veröffentlichungen gehasst, weil er in den Geschäften mit drin hing. Ich habe dir gesagt, dass wir in Aachen kuschen mussten. Mir kommt die tote Bauingenieurin aus Köln in den Sinn. Da musst du mal mit was überkommen. War es wirklich Selbstmord?«

»Meine Kollegen in Köln ermitteln. Sieht so aus. Zeichen setzen. Neben privaten Problemen. Um es klar zu sagen: Die Skandale sind die eine Sache. Die interessiert mich nur, wenn sie mit dem Mord, wenn es denn einer war, zu tun hat. Dienstlich suche ich den Mörder von Verhülsten. Verhülsten sprach zuletzt mit Pastor und dem Ratsherrn Freese. Friedmanns und ein Herr von Malchow hielten sich beim Stall auf, vor und in der Box, wo dein Medienzar plötzlich von einem Pferd zu Tode getrampelt wurde.«

Mohrentorte ohne Sahne und zwei Kaffee kamen mit dem Aufzug, die Kellnerin nahm die Treppe.

»Von Friedmanns habe ich dir erzählt. Pastor war auch da?« Schnigge klang überrascht. »Freese und von Malchow. Muss ich mal im Archiv nachschlagen.«

Während Fett bei der unkorrekten Mohrentorte zuschlug, studierte er das Gesicht von Schnigge. König Alkohol hatte seine Spuren hinterlassen. Die rote Nase, grobe Wangenhaut, trübe Augen, graue Haare. Was war aus dem neugierigen Paul geworden, dem Sohn eines Lokaljournalisten, der früh auf Papas Schreibmaschine gehämmert hatte, umgeben von Zeitungen, Papier, Büchern. Paul Schnigge, der Schülerzeitungsredakteur, der Praktikant, der Volontär, der Student der Germanistik. Zerbrochene Ehe, zerbrochenes Leben.

»Du hast da was.« Schnigge wies auf den Mundwinkel.

»Michael Fett kleckert immer, hat Schokoreste am Mundwinkel, und wenn es Nudeln mit Tomatensauce gibt, ein Hemd mit neuem Muster.«

Sie lachten. Ein Hauch von Unbeschwertheit. Nicht mehr Kommissar und Chefredakteur. Zwei Männer, die einmal jung und voller Ideen waren, die alles anders machen wollten, anders als die Väter, die durch Polen, Belgien, Frankreich und Russland marschiert und mit Blut an den Händen und Albträumen im Kopf ins Rheinland zurückgekehrt waren.

Fett suchte eine Serviette. Schnigge reichte ihm ein Papiertaschentuch.

»Hälfte des Lebens. Hölderlin. Längst vorbei. Erinnere dich an unsere erste Begegnung. Damals 1995, du warst beim Staatsschutz, ich bei der Lokalredaktion. Der Wirbel um den Rektor der RWTH. Da lernten wir uns kennen. Der Fall Schwerte/Schneider. Ein Riesenskandal. Der ehemalige Rektor der RWTH Aachen war im Krieg SS-Hauptsturmführer gewesen und nah an Himmler dran. Nach dem Krieg hatte er eine neue Identität konstruiert, eine neue Dissertation geschrieben und war Rektor der Technischen Hochschule geworden.«

»Stimmt, hatte ich vergessen. Wir saßen im ›Labyrinth‹ und diskutierten den Fall. Schuld und Sühne. Ich hörte zu. Du schriebst darüber.«

Sie hingen ihren Gedanken nach.

»Besser ist nichts geworden, oder?« Fett blickte in die trüben Augen von Paul Schnigge.

Schnigge schaute aus dem Fenster. »Was ist ›besser‹? Dass wir länger leben, mehr Reichtum anhäufen, jederzeit erreichbar sind, um die Welt fliegen können für einen Spottpreis? Was ist ›besser‹, Michael? Jederzeit online dabei zu sein? Besser wo? Im Land, in der Stadt, in Europa, auf der Welt? Kein Krieg mehr. Wiedervereinigung. Besser. Schneller, moderner, haltbarer? Leben wir unser Leben oder werden wir gelebt? Füttere ich täglich die Leser mit Ablenkungspillen? Was ist ›besser‹? Schau dich um. Bettler, Obdachlose, Sozialhilfeempfänger, Rentner am Rande des Existenzminimums, Pflegenotstand und zunehmend dicke Menschen.«

Fett lachte. »Danke, direkt nach der Mohrentorte.«

»Michael, wir Journalisten sind in allen Lebensbereichen unterwegs. Wenn wir den Kopf nicht zuhaben, merken wir, dass es unter der Oberfläche brodelt. Die Mitte der Gesellschaft, von den Angestellten bis zu den Handwerkern und Geschäftsleuten, sie zerbröselt. Sie fühlt sich nicht mitgenommen. Sie wird gemolken. Sie zahlt für alles, und der Rentenbescheid sagt klar: Aufstockung erforderlich. Sie werden betäubt mit Events, Festivals und Yellow News. Keiner ruft Stopp. Die Happy Few gehen in die Oper, lassen sich neue Konzertgebäude vom Steuerzahler bauen, fahren in der Stadt den Elektroflitzer, am Wochenende den SUV und leben in Häusern mit modernster Sicherheitstechnik. Die Kinder gehen zur Privatschule und danach zur Privat-Uni. Die öffentlichen Schulen und Unis sind unterfinanziert, reglementiert, gegängelt. Die ideologischen Meister der politischen Korrektheit ordnen dem Zweck die Mittel unter. Als ob sie den Staat hassen, all das, was seit dem Krieg aufgebaut wurde. Die Skandalberichte sind ein Aufschrei. Wir drucken. Wir kriegen Druck. Jeden Tag höre ich mir die Beschimpfungen an, kommen Kündigungen von Beilagen und Anzeigen. Aus allen Richtungen. Wir drucken weiter. Wir stecken in einer Krise des Systems. Systemkrise.«

Fett hörte nachdenklich zu. »Könnte ein Schlüssel für den Fall Verhülsten sein.«

»Vergiss über dem Schlüssel nicht den Rest. Die Polizei ist die Putztruppe. Alle Deformationen der Gesellschaft landen so oder so auf eurem Schreibtisch. ›Wir schaffen das.‹ Ich lach mich tot. Kein Aufschrei im Parlament. Friedhofsstille. Alles, was aufgebaut wurde, kann wieder eingerissen werden. Als ich die Friedmanns traf, wurde mir das klar. Der Nebel der Betroffenheit verstellt den Blick für die wesentlichen Entscheidungen. Danke für die Einladung. Ich muss los.«

Abrupt stand Schnigge auf, als ob er nüchtern geworden sei. Dabei war er seit Jahren trocken. Er drückte fest die Hand von Michael Fett und stürmte die Treppe hinunter.

Fett blieb noch einen Moment und ließ die letzten Worte des Chefredakteurs sacken.

WIR WERDEN NICHT FÜR IHN BETEN

Rosenthal verabredete sich mit Fett für den Nachmittag in Köln. Fett hatte Neuigkeiten. Sie auch. Die wollte sie ihm nicht am Telefon erzählen. Nach mehreren Versuchen war es ihr endlich gelungen, die Friedmanns zu erreichen. Sie waren in irgendwelchen französischen Funklöchern unterwegs. Als sie die beiden erwischte, hielten sie sich in der Nähe von Reims auf. Rosenthal staunte über das Ergebnis des Telefonats: interessante Wendung.

Fett kam mit dem Zug. Die Kommissare trafen sich um 16 Uhr im Restaurant des Museum Ludwig. Vom Hauptbahnhof musste Fett ein paar Treppen hinauf zu dem Palast für die moderne Kunst gehen. Er saß draußen mit Blick auf den Rhein. Köln hatte durchaus ein paar hübsche Seiten. Fett war zufrieden. Theresa kam auf einem Klapprad angefahren. Ihr Auto hatte sie auf der anderen Rheinseite geparkt, das Rad aus dem Kofferraum geholt. Sie querte auf der Eisenbahnbrücke den Rhein und landete auf dem Heinrich-Böll-Platz, direkt an Fetts Tisch. Sein Gesicht strahlte. Das rührte sie. Er sprang auf und küsste sie auf beide Wangen. Er hatte sich das vorgenommen, wollte ihren offiziellen Ton im Keim ersticken, egal, wie es weiterging. Vielleicht schafften sie es, einen freundschaftlichen Umgang zu pflegen. Wie bescheuert klingt das denn? Er stöhnte lautlos und war froh, dass Theresa keine Gedanken lesen konnte. Oder doch? Sie wehrte seine Küsse nicht ab.

»Cappuccino? Kuchen dazu?«, fragte Fett.

»Mindestens.« Sie lachte das Lachen, das Fett so mochte, und er mochte ihre Lust am Essen. Keine dieser »Ich bin auf Diät«-Tanten, die Nahrung allein in Form von Almased aufnahmen oder wie das Zeug hieß.

»Schön, dich zu sehen.« Er meinte das wirklich so, aber es klang oberflächlich.

»Ja«, sagte sie. »Was gibt es für Neuigkeiten?«

»Nichts von Pastor, der ist ein ganz harter Brocken. Schnigge war auskunftsfreudiger. Er meint, die Informationen zu den Skandalen kämen aus, wie sagte er genau?« Fett schaute in sein Notizbuch. »Den Tiefen des politischen Raums.«

»Das passt zu Freeses Aussage«, freute sich Rosenthal. »Er hat zugegeben, dass es eine Art Komplott gibt. Die anderen Namen wollte er nicht preisgeben. Sie seien ein paar Aufrechte, er sagte tatsächlich ›Aufrechte‹, die sich um das Land sorgten. Mit Verhülstens Tod hätten sie nichts zu tun, sie seien selbst davon überrascht worden.«

Theresa hielt inne, als die Zitronenschnitte und der Cappuccino serviert wurden.

»Ich habe Karl Friedmann erreicht.« Sie legte eine Ess- und Spannungspause ein. »Guter Kuchen, solltest du bestellen. – Weißt du, was Friedmann gesagt hat? Der Nazi ist sowieso tot, wir werden nicht für ihn beten, uns geht die Aufklärung des Verbrechens nichts an.«

»So beginnen Unrechtsstaaten«, hatte Theresa Friedmann geantwortet: »Recht wird gebeugt, gilt nicht für unerwünschte Personen. Ich hege keine Sympathie für Verhülsten, aber wenn er ermordet wurde, steht ihm genauso wie jedem anderen Bürger zu, dass wir den Täter finden und vor Gericht stellen. Wenn wir rechtsstaatliche Verfahren aufweichen, bringen wir unsere Demokratie in Gefahr. Sie ist ein sehr empfindliches Gebilde, das zurzeit allen möglichen Angriffen ausgesetzt ist.« Sie hatte Karl Friedmann überzeugt.

»Er hat mir im Vertrauen folgende Information gegeben«, fuhr Theresa fort. »Malchow kehrte nach Verhülstens Zusammenprall mit den Friedmanns gemeinsam mit dem Verleger zurück in den Stall. Das haben die Friedmanns gesehen, verließen danach sofort das Gelände und fuhren nach Aachen. Friedmann wird nicht als Zeuge aussagen. Herr von Malchow ist ein Ehrenmann, erklärte er mir. Sie müssen mit ihm reden. Wir kehren nicht nach Deutschland zurück. Einige Geschäfte in Paris mit Galerien, und von dort aus fliegen wir nach New York. Wir haben umgebucht.«

»Das war's?«, fragte Fett.

»Das war's. Was fangen wir damit an?«

»Wir gehen den Ehrenmann besuchen«, schlug Fett vor.

DER EHRENMANN

Sie erreichten Bodo von Malchow nicht. Unter seiner Handynummer sprang die Mailbox an. Theresa bat um Rückruf. Fett versuchte es auf dem Festnetz. Eine Haushälterin meldete sich und gab die Auskunft, Herr von Malchow sei auf Reisen.

»Wo macht er denn Urlaub?«, fragte Fett.

Ein Herr von Malchow mache keinen Urlaub, erklärte die Haushälterin. Wie sie bereits mitgeteilt habe, der Herr Botschafter sei auf Reisen.

Was das denn solle, fragte Fett seine Kollegin. Theresa schmunzelte. Ihr waren die verschrobenen Aristokraten-formulierungen nicht fremd. Urlaub war in den Augen manch Hochwohlgeborener ein Vergnügen, dem sich das gemeine Volk hingab. Aristokraten reisten.

Malchow also auf Reisen. Merkwürdig trotzdem. Würde ein alter Herr seiner Haushälterin tatsächlich nicht sein Reiseziel verraten und wenn ja, warum? Es war etwas im Gange, und es irritierte Rosenthal und Fett, dass sie nicht im Bilde waren.

»Crémant?«, fragte Fett.

Theresa schüttelte den Kopf. »Du weißt, wo das endet.«

»Ich hab so eine Idee.« Fett schaute verschmitzt. Er war froh, dass sie lachte.

Malchow blieb tagelang verschwunden. Für eine Fahndung bekamen sie kein grünes Licht.

»Ein Exbotschafter, der im Urlaub ist«, protestierte ihr Chef, Kriminalrat Dr. Karl Hehemann.

»Auf Reisen«, korrigierte Rosenthal.

»Wie bitte?« Dr. Hehemann schaute irritiert.

»Alles gut.« Die Kommissarin unterdrückte ein Grinsen.

»Ein Exbotschafter in Ferien, und wir schreiben ihn zur Fahndung aus.« Der Chef blickte konsterniert. »Nee. Der Polizeipräsident ist in der Sache sowieso auf den Barrikaden.«

DER COUP

Die Einladung zur Pressekonferenz kam per Post. Feiner weißer Karton, das Malchow'sche Wappen oben mittig eingeprägt. Darunter handgeschrieben der Text:

Botschafter a.D. Freiherr Bodo von Malchow
und
Ministerialdirigent a.D. Edmund F. Dräcker
bitten am 22. Juni um 10 Uhr
zur Pressekonferenz
im Salon Ölberg
des Steigenberger Grandhotel Petersberg.
Thema: das von Herrn Dräcker erstellte
Merkel-Dossier.
Nach der Pressekonferenz erlauben wir uns,
Sie zu einem Imbiss einzuladen.

Malchow kannte seine Pappenheimer. Merkel-Dossier, alkoholische Getränke und Essen waren für Journalisten ein Grund zu erscheinen. Der Salon Ölberg war eigentlich zu klein, aber der Name eine so passende Anspielung auf sein Vorhaben, dass Malchow nicht widerstehen konnte. Ohnehin reichte ihm eine kleine Gruppe von Journalisten: WDR und RTL aus Köln und die Printmedien der großen umliegenden Städte. Wenn Nayhauß und Müller-Vogg auftauchten, würde er sich freuen. Müller-Vogg, ein alter Kämpfer der FAZ, war noch umtriebig in den Online-Medien. Dräckers wechselvolles Leben war ihm zweifelsohne bekannt. Kleine aber feine Besetzung reichte. Bad news travels fast. Die anderen Medien würden nachziehen.

Mainhardt Graf Nayhauß, jahrzehntelang Kolumnist und Berichterstatter bei der Bild-Zeitung, schmunzelte, als er die Einladung für die PK las. Er wusste genau, wer Edmund F. Dräcker war oder nicht war. Nayhauß, mittlerweile 91 Jahre alt, ging nicht mehr zu allen Einladungen. Diese würde er sich nicht entgehen lassen. Zudem schätzte er den alten Freund Bodo Malchow, kannte dessen schrägen Humor und freute sich auf ein sicher kurioses Frühstück, bei dem sie den alten Dräcker hochleben lassen würden. Ob es Dräckers Geburtstag war? Nayhauß stöberte in seinem beeindruckenden Archiv, das er über Jahrzehnte aufgebaut hatte. Wegen der vorbildlichen Ordnung, die seine Sekretärin für ihn hielt, fand er den von ihm selbst verfassten Dräcker-Artikel sofort und las die Geschichte mit Vergnügen. Natürlich, wie hatte er das vergessen können, Dräcker war am 1. April geboren. Somit kein Geburtstag, aber sicher gab es einen anderen guten Grund für diese PK.

Nayhauß nahm erneut die Einladung zur Hand. Raum »Ölberg«. Er ließ das Wort mehrfach auf der Zunge zergehen – Ölberg, Ölberg. Er kannte Malchow gut genug, der war gebildet, sophisticated und überließ nichts dem Zufall. Ölberg? Klar, Bibel, Jesus auf dem Ölberg und dann? Nayhauß war seit Langem ohne kirchliche Mitgliedschaft, sodass er sich nicht genau erinnerte, was Jesus auf den Ölberg getrieben hatte. Er nahm die alte, vom Großvater vererbte Hausbibel zur Hand und suchte im Neuen

Testament. Schließlich fand er die richtige Stelle im Evangelium nach Matthäus. Ihm stockte der Atem, als er die Prophezeiung las. Malchow führte mehr im Schilde als einen Spaß mit dem alten Dräcker. Graf Nayhauß war sich sicher, dass sein journalistischer Spürsinn ihn nicht täuschte.

ADELSGEDÖNS

Fett erfuhr von der Pressekonferenz auf dem Petersberg durch Schnigge. Weiterhin keine Spur vom Exbotschafter. Sie mussten sich bis zum 22. Juni gedulden. Spätestens bei der Veranstaltung auf dem Petersberg würden sie ihn erwischen.

»Bis dahin stehen unsere Chancen schlecht«, hatte Theresa ihm am Telefon erklärt. »Der Adel ist untereinander gut vernetzt und hilft sich gegenseitig. Unsere Exzellenz kann sich praktisch in jedem der umliegenden oder ferner gelegenen Schlösser aufhalten.«

Theresa Rosenthal wurde mulmig bei diesem Gedanken. Sie erinnerte sich an das Telefonat mit ihrer Mutter. Malchow und ihre Mutter. War es möglich? Ihr Elternhaus bot reichlich Platz, um einen Gast zu beherbergen.

Der Vater seit ein paar Jahren tot. Malchow in ihrem Elternhaus. Bitte nicht. Sie war so in Gedanken versunken, dass sie Fett ganz vergessen hatte.

»Und wer zum Teufel ist Dräcker?« Fett hatte langsam die Schnauze voll von dem Adelsgedöns. Und dass Theresa irgendwie dazugehörte, nervte ihn.

»Schau mal bei Google rein«, schlug Theresa vor.

»Und wann darf ich mal wieder in deine Augen schauen?« Boah, was für ein blöder Spruch, dachte Fett. Er fühlte sich hilflos, und es ärgerte ihn, dass ihm kein besserer Satz einfiel.

»Spätestens am 22. Juni, wenn du Dräcker kennenlernst.« Sie lachte.

Was war so komisch? Theresa wirkte souverän, was er als Zeichen dafür nahm, dass sie von ihrer gemeinsamen Nacht emotional nicht so durchgerüttelt war wie er selbst.

THERESA WIRD ÜBEL

Widerwillig griff Theresa Rosenthal zum Telefonhörer. Dass sich alles in ihr dagegen sträubte, nahm sie als Beweis dafür, dass dieser Anruf nötig war. Sie hatte etwas übersehen oder nicht nachgehakt, wo sie hätte nachhaken sollen. Theresa befand sich nicht ganz auf der Höhe in letzter Zeit. Vielleicht war die Sache mit Fett daran schuld. Die Sache mit Fett, blöde Umschreibung, mit der sie sich eine Auseinandersetzung mit dem Thema vom Hals hielt.

»Hallo?«

Ihre Mutter meldete sich nie mit »Hallo«. »Hallo« fand die hochwohlgeborene Frau von Kolberg plebejisch. Warum also plötzlich »Hallo«? Theresa fragte sich, ob sie selbst mittlerweile unter Verfolgungswahn litt. Berufskrankheit.

»Mutter?«

»Theresa, mein Liebling, wie geht es dir?«

Die Überschwänglichkeit der Begrüßung verstärkte das Misstrauen. Ihre Mutter war nicht der überschwängliche Typ.

»Gut. Hast du was von Onkel Bodo gehört?« Theresa hielt sich nicht mit langen Vorreden auf und hoffte auf den Überraschungseffekt.

»Bodo, welcher Onkel Bodo?«, flötete Frau von Kolberg.

Man konnte ihrer Mutter einiges nachsagen, aber nicht, dass sie ein schlechtes Gedächtnis hatte. Theresa war unlängst in den Sinn gekommen, ihre Mutter könne unter beginnender Demenz leiden, aber als sie merkte, dass ihre alte Dame mühelos in der Lage war, die Bridgepartien aus den letzten 60 Jahren nachzuspielen, schob sie die Sorge beiseite. Bridge ölte die Synapsen und war ein perfektes Gedächtnistraining. Unangenehmes verdrängte die Mutter hingegen, sie vergaß nicht, sie verdrängte. Wer konnte es ihr verübeln? Wenn ihre Mutter also nicht an einer Spontandemenz erkrankt war, warum erinnerte sie sich nicht an das kürzlich geführte Telefonat mit ihrer Tochter? Theresa fiel nur eine Erklärung ein. – Ihr wurde übel.

»Mutter, könnte es sein, dass ein gewisser Herr von Malchow sich bei dir aufhält?«

»Ach, den Bodo meinst du. Ich sagte dir neulich bereits, dass ich lange nichts von ihm gehört habe.«

Sie erinnerte sich also doch an das Telefonat.

»Was soll das werden – Bonnie und Clyde für Senioren? Sag Onkel Bodo, er muss sich ganz schnell bei mir melden, bevor wir ihn mit Blaulicht abholen kommen.« Theresa fühlte sich verschaukelt. Das machte sie wütend.

»Wenn ich ihn sehen sollte, werde ich es ihm sagen.«

Ihre Mutter log grottenschlecht. Aber Theresa wusste auch, dass es keinen Zweck hatte, ihrem Elternhaus einen Überraschungsbesuch abzustatten. Sie war überzeugt, dass Bodo von Malchow noch heute seine Sachen packen und verschwinden würde, falls er sich bei ihrer Mutter aufhielt. Malchow konnte einen anderen Unterschlupf finden. Der Adel hielt zusammen. Gefahr im Verzug lag nicht vor. Sie würden keinen Hausdurchsuchungsbefehl bekommen. Hausdurchsuchung bei Kolbergs – na toll! Ihr wurde noch ein kleines bisschen übler.

ENDZEITREDE

Es waren mehr Journalisten gekommen, als der Exbotschafter erwartet hatte. Der Salon Ölberg war klein, circa 30 Quadratmeter, mit einem Konferenztisch, an dessen Kopf Malchow seine lederne Aktentasche gelegt hatte. Die meisten der Medienleute würden Platz finden, einige stehen müssen. Schnigge war unter den Geladenen, Vertreter aller großen Tageszeitungen im Rheinland, Rundfunk- und Fernsehreporter, etwa 20 Leute.

Malchow begrüßte seinen alten Freund Mainhardt Nayhauß. Sie erinnerten sich an ihre letzte Begegnung auf dem Berliner Presseball.

»War nicht so wie in Bonn«, beanstandete Nayhauß. »Kleiner und exklusiver Kreis damals. Heute wird alles mit Show-Sternchen durchsetzt, es wird sich mit B-Promis geschmückt, aus dem, wie heißt das? – Dschungel-camp? Früher waren wir die Promis, heute sind es die Geissens.«

Sie lachten über Dräcker und rätselten, ob die jüngeren Journalisten, die gekommen waren, überhaupt wussten, was es mit diesem Dräcker auf sich hatte.

»Ist er eigentlich jemals gestorben?«, fragte Nayhauß schmunzelnd.

»Dräcker stirbt nicht. Der Mann wird gebraucht«, antwortete der Exbotschafter gut gelaunt. »Ich fange an. Setz dich bitte neben mich, Maini.«

Malchow forderte die Journalisten auf, Platz zu nehmen. Entschuldigte sich bei denen, die stehen mussten. Als er zum Anlass der Pressekonferenz kommen wollte, öffnete sich erneut die Tür. Rosenthal und Fett traten ein. Malchow nickte ihnen freundlich zu und schien nicht überrascht vom Auftauchen der Kommissare.

»Willkommen«, begrüßte er sie persönlich. »Großer Bahnhof heute. Ich werde mich kurz fassen, damit Sie ans Buffet kommen. Dort können wir weiterreden«, wandte er sich an die Versammelten.

»Dräcker lebt.« Malchow schaute in die Runde und sah neugierige Gesichter. »Eine kurze Erklärung für die Jüngeren unter Ihnen. Vielleicht haben Sie bei Google nachgeschaut, wer Edmund F. Dräcker ist. Ich gebe Ihnen einige zusätzliche Details.«

Malchow erzählte launig ein paar Anekdoten aus dem bewegten Leben von Ministerialdirigent a.D. Dräcker.

»Mein Freund Maini fragte mich eben, ob Dräcker je gestorben sei. Sie kennen alle Graf Nayhauß, über 30 Jahre schrieb er die Kolumne ›Bonn vertraulich‹ in der Bild-Zeitung. Auf Mainis Frage antwortete ich: Dräcker stirbt nicht, er wird gebraucht. In der Tat hat er nie aufgehört, tätig zu sein. Dräcker recherchierte, sammelte, befragte, und so entstand das Merkel-Dossier. Es gibt Eingeweihte, die Zugang zu geheimen Informationen haben, sie liefern das Material. Wir, das sind die Dräcker-Freunde, sind der Meinung, dass das Land ein Recht darauf hat, mehr über die Frau zu wissen, die Deutschlands Schicksal seit zwölf Jahren bestimmt. 2013 trat sie mit dem Wahlspruch ›Sie kennen mich‹ an. In Wahrheit wissen wir so gut wie nichts über die, wie manche sagen, mächtigste Frau der Welt. Wenig über ihre Vergangenheit in der DDR, aber jeder Mensch hat eine Vergangenheit, und es gibt Wegbegleiter. Warum reden die nicht? Ist es die eingefleischte Angst der DDRler vor der Stasi? Wir wissen nicht, was Merkel bewegt, was ihre Ziele sind. Was hat sie mit Deutschland vor? Merkel sagte bei ihrer ersten Kanzlerkandidatur, sie wolle Deutschland dienen. Welchem Deutschland? Wir werden Ihnen Aufklärung geben.«

Im Salon Ölberg war es still. Hätte jemand die berühmte Stecknadel fallen lassen, sie wäre mühelos zu hören gewesen.

»Sie müssen nicht mitschreiben, nach dem Buffet wird Ihnen, sozusagen als Nachspeise, ein USB-Stick ausgehändigt. Ja, Maini, der alte Exzie nutzt moderne Technik. Zugegeben, ich hatte ›technical support‹«, Malchow lächelte. »Merkel, so sagt man ihr nach, denke die Dinge vom Ende her. Ihnen und uns kamen in den letzten Jahren Zweifel. Wie kann eine Frau, die die Dinge vom Ende her denkt, quasi über Nacht die Wehrpflicht abschaffen; eine Energiewende beschließen, die Deutschland, sprich seine Steuerzahler, Billionen kostet; ohne Parlamentsbeschluss die Grenzen öffnen und Menschen unregistriert ins Land lassen? Das sieht nicht nach einem Denken vom Ende her aus. Waren das Spontanentscheidungen, die auf Machterhalt zielten, oder gibt es einen Plan? Haben wir uns alle in dieser Frau geirrt – oder denkt die Kanzlerin tatsächlich vom Ende her? Sieht sie ein Ende, das unserem Blick verborgen ist? Kann es sein, dass wir ausgeliefert werden sollen? Ich erinnere Sie erneut, dass die Bürger unseres Landes, die Wähler, wenig über Merkels DDR-Vergangenheit erfahren. Wir wissen allerdings, dass sie einvernehmlich mit dem DDR-Regime gelebt und gearbeitet hat. Richten Sie Ihr Augenmerk auf eine andere Tatsache, die merkwürdigerweise in den vergangenen Jahren kaum Erwähnung in der deutschen Presse fand: Nach der Wiedervereinigung wurde die wertlose DDR-Mark in wertvolle D-Mark umgetauscht – eins zu eins. Auch das SED-Vermögen. Wir können davon ausgehen, dass die Stasi die Auflösung der DDR viel früher voraussah, als wir im Westen ahnten. Die Stasi hat ihr Vermögen rechtzeitig verteilt und untergebracht. Mit diesem Vermögen sicherten sich die ehemaligen Bonzen Einfluss und Macht. Wieso und womit, glauben Sie, konnte in Westdeutschland innerhalb kürzester Zeit eine derartig erfolgreiche ›Linke‹ aufgebaut werden? Die Medien, die sich sonst gern auf jede Sensation stürzen, haben darüber so gut wie gar nicht berichtet. Wo waren die Enthüllungsjournalisten?«

Malchow trug seine Gedanken in Ruhe vor. Er war sich der Aufmerksamkeit der Anwesenden sicher.

»Sie merken, es gibt im Zusammenhang mit Angela Dorothea Merkel, geborene Kasner, nur Fragen. Antworten finden Sie auf dem Stick. Noch eine Bemerkung zu den Skandalen, die das Rheinland in den letzten Wochen erschüttert haben. Wir, die Dräcker-Freunde, sehen einen Zusammenhang zwischen der Orientierungslosigkeit der Merkel-Republik und der Selbstbedienungsmentalität im Lande. Da, wo es an Idealen und Zielen fehlt, die eine Gemeinschaft einen, macht sich an der Basis Ruchlosigkeit breit. Ich habe eine kleine Truppe von Aufrechten um mich gesammelt, die die Informationen zu den Ihnen bekannten Skandalen lieferten. Wir müssen aufräumen, auch an der Basis, in den Städten, in den Bundesländern. Wir müssen die Opportunisten, die sich in den Räten, Landtagen und im Bundestag eingerichtet haben, aus ihren steuerfinanzierten Unterkünften scheuchen, in denen sie es sich bequem gemacht haben, in denen sie sich sicher fühlen. Ihnen die Geldhähne zudrehen, die Selbstbedienung stoppen. Ich habe dieses Land gesehen, als es zerstört am Boden lag, zerstört von einem Krieg, vor allem von dem Wahnsinn gieriger Menschen. Wir haben lange gebraucht, um Deutschland in der Welt wieder zu einem verlässlichen Partner zu machen. Daran haben viele große Männer gearbeitet: Adenauer, Brandt, auch Kohl und viele in der zweiten Reihe, unter anderen wir Botschafter. Wir wollten diesem neuen deutschen Staat dienen. Wir dürfen diesen Staat nicht von Kleingeistern vernichten lassen. In ihrem Amtseid legte die Kanzlerin den Schwur ab, Schaden vom deutschen Volk abzuwenden. Wenn sie es nicht tut, müssen wir es tun. Lieber begehen wir eine Ungerechtigkeit, als die Unordnung in unserem Land weiter zu ertragen.«

Malchow schwieg. Mainhardt Nayhauß nickte zustimmend. Die jüngeren Journalisten verharrten beeindruckt.

DIE BEICHTE

Bodo von Malchow schaute in die Gesichter der erstaunten Journalisten. Ruhe im Saal. Seine letzten Worte wirkten nach wie der Gongschlag vom »Dicken Pitter«, der Hauptglocke des Kölner Doms.

»Wenn Sie Fragen haben, können wir das beim neudeutschen Brunch erledigen. Im Restaurant steht alles bereit. Herr Dräcker lädt ein«, fügte Bodo von Malchow verschmitzt lächelnd hinzu und wies den Journalisten den Weg. Eine junge Reporterin stand auf, folgte ihm mit Umhängetasche und Mikro. Auf der Tasche stand WDR.

»Hätten Sie einen O-Ton für mich, Herr von Malchow?«

»Frauen finden meist als Erste zurück zur Sprache. Wie heißen Sie?«

»Bettina Kaminski, WDR-Studio Bonn.«

»Kaminski. Vorfahren in Schlesien oder Ostpreußen?«

»Ja, Herr von Malchow. Vorfahren.«

»Kommen Sie, junge Frau. Sie waren die Erste. Bitte, nach Ihnen. Gehen Sie vor. Ich muss kurz eine Information weitergeben.«

Bodo von Malchow ging auf Theresa Rosenthal und Michael Fett zu.

»Gebt mir zehn Minuten für die junge WDR-Reporterin. Danach sprechen wir, und ich erzähle euch beiden, was sich am Tag des Rennens in der Pferdebox zugetragen hat.«

Rosenthal schaute Fett fragend an. »Zehn Minuten«, erlaubte er.

»Was ist mit euch beiden los?«, wandte Malchow sich an Theresa, die überrascht schaute.

»Na, zwischen euch läuft doch was. Sehe ich. Mach dem alten Onkel nichts vor.«

Er ließ die beiden Kommissare verwirrt zurück, was sich als kluger Schachzug erwies. Rosenthal und Fett beschäftigten sich für den Moment mit sich selbst, während sie Richtung Bar gingen. Malchows letzter Satz hing Rosenthal nach.

»Vielleicht 15 Minuten«, rief der Exzie im Hinausgehen. »Die junge Journalistin weiß nicht genau, was sie fragen soll.«

Im Nebenraum herrschte eine eigentümliche Stille.

»Herr von Malchow, warum diese Dräcker-Story mit dem Merkel-Dossier? Ist das ein Witz oder Ihr Ernst?«

»Frau Kaminski, das ist kein Witz. Die Kanzlerin hatte eine andere Jugend und Sozialisation, als wir bisher ahnten. Bisher haben die Wegbegleiter ihrer frühen Jahre geschwiegen. Dräcker hat ihre Aussagen nun gesammelt. Es wird Zeit, das zu veröffentlichen, nachdem Merkel das Land über ein Jahrzehnt regiert. Meines Erachtens schlecht regiert.«

»Sie haben über die derzeitige Kette von Skandalen gesprochen. Welchen Zusammenhang sehen Sie zwischen den Enthüllungen über die Kanzlerin und den Skandalen, von denen das Rheinland erschüttert wird?«

»Frau Merkel hat das Land entpolitisiert. Viele Skandale hätten durch klare Kontrolle, durch eine starke Opposition vermieden werden können. Diese Konsenssoße, diese einsamen Entscheidungen, diese Verweigerung der Argumente, dies alles hat die Tür für eine Form von undemokratischer Entscheidungsfindung geöffnet.«

»Können Sie diese Behauptungen belegen?«

»Lassen Sie mich einen Augenblick allein und geben Sie mir Ihr Mikrofon für fünf Minuten. Ich werde Ihnen einen Text auf Band sprechen. Dafür brauche ich Ruhe und Konzentration. Ich bin schließlich nicht jung und dynamisch wie Sie, übrigens auch nicht so schön«, fügte er augenzwinkernd hinzu. »Vertrauen Sie mir, junge Frau. Sie werden die Story Ihres Lebens erhalten. An dem Namen Kaminski wird im WDR niemand mehr vorbeikommen.«

Bettina Kaminski riss erstaunt die Augen auf. Eine Finte oder die Chance ihres Lebens? Kaminski entschied sich für die Chance. Die Reporterin stellte das Aufnahmegerät auf den Tisch und ließ Malchow allein. Sie kehrte zurück in den Salon Ölberg, der mittlerweile von der hungrigen Journalistenmeute verlassen war. Sie waren lebhaft diskutierend in Richtung Buffet abgezogen. Kaminski wartete auf die Rückkehr des Exbotschafters, und sie wartete auf die Chance ihres Lebens.

Die Espressotassen waren leer, Rosenthal schaute auf die Uhr und danach auf Fett.

»Malchows letzte Bemerkung. Er hat Goethe zitiert«, sagte sie. »Ich habe den Satz in Safranskis Biografie gelesen. Goethe schrieb ihn bei der Belagerung von Mainz: ›Es liegt nun einmal in meiner Natur, ich will lieber eine Ungerechtigkeit begehen als Unordnung ertragen‹. Onkel Bodo ist unser Mann.«

Malchows Interview dauerte bereits 15 Minuten. Sie gingen rasch zurück zum Salon Ölberg. Frau Kaminski saß am Tisch. Allein.

»Wo ist Herr von Malchow?«

»Nebenan. Er kommt sofort.«

»Auf Toilette, oder was?« Fett hakte nach.

»Nein, nein. Er spricht auf mein Aufnahmegerät und brauchte Ruhe.«

Rosenthal und Fett stürmten fast gleichzeitig zur Tür. Fett packte als Erster die Klinke und riss daran.

»Scheiße, der ist weg.«

Neben dem Mikro lag ein handgeschriebener Zettel: »Für Theresa von Bodo. Bitte die Aufnahme anhören.«

Fett fummelte nervös an den Knöpfen des Geräts herum.

»Frau Kaminski!«, brüllte er nach der Reporterin. »Wie funktioniert das verdammte Ding? Abspielen, bitte!«

»Das Pferd ist des Menschen bester Freund. Und der Mensch ist des Menschen größter Feind. Verhülsten war ein besonders unangenehmer Vertreter unserer Spezies. Fragen Sie die Friedmanns. Sein Hass auf Juden, seine Habgier, seine Manipulationen – ihm ging es um Macht und Kontrolle. Ich war mit Verhülsten alleine in der Pferdebox, nachdem er die Friedmanns übel beschimpft hatte. Er weigerte sich, die Skandale in Aachen und der Region zu publizieren. Er hätte sich selbst bezichtigen müssen. Daydream war nervös, und es bedurfte nur eines kleinen Kniffs, um ihn zum Auskeilen zu bringen. Verhülsten wurde getroffen, sackte zusammen. Das Pferd spielte verrückt, als der alte Knabe einen Schrei ausstieß. Verhülsten, der große Pferdekenner, dass ich nicht lache. Nichts verstand er von Pferden. Es ging ihm um das Besitzen. Wir Malchows kennen uns mit Pferden aus. Ich musste Daydream nicht lange davon überzeugen, dass er bei Verhülsten nicht gut aufgehoben sein würde.«

Fett stoppte das Band.

»Theresa, du hast recht. Ruf die Fahndung aus. Malchow ist der, den wir suchen. Er ist der Täter.«

Theresa guckte verwirrt.

»Malchow hat Verhülsten auf dem Gewissen«, rief Fett.

Theresa Rosenthal starrte geschockt auf das Abspielgerät. Onkel Bodo, wie hatte er sie so täuschen können?

»Theresa, ruf in der Zentrale an. Von Malchow ist der Mörder! Abfahrt vom Petersberg sperren. Personenbeschreibung raus.«

Es war zu spät. Bodo von Malchow war ihnen entkommen.

»Keine Angst, den schnappen wir uns«, tröstete Fett. »Er hat keine Chance. Er entwischt uns nicht.«

Theresa war sich nicht so sicher.

EINFACHE FAHRT

Bodo von Malchow kam mit festem Schritt aus dem Seiteneingang des »Hotel Petersberg«. Trompeter parkte mit dem Cambio-Carsharing-Ford wenige Meter entfernt.

»Fahren wir, Herr Trompeter. Die Konferenz ist beendet. Mein Zug fährt gegen 12.30 Uhr.«

Trompeter schaute auf die Uhr. Das würde reichen. Sie fuhren die Serpentinen hinunter auf die A 59 und danach in Richtung Köln. Das Navigationsgerät zeigte 45 Minuten Fahrtdauer an. Kein Problem. Es war 11.15 Uhr. Fett und Rosenthal würden erst in zehn Minuten an der Seitentür des Raumes klopfen, in dem die junge Journalistin auf Bodo von Malchow wartete.

Trompeter nahm die Severinsbrücke. Um die Uhrzeit kam er gut durch. Bodo von Malchow schwieg während der Fahrt. Er hatte eine lange Ansprache gehalten, aber er wirkte nicht erschöpft, eher erleichtert, sogar frohgemut. Die alte Aktentasche lag auf seinem Schoß. Er schaute auf den Rheinauhafen, die Kranhäuser. Vor ihnen tauchte der Dom auf. Er würde den Blick vermissen, den Rhein, den Dom, die Eisenbahnbrücke, die Schiffe, den Geruch des Flusses, die romanischen Kirchen. Um 12.48 Uhr fuhr sein Zug in Richtung Berlin-Ostbahnhof. Die Tickets für die Weiterfahrt lagen in der Aktentasche.

Trompeter passierte das blaue Zelt, das den Musical Dome beherbergte, und fuhr den Bahnhof von der Hinterseite an. Dort gab es zwar keine Parkplätze, aber er hielt kurz im Halteverbot, um seinen Fahrgast hinauszulassen. Malchow griff nach der grünen, mit Leder abgesetzten Stofftasche auf dem Rücksitz. Er reiste mit leichtem Gepäck.

»Danke, Herr Trompeter. Dass ein Grüner einem alten Adligen zur Flucht verhilft.« Malchow schüttelte ungläubig lächelnd den Kopf. »Ein gutes Zeichen. Machen Sie weiter. Die Demokratie braucht Sie.«

»Wo geht die Reise hin, Herr von Malchow?«

»Weit weg. In die Geschichte. Besser, wenn Sie es nicht wissen. Freunde und Verwandte erwarten mich. Und ein anderes Leben. Für den Rest meiner Tage. Der Rhein wird mir fehlen. Die rheinische Republik. Schluss mit den Sentimentalitäten. Wenn Frau Rosenthal, Kripo Köln, bei Ihnen auftaucht, bestellen Sie ihr einen lieben Gruß. Leben Sie wohl, Herr Trompeter. Und grüßen Sie Freese und Pastor von mir. Sind gute Männer und gute Politiker. Misten Sie den Augiasstall aus.«

Sie reichten sich schweigend die Hand. Malchow ging, ohne sich umzuschauen, über den Breslauer Platz in den Hauptbahnhof.

Trompeter verharrte nachdenklich am Steuer, bis die ersten Idioten ein Hupkonzert veranstalteten. Eine Spur von Traurigkeit bemächtigte sich seiner. Er hätte Malchow noch vieles fragen wollen. Die Gelegenheit war verpasst. Ein Leben ging davon. Trompeter wendete und fuhr auf der Rheinuferstraße in Richtung Autobahnanschluss Köln-Süd und von da aus auf die A 4 nach Aachen. Er hatte gehadert mit der Mission ihres »Skatclubs« – nach dem Tod von Verhülsten, nach dem Selbstmord im Kölner Archivloch. Trompeter war Pazifist, er war nicht umsonst bei den Grünen gelandet. Auch sie hatten die Probleme des Landes nicht gelöst, die Grünen waren zu einem Teil des Problems geworden. Es musste etwas geschehen. Malchow hatte ihn überzeugt. Es war nur ein Signal, ein verzweifelter Aufruf, aber vielleicht änderten sie etwas. Pastor und Freese hatten einen Rückzieher gemacht, als sie von Malchows Aktion im Pferdestall erfuhren. Das war in Ordnung. Trompeter hatte sich anders entschieden. Er hatte dem Exbotschafter geholfen, die Sticks zu bespielen, hatte ihm bei der

Flucht assistiert. Trompeter hatte deshalb kein schlechtes Gewissen.

Bodo von Malchow reiste Erster Klasse bis Berlin-Ostbahnhof. Das Land rauschte an ihm vorbei. Er würde es lange nicht mehr sehen. Vielleicht nie mehr. Am Abend bestieg er den Schlafwagen nach Brest. Um 6 Uhr morgens würde er umsteigen nach Minsk. Das Visum war gültig, die Verwandten und Freunde aus dem Baltikum erwarteten ihn. Seine Spur würde sich verlieren. Irgendwo zwischen Minsk, Vilnius, Riga und der Ostsee. Ein deutsches Leben verschwand in den Weiten Osteuropas, dort, wo im Laufe der Geschichte die Grenzen immer wieder verschoben wurden.

ENDE

Alle Bücher von Maren Friedlaender:

Alle Bücher von Olaf Müller:

GMEINER SPANNUNG

WWW.GMEINER-VERLAG.DE
Wir machen's spannend